W0371545

La Balle au centre

Thierry Roland
Avec la collaboration de Dominique Grimault

La Balle au centre

Mémoires

Flammarion

© Flammarion, 2001
ISBN : 2-08-068064-1

PROLOGUE

— Alors, Albert-Antoine, on s'y colle bientôt au chef-d'œuvre ?

Albert-Antoine, c'est moi, c'est mon surnom, sa manière à lui de me manifester son estime, du moins j'espère. Le chef-d'œuvre, c'est le livre qui va suivre, que nous nous sommes promis, pour ainsi dire, lors d'un déjeuner dans le restaurant de notre ami commun, Jean-Pierre Rives, à Issy-les-Moulineaux. C'était à l'automne 2000, il y a un an.

— Dominique, je souhaite vivement rencontrer Thierry Roland, m'avait demandé notre éditrice préférée.

J'avais marqué un temps d'arrêt, plutôt étonné.

— Mais pourquoi donc, ma chère ?...
— Parce que j'ai vraiment envie de le connaître. Je suis persuadée que, derrière la gouaille, le paraître, la télé, la popularité, il y a un cœur formidable, une sensibilité et enfin une belle et grande histoire. Je souhaite, nous souhaitons, chez Flammarion, les souvenirs de Thierry.

S'ensuivait ce déjeuner chez Rives, au début duquel Thierry commanda comme d'habitude un petit whisky avec de la glace, puis, me semble-t-il, un second. Il avait les yeux qui brillaient au moment du dessert. Manifestement heureux, sans user de manières, il nous avait dit combien il était un peu fétichiste, un peu superstitieux :

— Vous voyez, chère petite madame, les deux fois où avec Jean-Mimi (Larqué) nous avons porté le maillot de l'équipe de France, eh bien, celle-ci a gagné. Appelez cela comme vous voulez, mais c'est ainsi... Vous aurez toujours du mal à me faire passer sous une échelle. À table, jamais vous ne me passerez le sel de la main à la main : ça porte une cerise terrible ! Si je vois un chat noir traverser devant la voiture, je fais attention ! Très mauvais, les chats noirs, ça porte la cerise ! Chaque matin, quand je lis Le Parisien, *je regarde mon horoscope. Je suis Lion deuxième décan... Je regarde toujours, c'est très important. Le Lion est un excellent signe. C'est le meilleur signe du zodiaque, tout le monde vous le dira. Téléphonez à Élisabeth Teissier...*

— Ah oui ? fit notre éditrice préférée, qui ajouta : mais quel est le défaut du Lion, Thierry ?

— Aucun, chère petite madame. Le Lion n'a aucun défaut. Il est peut-être un peu sûr de lui, orgueilleux, mais c'est normal, c'est le roi des animaux.

Nous avions beaucoup parlé, un peu bu et beaucoup ri. À la fin du repas, Thierry s'était allumé un cigare de son choix, un pur havane, et avait perdu quelques centimètres vu qu'il s'était très sensiblement affalé sur sa chaise. Notre éditrice avait pris congé, l'air enchanté. Il s'est penché vers moi et m'a soufflé :

— Dis-moi, Albert-Antoine, j'ai été bon, non ?

★

Oui, très bon même. Et comme il me l'avait demandé, j'allais l'aider. Comme si j'étais là pour porter assistance à mémoire en danger, traquer avec lui ces souvenirs qui fuient parfois parce qu'ils sont trop durs, trop heureux ou plus simplement lointains. J'allais être sa béquille, partir avec lui à la pêche aux anecdotes et même interroger quelques-uns des siens. Proches, familles, amis, à côté de ces Mémoires que mon Thierry allait rédiger, titillé par mes questions, j'allais chercher ce qu'on disait ou pensait de lui. Pour donner des contrepoints, des avis différents, des opinions contraires. Ou tout simplement confirmer ses propres mots. Comme autant de mi-temps dans le match de sa vie.

Promis, Thierry, Albert-Antoine allait t'aider dans ton chef-d'œuvre. Et te donner l'occasion, après tout ce qu'on avait dit sur toi, de remettre les pendules à l'heure et la balle au centre.

D. Grimault.

CHAPITRE 1

C'est là que je suis né

Automne 2000, je passe en voiture devant la clinique du Belvédère située, pour ceux qui connaissent Paris, le foot, le parc des Princes, juste de l'autre côté du parking Guilbaud, là où commence Boulogne. Avec un petit pincement au cœur parce que c'est là que je suis né. Dans la chambre 5. Un signe du destin puisqu'on ne peut pas naître plus près du parc des Princes. Il m'arrive d'ailleurs fréquemment de passer sous ces fenêtres derrière lesquelles se trouve mon ami le Pr Jean-Pierre Fraïoli. Comme il œuvre ici, dès que j'ai un petit pet de travers, j'y reviens.

Je suis le premier d'une grande et belle famille, un petit garçon normal qui va pousser son premier cri le 4 août 1937 à six heures trente. Lion ascendant Lion, il n'y a rien de mieux !

L'astrologie, une fixette. Une obsession, dirait Albert-Antoine. Mais quand on est dans un signe et que son ascendance est identique, c'est très fort. Et le Lion est puissant avec la domination soleil. S'il y a des gens qui ont du cul et d'autres qui n'en ont pas, disons que je suis de ceux qui ont la chance d'en avoir ! J'ai un tempérament de joueur que je dois tenir de mon père qui était quelque peu flambeur, mais que je n'ai pas connu du tout. Il est décédé très tôt. En 1946. À l'âge de trente-trois ans.

On n'a pas vraiment de souvenirs de sa période bébé. Comme tous les hommes de son époque, mon père avait fait la guerre, dans l'armée de l'air, avait été fait prisonnier, puis s'était évadé, était revenu, bref, une histoire abracadabrante... Je ne l'ai revu qu'en 1944. Quand j'avais sept ans. Et mon vrai regret, c'est de ne pas avoir en mémoire le son de sa voix. Je me remémore son visage grâce aux photos de lui, mais c'est tout, et c'est frustrant. En 1944, 1945 et 1946, les trois années où j'aurais pu le voir au retour de l'école, il n'était pas encore revenu du travail. Aussi, je faisais mes devoirs, prenais mon bain, dînais, puis me couchais. Et je dormais quand il rentrait. Il déposait un bisou sur ma joue pendant que je dormais, mais je ne le sentais pas. Et le matin, quand je me levais pour aller à l'école et prendre le bus, il n'était pas encore réveillé. Quant au week-end, j'allais jouer au foot tandis que lui jouait aux cartes. Une enfance à se louper, en somme.

Claude, mon père, était joaillier-bijoutier, avenue George-V, une entreprise familiale ayant appartenu à mon grand-père située juste en face du *Fouquet's*, au coin de la rue Vernet. J'étais destiné à lui succéder, mais je sais que je n'aurais pas eu la patience de discuter avec les clients, même si c'étaient le plus souvent des clientes.

Après son décès, la bijouterie a continué à fonctionner quelque temps encore, mais ma mère, Liouba, qui avait fait les Beaux-Arts, n'était pas préparée à ce type de commerce.

Russe d'origine, elle avait quitté son pays, petite fille, au moment de la Révolution, en 1917. Récemment, elle a eu l'immense bonheur de voir Saint-Pétersbourg, qui avait été rebaptisée Stalingrad, redevenir Saint-Pétersbourg. Pour elle, ce fut un moment merveilleux. À l'âge de quatre-vingts ans, elle a en effet pris un avion seule pour retrouver les maisons qu'elle connaissait. À Kiev, elle a même déniché une cousine éloignée de sa famille.

Je n'ai jamais su comment Claude et Liouba s'étaient rencontrés. Toujours est-il qu'ils se sont mariés, une date dont je suis incapable de me souvenir, et que ma mère aura quatre-vingt-sept ans le 19 janvier prochain. Elle en avait vingt-deux en me mettant au monde.

Nous habitons alors rue Washington, de l'autre côté des Champs-Élysées, à quelque cent mètres de la bijouterie. Un appartement dans un immeuble que l'on qualifierait aujourd'hui de bourgeois, avec beaucoup de couloirs. Où je passe toute ma petite enfance.

Je connais tout le monde dans le quartier : le marchand de journaux installé juste en face, le bureau de tabac à gauche quand on sort sur le trottoir d'en face, et puis surtout un bistrot, *Le Mamys*, grand rendez-vous des jeunes de l'époque qui y viennent en scooter. Lorsque mon père est mort, maman attendait mon petit frère, Claude, qui naît en mars 1946... Il y a d'ailleurs un truc qui m'a beaucoup énervé durant mon adolescence : à moi on ne passait presque rien alors qu'à lui, au même âge, on pardonnait tout. On disait : « Le pauvre petit trésor, il n'a pas connu son père. » Un leitmotiv qui me rendait fou.

Mon premier grand souvenir, aussi loin que je remonte dans ma mémoire défaillante, c'est la libération de Paris d'août 1944. Les Américains, les Anglais, les Canadiens, les Français sont là, heureux, joyeux. Tout le monde s'embrasse, c'est la liesse, la folie, la liberté. Moi, je suis un petit garçon très mignon, dit-on, notamment parce qu'à cet âge-là j'ai des cheveux. Les soldats me prennent dans leurs bras, me donnent des chewing-gums, ce qui, à l'époque, était quelque chose. J'ai aussi droit à des tubes de bonbons aux fruits avec un rond au milieu, à du chocolat américain, à des sourires. Je ris.

Des souvenirs plus anciens ? Non. Juste un son. Terrible, marquant, fort, effrayant. Celui des bottes allemandes descendant dans le désert des Champs-Élysées. Un vacarme rythmé, claquant, glaçant, qu'on entendait de loin. Et si on se trouvait à proximité, ça tapait très fort ! Mais je n'ai jamais eu peur. Et ce parce qu'on ne m'a jamais éduqué dans la peur. À la maison, on disait : « C'est l'Occupation, un mauvais moment à passer, mais ça va bientôt se terminer... » Ce dont je me souviens parfaitement en revanche, c'est de la tête des gens que je croisais. Qui semblaient traîner toute la tristesse du monde. La peur, le doute, le manque certainement. Encore que moi, honnêtement, je n'aie pas le souvenir d'avoir été privé de quoi que ce soit. Ma mère faisait en sorte que je ne manque de rien.

Ce qui est terrible, en revanche, et je sais que cet aveu peut choquer, c'est que la mort de mon père m'a infiniment moins marqué que celle de Marcel Cerdan ! Mon père est décédé d'une méningite foudroyante qui l'a emporté en quelques jours, juste au moment où l'on découvrait la pénicilline. Il n'a pas eu de chance puisque, six mois plus tard, on l'aurait sauvé sans problème. Tandis que Cerdan...

Je me revois ainsi en octobre 1949 – j'ai douze ans – dans l'autobus qui m'arrête rue François-Ier. Puis, parce qu'il faut que je remonte l'avenue George-V et que je repasse devant la joaillerie familiale, traverser les Champs-Élysées pour marcher jusqu'à la rue Washington. À l'époque, les marchands de journaux jouxtent les bouches de métro, et il y a les vendeurs à la criée qui hurlent les gros titres des quotidiens : *France-Soir*, *Paris-Presse*, *L'Intran*, *Ce Soir*... Un de ces titres me frappe : « Sans nouvelles de l'avion de Cerdan... ». Là, je tombe en arrêt. Impossible, me dis-je, que Cerdan soit mort. Trop fort, trop beau, mon champion du monde de boxe ! Que j'ai eu la chance de rencontrer une fois parce que ma mère connaît Marcel Rivet, le scénariste de *L'Homme aux mains d'argile*, un film dans lequel Cerdan a tenu son propre rôle, avec Blanchette Brunoy en covedette. Un jour, grâce à Rivet, elle m'a conduit sur le tournage aux studios d'Épinay, et je me suis retrouvé face au boxeur, lui disant, ému :

— Vous savez, je vous aime beaucoup.

— C'est gentil, me répondit-il dans un sourire. Je vous remercie, mais, vous savez, Tony Zale m'a fait mal.

Alors j'ai secoué la tête en disant :

— Non ce n'est pas possible. À vous, on ne peut pas faire mal.

Adorable, il m'a dédicacé une photo de lui, que je possède toujours et à laquelle je tiens comme à la prunelle de mes yeux : « À Thierry Roland, mon admirateur préféré. Son boxeur préféré. Marcel Cerdan. » Signé du 29 janvier 1949.

Donc l'avoir vu, lui avoir parlé, avoir en prime une image signée par lui, c'est impossible que, quelques mois plus tard, on soit sans nouvelles de son avion. Un dieu comme Cerdan ne peut pas disparaître !

Hélas pour moi, le destin venait de frapper un coup terrible.

Mi-temps : Liouba Roland

Je l'ai déposée, puis, élégamment, lui ai ouvert la porte de la voiture, au coin du boulevard Machin-Chose, du côté de la porte de la Muette, à Paris, seizième arrondissement. Cela a son importance, car on ne la voit pas vivre ailleurs que dans cet endroit de calme et de repli extrême. Petite femme, à l'œil vif, ardent, non pas abattue mais, au contraire, comme redressée par l'âge et l'histoire, belle histoire, qui fut sienne et qu'elle transporte, comme ça, l'air de presque rien…

C'est Liouba Roland, la mère de Thierry. Je regarde une dernière fois ses mains ; elles sont couvertes de bijoux, symboles de ce métier qu'exerçait son mari de Français, elle qui venait de loin…

★

— Alors, vous aidez mon fils à faire son livre ? me dit-elle.
— Oui madame. Je vais essayer...
— Faites... Faites...

Elle a eu un léger sourire :

— Thierry, c'est quelqu'un de bien, d'aimant, un rien chenapan ; mais vrai, simple, tellement sincère. Quand il est né, j'ai été comblée de bonheur. Je voulais avoir un fils. C'était un superbe petit garçon, les yeux bleus, il était formidable. J'aurais souhaité accoucher à l'hôpital Américain, à Neuilly, comme une amie l'avait fait avant moi, mais ce fut la clinique du Belvédère, à Boulogne. Mon premier souvenir de Thierry, c'est qu'il faisait tout tomber. Nous lui remettions les jouets ou les objets en place, et il recommençait ! Très gâté, trop peut-être...
— Votre prénom, Liouba, que signifie-t-il ?

Un éclair a traversé ses yeux.

— En russe, cela signifie « amour ». Russe, je suis en effet, et plus je vieillis, plus je me sens russe ! En tout ! Oui, tout ce qui est russe m'intéresse, même si je me sens internationale et que je suis française d'identité, vu que mes parents sont nés en France. Personnellement, je suis native de Petrograd qui, plus tard, est devenue Saint-Pétersbourg. J'ai quitté la Russie à cause de la Révolution de 1917 qui a mis trois ans à gagner l'immense territoire. J'appartiens à une très ancienne famille aristocratique russe. J'ai un ancêtre qui remonte à 1600 et quelque chose.

Elle a croisé ses mains.

— Nous avons quitté la Russie par le dernier bateau. Je me rappelle que nous sommes partis au cœur d'une nuit. Les Soviétiques, coup de chance, n'ont pas réussi à rattraper le bateau ! Au bout d'un mois, nous avons atteint les côtes de Salonique. Nous n'avions pas le droit de débarquer, nous étions crasseux, le typhus à bord… j'avais cinq ans. C'était il y a plus de quatre-vingts ans de cela. Depuis, chaque fois que je sens l'odeur du goudron, je me revois sur ce bateau. Mes parents avaient tout laissé à Petrograd, ils pensaient y revenir. Plus tard, une fois en rade de Constantinople, nous avons eu enfin la permission de mettre un pied sur le sol pour nous laver. Ce n'était pas une baignoire, plutôt une espèce de petite piscine… Puis nous avons fui vers la Serbie.

Au bout du voyage, nous sommes arrivés en France, chez des cousins français à Cap-d'Antibes. Le conservateur du jardin botanique d'Antibes, un Français, était marié à une cousine germaine de ma grand-mère maternelle, elle-même d'origine française. Son père était arrivé en Russie avec toute sa famille à l'âge de douze ans.

Elle m'a demandé si je suivais. Je n'ai pas osé l'interrompre. Elle a continué son récit :

— Bref, Papa était oto-rhino mais j'ai eu un arrière-arrière-grand-père professeur à Saint-Pétersbourg et architecte fantastique. Alexandre III l'avait choisi pour construire l'église à l'endroit où Alexandre II avait été assassiné. J'ai passé toute ma jeunesse et mon adolescence dans une propriété extraordinaire de soixante hectares à Cannes, qui appartenait à des Russes.

Au début des années 1930, Liouba rencontra Claude. Ils se marièrent et eurent un premier enfant, Thierry. Tous les trois vécurent à Paris jusqu'à la guerre et l'occupation allemande. Il fallut alors, pour la petite famille, fuir l'occupant et se réfugier, destination Saint-Raphaël, sur la Côte d'Azur.

— Un jour, à sept heures du matin, les Allemands ont débarqué. Toutes les chambres de la maison où nous étions ont été inspectées. Heureusement, mon mari avait été prévenu et avait pu fuir. Un peu plus tard, il sera quand même arrêté, non pas comme juif, mais comme terroriste gaulliste... À Saint-Raphaël, ce jour-là, la perquisition a duré toute une matinée avec un officier allemand et deux Français. Je tremblais à l'idée qu'ils fouillent l'intérieur de la grande cheminée du salon où, sous du sable, nous avions caché des petits et des grands drapeaux anglais et américains, ayant cru à un moment que la guerre allait s'arrêter. Je m'étais mis dans la tête d'accrocher ces drapeaux sur nos vélos pour mieux fêter la victoire. Dans un merveilleux réflexe, Jeanne, la cuisinière, s'est saisie des drapeaux et a réussi à les faire brûler.

C'était le 25 septembre 1943. Quand il est parti, l'Allemand m'a dit d'un air sévère : « Madame, vous êtes dorénavant responsable de tout ce qui se passe dans cette maison. » Mes jambes me tenaient à peine debout. Soudain, j'ai réalisé que mon fils Thierry avait disparu. Je suis sortie dans la rue comme une folle, je l'ai appelé et je l'ai vu à quelques dizaines de mètres. J'ai crié pour qu'il revienne mais il m'a dit : « J'attends mon Daddy. »

Un peu plus tard, j'ai reçu un papier officiel m'informant que mon mari était détenu à la prison de Nice. Je m'y suis alors rendue tous les deux jours pour lui apporter du linge propre en échange de bouteilles d'alcool que je fournissais aux gardiens. Thierry, pour plus de prudence, dut partir chez des amis à Épernay où je l'ai accompagné.

Lorsque je suis revenue à Saint-Raphaël, j'ai appris que Claude avait été interrogé, tabassé et, aujourd'hui encore, je suis persuadée que, s'il est mort en trois jours à l'âge de trente-cinq ans, à la suite d'une méningite virale, c'est à cause de ça ! Pendant son incarcération, il a joué la comédie du bras cassé et a été transporté à l'hôpital Pasteur. Là, il y avait le pavillon des fous et, au-dessus, celui des prisonniers de droit commun où je suis allée le voir. Et je ne pourrai jamais oublier la vision de son pauvre corps, tout bleu d'ecchymoses.

Je l'interrompis :

— Madame, comment votre mari pouvait-il se protéger des Allemands dès lors qu'il était juif ?... Quel nom porte-t-il, votre mari ?
— Je ne vous le dirai pas !

À cette seconde, elle s'est arrêtée comme suspendue entre le dire et le pas-dire, jamais. Une promesse qu'elle se serait tenue à elle-même : ne jamais révéler l'identité exacte de celui qui aura partagé son existence, le père de Thierry, à une époque monstrueuse où l'on jugeait, condamnait les personnes sur leurs seuls noms et origines. Son regard a tremblé. Elle s'est reprise, très vite.

— Finalement, un jour je téléphone à l'hôpital, mais il n'était plus là. J'ai appelé la Gestapo. Je m'y suis précipitée à vélo et je me souviens d'être entrée dans une pièce où Claude subissait son dernier interrogatoire. Quand tout a été terminé, j'ai dit aux officiers allemands que mon mari était mi-juif, pas du tout pratiquant et marié avec une pure aryenne, moi. Ça l'a peut-être protégé un peu. Plus tard, nous sommes

retournés à Saint-Raphaël, puis nous avons habité Monte-Carlo. Thierry était avec nous et allait en classe en Principauté. Il était très mignon mais insupportable, ne faisait pas grand-chose.

Après la mort de mon mari, j'ai la sensation que Thierry exerçait déjà son métier de commentateur. Il passait son temps à lire L'Équipe, *et le sport est devenu chez lui une passion naturelle. Gamin, il achetait toutes les photos des cyclistes, des athlètes, des tennismen, des équipes de foot. Il a connu tous les journalistes avant même d'exercer ce métier. Rue Washington, nous étions à quelques mètres de l'immeuble où, depuis les Champs-Élysées, le Poste Parisien – l'ancêtre de France-Inter – émettait ses programmes, or Thierry était comme aimanté par l'endroit. Chaque dimanche, il y avait une émission à dix-sept heures qui, me semble-t-il, s'intitulait* Le Café des Sports, *et il n'en manquait pas une.*

On m'a souvent demandé si je n'avais pas rêvé d'une autre carrière pour lui. Eh bien, pas du tout. Ainsi, il aurait pu être comédien puisqu'il aurait dû jouer le premier rôle d'un film avec Edwige Feuillère, Le Blé en herbe, *de Claude Autant-Lara. Il devait avoir douze-treize ans. Nous avons hésité tous les deux, et puis je lui ai sorti cette phrase : « Thierry, tu tourneras une fois et mal définitivement. »*

Elle a dû comprendre que je ne suivais plus.

— Je veux dire que tout était trop facile pour lui. J'avais une belle-mère abominable. Si je lui refusais un truc, elle lui donnait tout de suite. Elle appelait cela : acheter un amour. En retour de quoi, il lui piquait de l'argent. Un jour, quand mon mari était encore vivant, il rentra à la maison et dit : « Ah ce gosse, il est sans arrêt dans mes pattes. » Furieuse, je

lui ai répondu : « Écoute, étant donné que tu ne le vois pas dans la journée, si tu ne le vois pas le soir, tu ne le verras jamais. » Aujourd'hui, les pères s'occupent de leurs enfants, autrefois ce n'était pas le cas.

Lui, il n'avait pas le temps. Et il ne l'eut pas non plus puisqu'il est mort très tôt et en trois jours. Il y avait eu à la maison un dîner formidable, très intéressant, un jeudi soir, avec un ami grand résistant, Pierre Lambert, et encore Pisani — le ministre des PTT — et son épouse, en somme rien que des membres du gouvernement. Le lendemain, Claude ne s'est pas senti très bien, avait chaud, de la fièvre. Le samedi soir, on lui a proposé de venir prendre un verre, mais il a préféré décliner l'invitation : « Je ne me sens pas très bien », me répétait-il. Le dimanche matin, j'ai téléphoné à un ami proche qui travaillait à la bijouterie pour le prévenir que Claude n'était pas en forme. Bien que je sois enceinte de mon deuxième fils, je suis allée chercher des médicaments place des Ternes quand, vers cinq heures de l'après-midi, Claude m'a dit : « Tu vois, maintenant, j'ai un mal de tête normal, mais ce matin c'était épouvantable. » Je devinais qu'il n'allait pas bien, mais rien de grave. J'ai commencé à m'inquiéter lorsqu'il a décommandé sa partie de poker.

Vers vingt-trois heures, il s'est mis à geindre. J'ai téléphoné au premier médecin que j'ai trouvé dans l'annuaire, qui est venu et a dû repartir vers une heure. Le lundi matin, Thierry était allé en classe, lorsque mon mari m'a soufflé : « C'est épouvantable, ça recommence, je dois avoir une mastoïdite. Je t'en supplie, téléphone à des spécialistes. » Qui sont venus, lui ont fait trois ponctions dans la colonne vertébrale, mais Claude poussait de tels hurlements qu'ils l'ont fait transporter d'urgence à l'hôpital. Il lui fallait de la pénicilline, mais, à l'époque, on n'en trouvait pas encore. On lui a administré des sulfamides à très fortes doses, et il a déliré pendant trois jours. J'ai téléphoné à tous les amis avant d'en trouver un, René Sanson, le père de Véronique, la chanteuse, qui m'a conduite à l'hôpital. Mais en arrivant, on m'a appris que mon mari était mort.

Thierry n'a donc pas eu le temps de le voir malade. D'ailleurs, quand je lui ai appris la nouvelle, il a fait : « Ah ? » Comme j'étais très étonnée de sa réaction, je lui ai demandé : « Et si c'était moi qui étais morte, Thierry ? — Ah, je me jette sous l'autobus, Maman ! » m'a-t-il répondu.

— Plus de soixante ans ont passé, lui dis-je. Ne croyez-vous pas que votre fils est resté un grand enfant ?

Liouba Roland approuva :

— Oui, sûrement. Mais je trouve bien qu'il soit resté ce qu'il était. Thierry n'a pas la grosse tête, ce qui est rare chez les gens de télévision. J'apprécie aussi qu'il ait fréquenté des écoles religieuses et qu'il parle anglais couramment. Je me souviens de lui avoir fait donner quelques leçons de russe et d'avoir noté qu'il avait une bonne oreille.

Elle fit un geste de la main, comme pour balayer un mauvais souvenir.

— C'est vrai qu'à un moment il parlait comme un ouvrier de chez Renault. Et puis, heureusement, ça lui a passé. Mais c'était épouvantable. Il devait sans doute trouver qu'utiliser l'argot faisait bien. Personne ne lui a rien dit, et c'est parti au fil du temps, comme c'était venu.

— Quand on vous parle de lui, que vous dit-on en général ?

— Qu'on l'aime bien. D'une certaine manière, c'est comme si Thierry apportait quelque chose aux gens grâce à la télévision, qui a une influence inimaginable. Je suis toutefois persuadée que beaucoup de personnes sont très aimables avec moi parce que je suis sa mère... Ce qui est drôle, c'est qu'on me l'avait prédit dans les cartes. Si, si, je vous assure. Un jour où j'allais mal, j'étais allée voir une cartomancienne. Qui m'avait dit que ça allait changer. Dans son jeu, il y avait deux valets qui sortaient systématiquement : « Vous avez deux fils ? me demanda-t-elle. — Oui. » Et elle a ajouté cette phrase incroyable : « Vous serez célèbre par vos fils. »

J'ai ouvert la porte de la voiture. Sa main de bijoux a effleuré la mienne.

— Bonsoir madame.

— Bonsoir... N'oubliez pas de dire que c'est un garçon bien, qui est resté simple. Or, pour moi, rester soi-même, c'est très important.

Liouba Roland a traversé le boulevard Machin-Chose, la tête droite, sans âge sur les épaules, la mémoire intacte. Thierry devait déjà regarder la télé, chez lui, allongé sur son lit. Il ne manque jamais le journal de Patrick Poivre d'Arvor.

CHAPITRE 2

Un gamin de Paris

Comment, c'est une vraie question, devient-on un célèbre commentateur de sport à la télévision, de surcroît sur TF1, véritable aimant pour un téléspectateur sur trois en France en moyenne, foi d'audimat ? Comment, pourquoi ? Je prétends et répète souvent que j'ai eu de la chance, mais cette réponse est sans doute un peu facile, même si j'ai eu le pot de naître d'un père bijoutier, d'une mère d'essence aristocratique, donc dans une famille plutôt aisée malgré les douloureuses épreuves traversées, en somme de commencer ma vie dans du coton. Dès lors, rien de grave ne pouvait, ne devait m'arriver. Mais cela suffit-il pour autant ?

L'argent ? Il m'est arrivé de le piquer dans le sac de ma grand-mère. Le confort, je l'avais à portée de main. La bijouterie de Papa ne m'était-elle pas promise pour demain. L'amour ? Celui de ma mère, je l'engrangeais pour toujours. Mais, môme, j'avais un secret, au fond de moi, un rêve. Je ne pensais à rien d'autre qu'à courir, arpenter les Champs-Élysées de bas en haut, de haut en bas, de jour, voire de nuit. Je ne tenais pas en place, n'attendant pas que la lumière vienne à moi mais décidé à filer vers elle. Et, sur les Champs-Élysées, il y en avait des lumières... Le sachant, j'avais flairé instinctivement l'opportunité qu'il y avait à vivre au cœur du monde qui va et vient, qui monte et descend sans trop se presser sur la plus belle avenue du monde. Or voilà que grandit en moi une folle envie de collectionner des autographes de gens célèbres, de gens qu'on ne voit généralement qu'au cinéma, ce cinéma qui alors – c'est l'après-guerre – représente quelque chose de grand et d'inaccessible.

Moi, petite tête blonde bouclée, je pique des sprints éperdus sur les Champs à l'affût de la moindre célébrité de passage et j'accumule des souvenirs. Dès que j'aperçois une proie, je la cerne, la contourne et finis par l'attaquer. Je ne crains rien, ni personne. Mais il est vrai que je n'ai rien à perdre.

⋆

Très tôt, je m'achète donc un magnifique carnet d'autographes sur lequel je fais signer toutes les personnalités que j'ai la chance de croiser. Parfois, il m'arrive de rencontrer quelqu'un ou quelqu'une dont je sais posséder déjà la photo. Alors, je cavale à la maison, monte dans ma chambre et fouille la boîte où tout est rangé par ordre alphabétique. Radieux et triomphant, je ressors l'image, redescends les escaliers quatre à quatre et file sur les Champs courir après ma proie. En général, la « victime » s'avoue très touchée.

Hélas, l'opération ne marche pas à tous les coups.

Je connais ainsi un refus avec l'acteur américain Cornel Wilde, qui tournait beaucoup de films de cape et d'épée. Le voyant remonter les Champs-Élysées, immédiatement je récupère sa photo, reviens à toute allure, me plante devant lui en souriant quand, grande déception, il me regarde et me dit en français :

— Désolé, garçon, jamais quand je suis avec ma famille.

Je l'aurais tué ! J'étais heureux, c'était une de mes idoles, et, d'un refus, il vient de briser mon rêve. Ce souvenir m'a tellement marqué qu'aujourd'hui, quand des enfants me sollicitent, je reste jusqu'au dernier pour signer un bout de papier.

En réalité, cette passion pour les autographes m'est venue en assistant à la Kermesse aux Étoiles, qui se déroulait chaque année dans le jardin des Tuileries. C'était un rendez-vous incontournable, un endroit, un lieu magique. Tous les gens connus viennent et signent à des stands. Le public, lui, fait la queue pour obtenir un grigri de Geneviève Guitry, de Gaby Morlay, de Marie Dubas, de Simone Renant, de Noël-Noël, sans oublier Lucien Jeunesse, Martine Carol, Simone Signoret, Roberto Benzi, Michel Simon. Personnellement, aux anges, j'y pars avec mes copains. On y va tout l'après-midi, on s'éclate, marchant dans la poussière, on a les jambes fatiguées mais on engrange des tas de souvenirs. Lors de la Kermesse 1949, j'obtiens soixante-dix-neuf signatures !

*

Ce n'est toutefois pas mon premier contact avec les stars puisque, alors que je devais avoir huit-neuf ans, j'ai rencontré un grand monsieur du cinéma français : Raimu. J'allais à l'école de Gerson, un collège rue de la Pompe, et, chaque jour, je prenais le bus 32, qui s'arrêtait rue François-Ier. Je tournais à hauteur de l'hôtel *George V*, remontais l'avenue du même nom, puis traversais les Champs-Élysées devant le *Fouquet's* afin de rejoindre la rue Washington. Au 13, en face de chez moi – j'habitais au numéro 10 –, Raimu avait établi ses quartiers parisiens. Très souvent, lorsque je revenais de classe, je le voyais donc franchir la porte du *Fouquet's*, qui était son QG. Comme je le connaissais par le cinéma, lorsque je le croisais, très poliment je lui lançais :

— Bonjour, monsieur Jules.

Et lui me répondait invariablement :

— Bonjour, petit.

C'était tout. Ce petit manège a dû se produire tout au plus une dizaine de fois, mais ce fut suffisant pour qu'il me loge dans un petit coin de sa mémoire.

Un jour, en traversant les Champs-Élysées, nous nous retrouvons tous les deux au milieu de l'avenue parce que le feu était passé au vert. J'allais vers la rue Washington tandis que lui en venait. Comme à l'habitude, je lui dis :

— Bonjour, monsieur Jules.

Mais, cette fois, il me regarda, me toisa même, parce qu'il était immense, et me demanda :

— Mais, petit, c'est curieux, je te rencontre tout le temps, comment se fait-il ?

— C'est très simple, monsieur Jules, lui répondis-je à la fois excité et intimidé, vous habitez au 13, et moi au 10.

— Alors, en quelque sorte, on serait voisins.
— Oui, en quelque sorte on est voisins.
— Ah, c'est totalement différent alors ! Viens, petit, je t'offre l'apéritif.

J'en tombais des nues. Alors, fier comme Artaban, au lieu de rentrer chez moi, j'ai fait demi-tour, ai marché à ses côtés et, pour la première fois de ma vie, me suis retrouvé au bar du *Fouquet's*. Quand il est rentré, Raimu, évidemment *persona grata* dans l'établissement, a fait signe au barman :

— Pierre, pour moi, comme d'habitude, lui ordonna-t-il. Et pour toi, petit, qu'est-ce que tu veux ?
— Un diabolo grenadine, ai-je bredouillé.

Et là, il a eu cette phrase à jamais gravée dans ma mémoire :

— Et un diabolo grenadine pour mon jeune ami !

Je prends donc mon diabolo, lui un Ricard, et nous parlons de choses et d'autres. Si bien qu'au lieu d'arriver à la maison vers douze heures trente, comme d'ordinaire, je débarque avec vingt minutes de retard. Ma mère était aux cent coups :

— Qu'est-ce qui t'est arrivé, comment se fait-il que tu sois en retard ? me demanda-t-elle inquiète.

Et quand je lui ai répondu :

— Parce que j'ai pris l'apéro avec Raimu... elle ne m'a jamais cru !

⋆

Il est vrai que je n'avais pas l'habitude de toujours dire la vérité. Comme beaucoup de gamins d'alors, je préfère m'amuser, jouer, courir l'autographe, que m'appliquer en classe ou faire mes devoirs. Aussi, à l'école de Gerson, je ne fais rien, ou du moins pas grand-chose, me contentant de ce qu'il faut pour passer d'une classe à l'autre. Je suis un ramier, un déconneur, un gosse qui fout le bordel à la première occasion. Liouba et ma grand-mère paternelle Emma-Louise en sont désolées, mais elles n'ont guère de prise sur moi. L'absence de mon père ? Peut-être.

Ce serait toutefois faire injure aux deux femmes qui m'ont élevé que de prétendre que la mort de ce dernier m'a révolté. En fait, je suis d'une nature rebelle, un point c'est tout. Dès qu'il y a une bêtise à tenter, et si possible à réussir, je réponds présent. De toute manière, seul le sport m'intéresse réellement. Ma mère, du reste, ne s'y trompe pas, qui m'inscrit au Racing Club de France quelques mois à peine après la disparition de son mari. Football au stade de Colombes, piscine et un peu de tennis à la Croix-Catelan dans le bois de Boulogne, tel est le programme que je me suis concocté. Avec, bien évidemment, lecture systématique de *L'Équipe*, de *France-Football*, de *Miroir-Sprint*, de *But et Club*, et de toutes les publications se rapportant au sport. Je dévore absolument tout... Et j'entends beaucoup puisque je ne manque aucune retransmission sportive diffusée par la radio.

Un jour, je participe à une émission pour les jeunes du Poste Parisien. Les journalistes André Bibal et Loys Van Lee ont convoqué les footballeurs professionnels du Racing, comme Marcel Salva, l'arrière gauche international, René Vignal, le gardien de but, un véritable dieu pour moi, et encore Angelo Grizzetti, et veulent un gamin capable de jouer le candide. Comme je suis un supporter acharné de l'équipe et qu'ils ont appelé le siège du Racing qui, à l'époque, est le club numéro un de la région parisienne, mon nom est sorti du fichier. Sans doute parce que je suis le membre le plus jeune et, de surcroît, parce que j'habite à deux pas de la radio – il y avait cent et quelques mètres entre notre appartement et la station –, bref on me contacte. Je n'en crois pas mes oreilles. Et quand j'arrive dans le studio d'enregistrement, ce sont mes yeux que je ne crois plus. C'est un autre monde, fascinant, intrigant, magique.

L'émission s'appelle *Le Chemin des Écoliers*. Je ne sais plus qui de Bibal ou de Loys Van Lee fait l'intro, mais, ce jour-là, on me tresse une couronne de fleurs.

— D'habitude, au *Chemin des Écoliers*, nous recevons des champions confirmés qui viennent parler du sport aux jeunes, commence le journaliste, mais aujourd'hui, nous recevons un champion en herbe. Bonjour, comment t'appelles-tu ?

D'une petite voix fluette, je réponds :

— Je m'appelle Thierry Roland.

— Quel âge as-tu ?

— J'ai neuf ans.

Je n'en mène pas large mais je me sens plutôt bien. Après, je demande même aux joueurs présents comment on fait pour devenir professionnel de football. D'une certaine manière, ce fut ma première interview.

Très sincèrement, à l'époque, je n'ai aucune idée de ce que j'ai envie de faire plus tard. J'aurais pu tenir la bijouterie, mais l'immeuble a été vendu très vite, et le magasin avec. Je ne me vois pas commerçant non plus. Je ne sais pas en fait comment j'aurais tourné si je n'avais pas été journaliste, peut-être même aurais-je mal viré, qui sait ? On peut avoir de l'éducation et être gangster de luxe, ça existe ! Je crois d'une certaine manière que c'est le bon Dieu qui a décidé pour moi, et je l'en remercie. On m'a dit que j'avais pensé un moment à devenir chirurgien, mais cette prétendue vocation dut partir très vite puisque, quand on me fait une piqûre ou que je vois du sang, je défaille sur-le-champ. J'ai eu aussi quelques velléités de devenir vétérinaire, mais, comme j'étais vraiment nul en maths, l'idée s'avéra irréalisable. En vérité, j'avançais en âge sans savoir vers quel secteur m'orienter. De quoi angoisser ma mère qui trouvait, à juste titre, que je ne me tuais guère à la tâche.

★

Et puis, durant l'été 1946, elle prend le taureau par les cornes. Et m'expédie en Angleterre pour mieux me bâtir une éducation. Du jour au lendemain, en plein mois de septembre, je me retrouve entre Londres et Oxford, à côté de Reading, sur les bords de la Tamise, dans un collège magnifique appelé Whithechurch House School. Évidemment, ne parlant pas un mot d'anglais, j'entre dans cet établissement comme si je pénétrais dans une prison, et en pleurant toutes les larmes de mon corps. Ma mère m'avait dit que c'était pour mon bien, que j'allais apprendre l'anglais, que je reviendrais pour les vacances, mais je suis malheureux comme les pierres. Heureusement, je tombe sur un directeur exceptionnel, *Mister* Davy, qui parle remarquablement notre langue et comprend que ça ne tourne pas rond. Alors il vient vers moi, me prend par les épaules et me dit :

— Ne t'inquiète pas, tu vas rentrer en France à Noël.

— Non, je veux rentrer maintenant, car je ne me plais pas, lui réponds-je en larmes.

Alors il me demande :

— Qu'est-ce que tu aimes dans la vie ?

— Le sport, répliqué-je tout de go.

Et lui de me lancer cette phrase qui m'a beaucoup marqué, même si j'ai mis du temps à la comprendre :

— Ici, du sport, tu vas en faire tellement que, le soir, tu seras si fatigué que tu n'arriveras pas à dormir. Mais qu'est-ce que tu aimes d'autre ?

— J'aime bien les animaux.

Là, il me sourit :

— Ici, il y a plein d'animaux : des chèvres, des moutons, des poules, des canards, des ânes. Tu sais ce que tu vas faire ? Eh bien, tu vas t'occuper des animaux...

Dès lors, pendant le premier trimestre, je ne vais pas à l'école, mais je reste toute la journée avec les trois intendants qui s'occupent des bêtes et qui m'adoptent sur-le-champ. En trois semaines, un mois, j'apprends tous les gros mots de la langue anglaise et, vers Noël, si je ne peux pas dire que je parle parfaitement, au moins je baragouine l'anglais. Et en janvier, après les vacances de Noël passées en France, j'ai pu reprendre les cours avec mes camarades sans problème.

En France, quand je reviens, je dois toutefois affronter quelques moqueries. De retour pour les fêtes de Pâques 1947, j'ai sans doute l'air un peu gauche quand je débarque du train à la gare Saint-Lazare. Il faut dire que je ne suis pas à mon avantage sanglé dans un uniforme rayé vert bouteille et grenat, deux couleurs à hurler, avec boutons dorés et casquette aussi stricte que triste... Mal à l'aise avec cet accoutrement, j'entends des ricanements en marchant sur le quai. Les mômes de mon âge n'arrêtent pas de se moquer de moi, m'ayant baptisé d'emblée l'Angliche endimanché... Je les laisse dire, l'air faussement indifférent, et, au bout de quelques minutes, après avoir entretenu l'ambiguïté, je prends mon plus bel accent de Paname pour leur asséner triomphant :

— Le p'tit Anglais, il vous dit merde !

Leur tête en voyant que j'ai tout entendu, j'en ris encore. Après, plus personne ne m'a importuné.

D'autant que je m'étais bien adapté au collège, appréciant même les études à l'anglaise parce qu'on travaillait jusqu'à trois heures de l'après-midi et qu'ensuite, de quinze heures à dix-huit heures trente, on faisait du sport. Je peux donc pratiquer aussi bien le foot, le rugby, le hockey, le cricket, le tennis que la natation. Avec ce système où les disciplines de l'esprit occupent une première partie de la journée et celles du corps, l'autre, je crois les Anglais dans le vrai par comparaison au système éducatif français vraiment nul !

Certains disent que j'exagère, mais je constate seulement qu'en passant moitié moins de temps sur les bancs de l'école que nous, Français, les Anglais ont autant d'ingénieurs, d'architectes, d'avocats, de médecins. Il faudrait un jour qu'un ministre de l'Éducation nationale – et alors ce serait un vrai héros – modifie le système pour que, l'après-midi, les gamins puissent se changer les idées : pas forcément en faisant du sport, mais au moins en pouvant se distraire grâce à la peinture, la sculpture ou la musique.

Dans mon collège britannique, je joue essentiellement au football, avec des aptitudes moyennes. Disons que je vaux treize sur vingt. Je suis en fait celui qui court pour attraper le ballon et le donner à ceux qui ont du talent, une sorte de mini-Fernandez du pauvre qui aurait filé la balle au Platini de son équipe. Quand l'été arrive, je joue aussi au cricket. Je suis même le premier étranger à faire partie de l'équipe du collège, un grand honneur. Dans la salle des Trophées, j'ai même une petite plaquette à mon nom. Et j'ai adoré le cricket, un jeu qui se joue à onze contre onze. Une équipe lance, et une autre répond avec une batte en bois. Derrière, vous protégez ce qu'on appelle des *wickets*, trois petits bâtons de bois côte à côte sur le sommet desquels deux objets sont posés, car les lanceurs doivent les faire tomber. On doit frapper la balle au maximum, l'envoyer le plus loin possible et changer de place avec son partenaire. Il y a deux buts, deux *wickets*, une quarantaine de mètres entre eux et, pendant que les joueurs courent après la balle, chacun change de place... c'est complexe mais plutôt amusant.

Si je n'excelle pas dans ce jeu, en revanche, en français, je suis le crack de la classe. À des années-lumière de mes camarades anglais, lesquels veulent tous se mettre à côté de moi durant les cours pour pomper. En revanche, en anglais, au début, j'ai du mal. Le plus dur, c'est le latin enseigné dans la langue de Shakespeare. Avec des versions du latin vers l'anglais ! Un calvaire.

Sur trois cents à quatre cents élèves dans l'établissement, beaucoup sont des étrangers. J'ai d'ailleurs un pote, appelé Tunku, fils d'un maharadjah d'un État du nord de l'Inde. Moi, j'ai horreur du porridge, et lui, des corn flakes, alors on les échange sous la table, en faisant attention à ne pas être vus parce que la discipline est stricte. Les profs ont en effet des *prefects*, des garçons adjoints avec lesquels il ne faut pas rigoler parce qu'ils prennent leur mission de surveillance très au sérieux. Du reste, Tunku et moi respectons leur loi. Très proches alors, nous le sommes restés longtemps après notre départ d'Angleterre. Par lettres interposées, il a dû m'inviter au moins vingt-cinq fois à venir chasser le tigre en Inde. Ce à quoi je lui répondais invariablement : « Je ne veux pas tuer les tigres, je les aime bien. » N'ayant plus de nouvelles depuis quatre ou cinq ans, j'en déduis que Tunku, ce vieux compagnon d'école, doit être mort. De toute façon, je ne serais jamais allé chasser le tigre. J'avais d'autres gros chats à fouetter. Des sports plus de chez nous commençaient à m'occuper l'esprit.

CHAPITRE 3

Cinq buts à deux

8 mai 1949, jour de la commémoration de la victoire. Pas de la victoire de la guerre, mais de celle du Racing. Quelle histoire !

Ce jour-là, la finale de la Coupe de France de football oppose, au stade de Colombes, le Lille Olympique Sporting Club – le LOSC – au Racing Club de Paris. Or c'est la quatrième finale consécutive des Lillois, la grosse équipe de Marceau Sommerlynck qui joue face à mon groupe fétiche. Un match incroyable devant soixante-deux mille spectateurs. Le record absolu. Et moi, j'y suis parce que j'appartiens à une équipe pupille du Racing, laquelle, coup de pot, est désignée pour ramasser les ballons.

Comme c'est un des plus beaux jours de ma vie, je me souviens de tout. Il fait beau. Nous sommes dix ou onze ramasseurs de balles installés dans un petit vestiaire au bout du stade, pas très brillant ni confortable, mais on s'en fout. Nous savons notre chance. Je fais la première mi-temps derrière le but de Wittowski, le gardien lillois qui, au bout d'une bonne demi-heure, en a pris trois ! Deux de Gabet et un de Quenolle. Je suis fou de bonheur. Une joie qui augmente en voyant la tête d'un flic du Nord – à l'époque, les policiers étaient sur la pelouse – à fond pour Lille, qui se décompose au fil de la défaite de ses favoris.

À l'arrivée, le Racing remporte le match par cinq buts à deux. Au coup de sifflet final, je file vers les joueurs du Racing, excité comme une puce. C'est magnifique. Une sensation inoubliable que j'ai ressentie à nouveau lorsque la France a gagné la Coupe du monde en 1998. Une extase totale. J'ai encore en mémoire le visage radieux de René Vignal, mon deuxième dieu. Un moment incroyable.

CHAPITRE 4

Un rendez-vous manqué

S'il est vrai que, par pudeur, on ne balise les sentiers de sa vie qu'avec quelques cailloux, alors ceux-ci, chez moi, sont pierres précieuses et portent noms Vignal et Cerdan, Cerdan et Vignal. À l'époque, je n'ai d'yeux que pour eux ; le boxeur, champion du monde contre Tony Zale en 1948, et le gardien de but du Racing et de l'équipe de France, dont il porta le maillot près d'une vingtaine de fois. Grâce à eux, grâce à ces deux champions que la France entière vénère – et elle a raison, la France, qui a vu en Cerdan notamment une sorte de vengeur d'une fierté nationale pour le moins bafouée par trop d'années de guerre, de privations et de frustrations –, je crois que je me suis trouvé une bonne raison d'exister. Médiocre, pour ne pas dire nul au collège, je vais le rester, mais fidèle, passionné, j'ai alors choisi d'être emporté par ce que le sport et ses champions transportent en émotions et en valeurs. Sur le flot de mes souvenirs d'enfance, je me revois vaincu par les pleurs quand Cerdan perd son joli titre au printemps 1949 face à l'Américain Jack La Motta. Une vraie déchirure.

Oui, j'ai pleuré, je l'avoue… Quant à René Vignal, que j'ai pour la première fois rencontré lors du *Chemin des Écoliers*, l'émission de radio, c'était vraiment une de mes idoles. Un artiste hors pair du ballon, un joueur pas comme les autres. J'ai eu la chance de le revoir bien plus tard grâce au groupement des anciens internationaux, présidé par Juste Fontaine, qui avait une réunion à Paris. Invité parce qu'on me remettait un bronze représentant un footballeur, je me suis retrouvé à table avec Jean-Paul Belmondo et René Vignal, un mec trop gentil, qui ne savait pas dire non et avait tâté un peu de la prison. Un incident de parcours qui n'a jamais changé ma fascination pour lui. Je lui ai même écrit une fois ou deux lors de son incarcération. À un moment, j'avais souhaité aller le voir, mais j'avais pensé à autre chose… J'ai regretté ce rendez-vous manqué. Quand il est sorti, il a continué à habiter dans la région de Bordeaux-Toulouse. Il y a une dizaine d'années, il a eu quelques pépins de santé, mais je crois qu'il va bien maintenant. Il faudrait que je reprenne contact avec lui. S'il me lit… qu'il le fasse et qu'il sache que je garde toujours un coin de pelouse dans ma tête où il joue diablement bien.

CHAPITRE 5

Aux Champs-Élysées

Mais les meilleurs choses ont une fin. Si le foot me passionne, l'école de moins en moins. Revenu d'Angleterre avec l'atout de savoir mieux baragouiner la langue, je ne me passionne toujours pas pour les études. Je les suis, pour la forme et pour ne pas inquiéter ma mère, mais le cœur n'y est pas.

En classe, je suis toujours celui qui mène la déconnade et qu'on fiche à la porte. « Roland, dehors ! Vous me ferez trois heures dimanche ! » Combien de fois ai-je entendu cette punition, au grand désespoir de mes profs comme de ma famille. Mais qu'y pouvais-je, j'avais le tempérament potache ! Et en plus, dans certains domaines, je ne comprenais rien. Ainsi, un jour, le prof de maths, monsieur Lefèvre, un gros très sympa, alors qu'on travaille sur la géométrie dans l'espace, me dit :

— Enfin, Roland, vous voyez quand même les figures se déplacer autour du point A ?

Je lui réponds alors aussi sec :

— Pas du tout !

— Comment, vous ne les voyez pas se déplacer ? s'offusque-t-il en comprenant, tout au moins selon son esprit, que j'avais atteint le sommet de la nullité.

— Là, effectivement, c'est grave ! a-t-il conclu.

En fait, j'ai d'autres passions. Et j'y pense tout le temps. Pour preuve, l'aventure qui m'est arrivée avec le fabuleux boxeur, américain celui-là, qu'était Sugar Ray Robinson et qui venait très souvent en France. Or cette star, qui descend au Claridge, a pour mascotte un nain, Jimmy Karouby, et se balade souvent sur les Champs-Élysées dans une grande Cadillac fraise écrasée. Un samedi soir, je le vois. Cherchant désespérément un morceau de papier, je trouve juste un bulletin de colle puisque j'ai encore été puni pour le lendemain. Ni une ni deux, je lui fais signer un autographe au dos du bulletin. Évidemment, comme je n'ai pas pu ni voulu le rendre, j'ai repris trois heures de colle ! Le sport devenait vraiment de plus en plus important pour moi.

CHAPITRE 6

Premiers micros

Dès que je le peux, je passe en fait à la rédaction du Poste Parisien, où on a fini par me remarquer, tant pour mon culot, mon assiduité, que pour mon amour sincère du sport. Dès qu'il y a un événement d'importance, je viens saluer Georges Briquet, Jean Quittard, André Bibal, André Bourillon, Raymond Marcillac, des journalistes aux voix connues et réputées et, à mes oreilles, déjà si familières.

D'autant que je prends l'habitude de participer en tant qu'invité à des émissions traitant du sport. Tout le monde m'a pris en sympathie, et notamment Roland Dhordain, un des vrais pionniers de la radio en France qui, alors, s'occupe des émissions pour la jeunesse. Il y a aussi un type sympathique qui, plus tard, deviendra meneur de jeu à Europe n° 1, Pierre Sisser. Si bien que, lorsque j'ai dix-huit ans passés, et après avoir échoué à mon baccalauréat, je ne me dégonfle pas. Je vais voir le père Briquet, comme on l'appelait, et, avec le culot de mon âge, je lui lance droit dans les yeux :

— Je voudrais essayer de faire votre métier.

Alors il me répond :

— Tu tombes bien, je cherche un jeune, et ça peut être toi.

La chance marquait un nouveau but dans mon camp.

Comme à l'époque, il n'y avait pas besoin de remplir deux cent cinquante formulaires pour engager un jeune, je me retrouve arpette dans cette grande radio. Je suis payé trois fois rien, mais cela m'est égal. Je ne prends pas d'initiative, un peu intimidé par tous ces grands bonhommes, mais quand on me dit de faire quelque chose, je le fais sérieusement, soigneusement. Je vais chercher des dépêches, je les classe, je prépare des dossiers, je recopie des résultats pour les émissions du week-end. Bref, tout ce que font les apprentis journalistes à la radio.

Et puis un jour, on me tend un micro. Avec mission de ramener du son. Il me semble que ce premier reportage à l'extérieur fut la couverture du Tour de l'Oise cycliste. Me voilà donc parti avec une voiture, une Renault Prairie aux suspensions en noyaux de pêche, pour aller commenter les arrivées des étapes en direct... Et cette année-là, ce Tour est remporté par Jean Stablinsky qui joue sa place pour l'équipe de France. N'étant pas encore ciblé football, je fais ce que l'on me demande, me fiant comme toujours à la chance.

L'un de mes premiers boulots est aussi d'apporter les résultats à Roger Couderc qui anime l'émission du dimanche appelée *Sport et Musique*. J'ignore encore à quel point il comptera dans ma vie, mais mon amour et ma connaissance des chevaux me servent tout de suite.

J'ai d'ailleurs toujours en tête le premier tiercé commenté pour le Poste Parisien, un Grand Steeple de Paris à Auteuil. Il n'y a alors qu'un tiercé par semaine mais, au Poste Parisien, nous avons oublié de commander des lignes pour le direct. Comme je sais que la course sera retransmise à la télévision, je suggère : « Devant l'écran, je saurai commenter, faites-moi confiance. » C'est ce que je fais. En ayant un coup de pot terrible. Parce que le gagnant, qui s'appelait Quimilgrey, et ses suivants, Xanthor et Junia, étaient tellement peu prévus que le montant du tiercé fut énorme. Il n'y eut aucun gagnant dans l'ordre, une première dans l'histoire. Or, dès le départ, j'avais déliré sur ce Quimilgrey que je voyais bien parce que gris et toujours dans le paquet de tête. Si bien que mon commentaire et le succès jouent en ma faveur. Le père Briquet comprend que je ne suis pas trop nul et que je peux dépanner. Cela dit, je suis encore loin d'avoir gagné la confiance du patron puisque j'ai mis des mois et des années pour y parvenir.

Du reste, au bout de six mois, Briquet veut me lourder :

— On ne va pas le garder, il ne fait pas l'affaire. C'est un cossard, il ne veut pas travailler, dit-il.

Odette Contet, son assistante-collabatrice-secrétaire, ainsi que Roger Couderc et Robert Chapatte me sauvent alors la mise :

— Georges, tu n'as pas compris, ce n'est pas ça, il faut donner des choses à faire à Thierry...

— Oui, mais quand on est journaliste, on doit avoir de l'entregent, réplique le boss.

On en est là quand arrivent les Jeux olympiques de Melbourne de 1956. Les deux envoyés spéciaux du Poste

Parisien, Marcillac et Van Lee, font leurs reportages, qui tombent la nuit à cause du décalage horaire. Comme il n'y a pas beaucoup de candidats pour les réceptionner, j'en suis chargé. De « ne faisant rien », je passe à « faisant tout ».

Je me retrouve seul à la rédaction à des heures pas possibles, je traite tout ce qui arrive de Melbourne, je prends les résultats sur l'AFP – l'Agence France-Presse –, je fais les émissions, je présente des petits flashes pour donner les résultats et lancer les envoyés spéciaux. Bref, les sportifs noctambules n'entendent que moi. Et un jour, je franchis un nouveau palier. J'ai pu dire quelques mots dans l'émission *Paris vous parle*, entre dix-neuf heures et vingt heures, de Desgraupes et Dumayet. Quand on y passait, c'était le bâton de maréchal. Et quand on y traitait du sport, c'était ni plus ni moins la consécration, le signe que l'on était vraiment reconnu.

Il faut dire que l'un de mes grands atouts fut ma voix, celle que Robert Chapatte disait « très métallique, bien posée », à côté d'autres journalistes de télé et de radio qui « ont la voix blanche ». Quant au trac, à part de petites appréhensions, je n'en ai jamais été victime. Et si j'ai besoin de me détendre, j'ai depuis des années la même tactique : faire le con, plaisanter... Aujourd'hui, la méthode n'a pas changé, j'appelle un mec que je vois sur la pelouse et je le chambre, histoire d'évacuer le trop-plein de stress. Mais ensuite, une fois que j'ai commencé, c'est parti...

CHAPITRE 7

Briquet allume la flamme

En 1955, c'est fait. J'ai débuté dans la carrière. Il s'en est fallu de peu que mon destin bascule puisque le père Briquet avait voulu me virer. Avec l'appui de ceux qui, très vite, deviendront mes maîtres, Chapatte et Couderc, j'ai tenu bon. Peut-être la jolie gourmette en argent offerte par ma mère, avec à l'intérieur, gravé, cet aphorisme de Kipling : « Celui qui lâche est sûr de ne jamais gagner », y fut-elle aussi pour quelque chose. Car il m'en faut de la ténacité pour m'imposer à côté des radioreporters du Poste Parisien comme Jean Quittard, qui suit le Tour de France, André Bourillon, spécialiste de la boxe et du vélo, qui fait en sorte de ressembler à Clark Gable, Patrick Saint-Maurice, qui traite du football, mais aussi Fernand Heric, André Bibal, Loys Van Lee, Chapatte, Couderc. Et bien sûr, celui devant lequel je n'en mène pas large, c'est Georges Briquet. S'il a allumé par sa compétence, son savoir, sa facilité déconcertante au micro, toute une génération d'auditeurs, moi, il a tendance à me couper les pattes.

À une autre époque, à celle de la télé par exemple, il aurait fait un malheur ! Petit, gros, un peu dégarni, la soixantaine bien portée, il avait une voix extraordinaire et une diction incroyable. Sa particularité, c'est qu'il était le chef mais qu'il présentait aussi le tirage de la Loterie nationale. Si aujourd'hui c'est le Loto qui remporte tous les suffrages, à l'époque, dans la rue, dans des cabanes en bois, aux stations de métro, tous les Français pouvaient acheter des billets pour les tirages au sort hebdomadaires. C'était une vraie passion. Chaque ville voulant sa tranche de gloire, les tirages tournaient : une fois à Besançon, une autre à Lille ou Vallauris, bref, dans tous les coins de France. Or c'était Briquet qui faisait, en direct, le fameux tirage au sort des numéros. Et il faisait durer, durer... Deux heures, deux heures et demie... durant lesquelles il parlait de la ville ou de la région accueillantes, sans aucune note ! Comme il possédait une énorme culture et qu'il avait fait une quinzaine de Tours de France, il connaissait l'Hexagone sur le bout des doigts et, notamment, les restaurants. Un vrai personnage dont tous les gens de ma génération se souviennent. Comme certains le savent, il est décédé pendant les Jeux olympiques de Grenoble en 1968. Une vraie perte. Et même s'il m'avait engueulé des centaines de fois et que je n'ai pas pu me rendre à ses obsèques à cause des JO, sitôt ceux-ci finis, je suis allé me recueillir sur sa tombe. Seul. J'avais une dette envers lui : grâce à ses coups de colère et à son art de me pousser à bosser, il avait fait de moi... un journaliste.

CHAPITRE 8

Le collectionneur

À dix-huit ans, je suis donc journaliste stagiaire au Poste Parisien, je vois des matchs, je commente différentes disciplines, mais je vis encore au 10 de la rue Washington. Garçon d'habitudes et de fidélités, collectionneur d'autographes, d'émotions, de journaux de sport, de bandes dessinées, j'entasse déjà beaucoup. Une manie, un défaut, disent d'autres. Dans ma chambre se trouvent juste un petit lit, un bureau d'écolier, un placard qui fait souvent office de but et une fenêtre sur cour. Sur un pan de mur j'ai punaisé l'équipe du Racing, pour ne jamais perdre de vue ceux qui sont devenus mes idoles.

Car les images, je continue à les collectionner. Il est vrai que, dans les années 1950, des vendeurs passent dans les travées des tribunes des stades pour vendre des photos des équipes. Pour l'équivalent de dix francs d'aujourd'hui, on achète un petit cliché format carte postale, en noir et blanc avec, debout, les défenseurs, accroupis, les attaquants... Mais moi, j'avais aussi fait la connaissance d'André Bienvenu, un photographe dont je fréquentais la boutique rue de Fleurus, au coin du boulevard Raspail. Lorsque j'étais en troisième, en seconde ou en terminale et que je séchais, je trouvais toujours le temps de passer le voir pour l'aider à trier ses photos. Je l'accompagnais même parfois jusqu'à Rueil-Malmaison lorsqu'il partait photographier l'équipe de France de football. Un moment extraordinaire puisque, alors qu'une cinquantaine d'habitués attendait devant la porte pour quémander un autographe, moi, j'entrais avec lui et je les voyais tous : les Vignal, Kopa, Marche, Jonquet, Penverne... D'où des tas d'images signées. Une passion qui ne m'a jamais quitté.

*

Pour être honnête, je ne sais pas jeter. Et même je ne le veux pas. Je garde tout, y compris les vêtements. Ceux-ci ont beau vieillir, je les conserve, attendant que la mode revienne pour les sortir de nouveau, comme neufs. On me charrie d'ailleurs assez là-dessus.

À l'âge de dix-huit ans, je suis donc une sorte de vieux garçon, comme on dit communément. Jusqu'au jour fatal, quasi dramatique, où les circonstances m'obligent à déménager. Ma grand-mère venant de mourir, mon frère Claude ayant grandi, Maman, remariée et à nouveau veuve, veut un appartement plus conforme à ses goûts. Dès lors, adieu la rue Washington ! Une vraie déchirure pour moi qui, quand je suis à l'aise dans un endroit quel qu'il soit, restaurant, hôtel ou appartement, n'aime pas bousculer mon univers. Mais il faut me faire une raison.

J'ai donc choisi de vivre dans un studio, rue de Civry, entre la porte de Saint-Cloud et la porte d'Auteuil. Un secteur que je connais bien, pratique même, puisque proche du parc des Princes, du Racing et des hippodromes. Le problème, c'est que ce studio est aussi petit que mon salaire au Poste Parisien. Et là, je commets l'une des grosses bêtises de ma vie en fichant toutes mes BD à la poubelle. Des centaines et des centaines d'albums que j'avais pieusement amassés depuis que, tout môme, à la suite de piqûres dans l'épaule qui faisaient un mal de chien – vaccins contre le tétanos, la polio, la diphtérie –, ma mère m'avait offert mes premiers *Tintin*, *Pilote* et *Spirou*. Entré dans l'univers de la bande dessinée par le biais de la récompense, je n'en étais – et n'en suis – plus ressorti. J'ai d'ailleurs toujours considéré qu'il était plus facile de lire une bande dessinée qu'un livre normal, goût que je n'ai pas honte de reconnaître. Une BD, on l'ouvre, et aussitôt on part en voyage, on rêve, on rit, on pleure, on vit, quoi !...

Un jour d'ailleurs, j'ai raconté cette passion à Pierre Arditi, qui est l'un des plus grands collectionneurs au monde. Invités à un festival de BD à Charleroi, en Belgique, nous sommes restés quarante-huit heures à faire largement connaissance. Et là il m'a parlé d'un personnage que je ne connaissais pas, le journaliste Marc Dacier. Quelques heures tard, sans me le dire, il est allé à un stand acheter toute la série et me l'a offerte. Pas de doute, ce comédien, qui plus est fondu de football, est un type extraordinaire ! Aujourd'hui du reste, ma grande fierté, c'est de posséder les œuvres complètes d'Hergé, tout comme les *Lucky Luke*, les *Astérix* et même les classiques du jour dont les trois plus beaux fleurons sont : *XIII*, *Largo Winch* et *Lieutenant Blueberry*.

★

Mais le drame ne s'est pas arrêté là. Car entre la rue Washington et la rue de Civry se perdent aussi des centaines et des centaines de numéros de *France-Football* que j'avais pris soin de collectionner depuis 1948. Des années plus tard, j'ai pu, grâce notamment à l'un de mes confrères, Jacques Thibert, qui fut longtemps directeur de la rédaction de l'hebdomadaire n° 1 du football, et à *Télé 7 Jours* qui publia un message – « Thierry Roland recherche numéros manquants de *France-Football*. Nous contacter » –, reconstituer l'ensemble, mais quel travail.

Cela m'a au moins permis de rencontrer un personnage extraordinaire. Comme il me manquait au final les numéros 4 et 7, un week-end, à Pâques, j'ai pris la voiture direction Quimperlé, en Bretagne, et me suis retrouvé face à un véritable bienfaiteur appelé M. Didier. Ayant eu vent de mon problème par l'hebdo télé, pour la somme ridicule de dix mille francs de l'époque – nous étions à la fin des années 1980 –, il m'a vendu les mille premiers numéros du journal dont les fameux 4 et 7 qui sont, par parenthèse, mes chiffres au casino. Et ce parce que le frère de ce charmant correspondant avait travaillé aux Chemins de fer de l'AOF (Afrique-Occidentale française) dans l'immédiat après-guerre et qu'il avait été abonné dès le premier jour à *France-Football*. Soit depuis le 8 janvier de l'année 1946.

Aujourd'hui, l'hebdo en est à plus de deux mille huit

cent quatre-vingts numéros, que j'ai donc tous reliés. Lorsque le numéro 2000 est paru, Alain de Martignac, photographe à *L'Équipe* et à *France-Football*, est même venu chez moi pour me tirer le portrait au milieu de tous ces volumes. Empilés les uns sur les autres, ça faisait une hauteur équivalente à ma modeste taille.

CHAPITRE 9

Un grand monsieur s'éteint

À la mi-décembre 2000, une sale nouvelle est tombée sur les téléscripteurs : la mort de Jacques Goddet, père fondateur de *L'Équipe* et directeur du Tour de France. *L'Équipe* du 10, rue du Faubourg-Montmartre, Paris IXe, avec ses odeurs fortes, ses bistrots, au cœur de la cité et, on dirait, des choses ; *L'Équipe*, où grouillaient des idées, s'envolaient des plumes et où, depuis le bureau de Jacques Goddet, situé au premier étage, s'échafaudaient des projets, se concrétisaient des compétitions nouvelles pour toujours faire grandir le sport et ses serviteurs, venait de perdre l'une de ses figures. Car c'était bien un grand monsieur, même notre père spirituel à tous. Je le connaissais depuis longtemps, mais c'est un souvenir plus particulier qui me revient à l'esprit. L'histoire remonte aux Jeux olympiques de 1964 à Tokyo. Avec l'équipe de Raymond Marcillac, je suivais l'athlétisme mais, globalement, ces JO étaient d'un sacré ennui.

Et en plus il y avait le décalage horaire. Bref, en voyant approcher la fin de la compétition, avec Chapatte, Janin, Marcillac et les autres, nous n'avions qu'une idée en tête : le retour en France par le chemin des écoliers en passant par Hongkong et Bangkok. Mais avant ces heures de shopping et de tourisme, il nous fallait encore assumer notre dernier direct, à savoir la cérémonie de clôture. Nous voilà donc tous en voiture avec un chauffeur japonais, mais englués dans la circulation, déjà impossible, à Tokyo, sous une chaleur moite et orageuse. Je pense à autre chose, au lendemain, à l'avion qui va nous conduire à Hongkong pour des achats et à Bangkok pour des massages, quand, la fenêtre ouverte, j'entends, dans mon subconscient, *La Marseillaise*. Or je n'y crois pas puisque depuis le début de ces Jeux, tous les Français, à commencer par Michel Jazy et Christine Caron, ont été battus. Je tends donc un peu plus l'oreille, et, effectivement, dans la voiture à côté, la radio diffuse notre hymne national. Aussitôt je me retourne vers Robert Chapatte et Raymond Marcillac en leur criant :

— Pierre Jonquères d'Oriola a gagné le jumping !

— Arrête, Thierry, tu es malade ! me répondent-ils en rigolant.

Nous continuons à avancer cahin-caha dans les embouteillages quand, débouchant sur le parking qui jouxte le stade olympique, le premier gars que l'on voit sortir du stade en courant, heureux comme un gosse, c'est Jacques Goddet. Lequel nous hurle : « Ah ! les amis, c'est formidable, c'est extraordinaire ! », et nous confie avoir déjà son papier en tête. Il se faisait une joie de devoir le rédiger. C'était vraiment un homme d'une autre époque... Pour lequel j'ai un grand respect. S'il est mort à quatre-vingt-quinze ans, il aurait pu d'ailleurs aller jusqu'à quatre-vingt-dix-huit ou cent, comme ma sœur de lait... la reine-mère d'Angleterre née le même jour que moi, un 4 août. Je ne comprends pas pourquoi, en revanche, il y avait si peu de journalistes de la nouvelle génération de *L'Équipe* à ses obsèques. Peut-être étaient-ils en reportage ou en RTT ? Mais je crois plus sûrement que le nom même de Goddet ne leur disait rien.

Pas plus que l'idée même de la mort...

CHAPITRE 10

Les plaisirs de la rue Washington

Quant à l'idée de l'amour... Disons que j'ai longtemps été plutôt timide. Même si le flirt m'amusait assez.

Dans l'après-guerre, nous vivions tous en petites bandes. Je faisais ainsi partie de l'une d'elles, plus ou moins basée dans le XVIe arrondissement. Nous allions à des surprises-parties, nous écoutions de la musique en cadence, il y avait les adeptes du jazz moderne et ceux du be-bop. Mais, moi, je préférais le slow sur place, une danse un peu serrée où l'on flirtait un petit peu, mais rien de bien méchant. Si nous nous donnions des petits baisers ou nous prenions par la main, c'était le bout du monde ! Bref, des agaceries plutôt mignonnes. Ma première fiancée de mon âge, pour tout avouer, s'appelait Geneviève. Je la revois même encore aujourd'hui de temps en temps. Mais la première expérience sexuelle, comme on dit, fut beaucoup moins romantique. Car celle qui m'a déniaisé était une dame de petite vertu.

Une pute, quoi, prénommée Raymonde ! Il y avait plein de prostituées rue Washington, et, celle-là, je l'avais remarquée parce qu'elle était brune, de taille moyenne, avec de beaux yeux, surtout le gauche... Et puis un jour... j'ai franchi le pas. L'histoire s'est très bien passée, elle a été très gentille. Comme j'étais déjà rébarbatif aux travaux d'approches et aux discussions, c'était ce qu'il me fallait. Et sur ce point, je n'ai pas changé : il faut que ça se passe tout de suite, sinon je n'ai plus envie. Bien sûr, certains avancent que tout le plaisir est dans l'attente, mais, personnellement, je n'ai jamais été trop patient dans ce domaine. Avec l'âge, si les filles me plaisaient, je désirais tout de suite passer à l'action. On siffle le début du match, et quatre-vingt-dix minutes après, dans le meilleur des cas, c'est terminé !

J'avoue sans honte que les dames de petite vertu, c'est une solution de facilité. À l'époque, il y avait même encore quelques maisons de grande qualité dans Paris, et j'admets avoir pris goût à leur fréquentation. Ces jeunes femmes ont une mauvaise réputation, mais elles sont en fait remarquables, et j'ai toujours eu beaucoup de plaisir avec elles.

Le plus incroyable, c'est que, des années plus tard, en traversant les Champs-Élysées, j'ai revu Raymonde. Elle avait changé de métier pour devenir chauffeur de taxi. Le feu était rouge. Elle s'est arrêtée, a viré son client, et nous sommes allés boire un verre. Beau clin d'œil du destin, non ?

CHAPITRE 11

Changement de programme

1958. La Coupe du monde se profile en Suède. Je ne le sais pas encore, mais ce sera celle, sublime, du Brésil de Pelé et de l'équipe de France des Kopa, Fontaine, Piantoni *and Co.* J'ai déjà pris mes billets, tout planifié, tout prévu pour partir dans ce pays, non comme journaliste, mais comme supporter fou de foot. Moins drôle, je me prépare aussi à être appelé par le service national. Or on est en pleine guerre d'Algérie. Et pour un môme de vingt ans, aller dans les Aurès n'a rien de vraiment réjouissant. Je me trouve donc partagé entre ma passion du ballon rond et la petite trouille qui me triture le bide à la perspective de devoir faire mon devoir.

Mais un matin, en me lavant les dents, je me mets à cracher pas mal de sang. J'en parle tout de suite à ma mère qui accuse le coup mais me conduit chez un spécialiste. Le ponte diagnostique la présence d'une saloperie qui bouche mes bronches. Début mai 1958, au lieu de préparer mes paquetages pour la Suède puis l'armée, je me retrouve donc dans un sanatorium à Montbolo, dans les Pyrénées-Orientales, près de Perpignan. Où je reste jusqu'à la fin novembre.

Conséquence, je suis exempté du service militaire dans une période vraiment douloureuse pour le pays. J'avoue même que cela m'a un peu traumatisé parce que j'ai eu l'impression de trahir et de ne pas faire mon devoir, alors que tous les jeunes de mon âge devaient porter le fusil. J'ai d'ailleurs plein de copains qui sont partis pour l'Algérie et en sont restés marqués à vie. Quant au foot, je me suis retrouvé à écouter les matchs de la Coupe du Monde à la radio et à en regarder quelques-uns retransmis à la télé et commentés par deux géants du métier, Jacques Sallebert et Georges de Caunes.

Le père Briquet a même une initiative touchante puisque, informé de ma maladie, il m'envoie un petit message de soutien en direct à la radio, lors du match France-Paraguay qu'il commente. Quarante ans plus tard, je songe souvent à ce geste, et c'est sûrement en souvenir de cet événement qu'il m'arrive fréquemment de passer des messages personnels durant les matchs que je commente. Je sais que cela choque certains rabat-joie, mais j'ai reçu des témoignages tellement touchants de personnes qui m'ont remercié pour les dix secondes passées à saluer la mémoire de tel ou tel parent, de tel ou tel enfant, que c'est plus fort que moi. Certes, si un décès survenait dans ma famille, je n'aurais pas l'idée d'écrire un mot à un présentateur de télévision pour lui demander un hommage public, mais je comprends parfaitement que des gens puissent penser qu'entendre le nom d'un intime à la télévision c'est voir sa mémoire honorée... Tant mieux si cela peut faire du bien.

CHAPITRE 12

La télévision

Guéri, je reviens à Paris et, pour la première fois, j'entre en télévision. Avec mon Vespa bleu ciel et blanc aux couleurs du Racing, j'effectue des allers-retours de plus en plus fréquents entre les Champs-Élysées et la rue Cognacq-Jay, en bas de l'avenue George-V, de l'autre côté du pont de l'Alma. Je porte désormais la double casquette : radio-reporter et télé-reporter.

Au début, à la télé, on me demande de commenter des petits sujets d'une minute trente. Un match de hand-ball au fin fond de la Russie, un match de hockey au fin fond du Canada. Les sujets importants sont tournés par des cameramen de la télévision, mais cinquante pour cent de la matière du journal arrivent par des petits bobinos d'agences. Aujourd'hui, tout est fourni par des reporters et des cameramen intégrés. Je fais donc un peu de tout : du tiercé dominical quand Léon Zitrone ne peut pas le commenter, des matchs de foot, de rugby, de basket. Je n'arrête pas de bosser et ça me plaît.

L'ennui, c'est que l'émission dominicale de résultats du Poste Parisien tombe en même temps que le programme *Sport Dimanche* créé par Raymond Marcillac et placé juste après le journal télévisé. Dès lors, Chapatte et moi ne pouvons pas travailler pour les deux. Cruel dilemme : étant heureux à la radio et n'envisageant pas non plus de quitter le petit écran, nous ne savons que faire. Et puis, un lundi, en arrivant à son bureau, Georges Briquet trouve une note de service signée du directeur général du Poste Parisien où il est spécifié que « Robert Chapatte et Thierry Roland sont mutés à la télévision à la demande de Raymond Marcillac ». Un véritable oukase : Marcillac avait souhaité que l'on fasse partie de son équipe et on ne pouvait rien lui refuser. Qui plus est, avec une radio et une télévision appartenant à la même RTF ! Nous n'avons donc plus à choisir puisqu'on a tranché pour nous. Le problème, en revanche, est venu du père Briquet, persuadé que Chapatte et moi avions intrigué pour aller à la télévision. Pendant des mois, et même des années, il nous en a voulu. Heureusement, il a fini par admettre que nous n'y étions pour rien, mais le climat a longtemps été tendu.

CHAPITRE 13

Plus qu'un ami, un frère

Avec Chapatte, rien de tel, évidemment. C'est plutôt total respect, une affection de petit frère pour un aîné, une sorte d'amour qui ne se commande pas, né de la première rencontre, pour un rien, comme ça. La première image que je garde de lui, c'est Robert installé au huitième étage de l'immeuble au-dessus du cinéma le *Normandie*, sur les Champs-Élysées. Dans une attitude de type normal qui ne se prend pas la tête, qui parle à tout le monde et notamment à moi, petit morpion. Nous avons débuté ensemble dans la carrière, mais il a quinze ans de plus que moi et a été champion de cyclisme. Son parcours est du reste passionnant. Tout en pédalant, il avait décidé de devenir radio-reporter et, à l'issue de la saison de 1955, il s'est dirigé vers Radio-Monte Carlo. Ensuite sa route a bifurqué très vite vers le Poste Parisien où nous nous sommes rencontrés. Ancien pistard et grimpeur, ce qui est plutôt rare, il avait même participé à plusieurs reprises au Tour de France. Avec beaucoup de panache, puisque même encore aujourd'hui, au début du troisième millénaire, les spécialistes assurent qu'il était un champion de classe. Il n'a peut-être pas remporté de grandes courses, mais c'était un excellent coursier, comme on dit.

Et puis, quel caractère ! L'un de ses faits d'armes, c'est un Paris-Brest-Paris de pratiquement mille bornes sans s'arrêter ! Un jour, il vire en tête – avec un quart d'heure d'avance, ce qui n'était pas grand-chose – quand survient une averse. Comme Robert roule en petite tenue, il réclame à la voiture suiveuse un caban. « On n'en a pas, on va en demander un à René », lui réplique-t-on. René étant René Vietto, son directeur sportif et l'un des géants du vélo. Comme, à l'époque, il n'y a pas de talkie-walkie, un motard finit par se détacher, arrive à la hauteur de Vietto et lui dit :

— Robert demande un caban.

Et l'autre, très méditerranéen, réplique :

— Tu diras à Chapatte qu'un grand coureur n'a pas besoin de caban.

L'autre remonte la course avec sa moto, arrive à hauteur de Chapatte et lui répète mot pour mot les propos de Vietto. Colère de Robert qui grince : « Ah bon, il a dit ça ? » et, immédiatement, s'arrête, jette son vélo dans le fossé et abandonne la course. En fait, il est passé de la selle du vélo au micro sans transition ni aucun effort. Doué naturellement, il était d'autant mieux fait pour ce métier qu'il sortait des pelotons et que les vingt-cinq ou trente coureurs qui participaient aux arrivées, il les connaissait par cœur.

Le seul hic, c'est qu'avant sa venue c'était André Bibal

qui traitait des choses et des hommes du vélo au Poste Parisien. Or, du jour au lendemain, le pauvre a été relégué dans le traitement des petites courses. Un peu jaloux, un peu vexé aussi, Bibal a voulu un jour faire comme Chapatte, et donner en direct, quasiment les yeux fermés, les douze premiers d'une course. Mais, à la différence de Robert, il s'est arrangé avec les horaires. À l'occasion d'une épreuve de second ordre, il a en effet laissé se conclure la course, attendu le classement officiel des vingt-cinq premiers pour, ensuite, avec un bruit de fond, commenter l'arrivée comme si elle avait lieu sous ses yeux. Dans les heures qui ont suivi, Georges Briquet, pas dupe, lui a envoyé un télégramme au message clair : « Prière arrêter escroquerie sinon sanction arrive. »

Personne ne pouvait imiter Chapatte. Encore aujourd'hui, en l'an 2001, personne, je dis bien personne, ne lui arrive à la cheville ni n'a été aussi fort, aussi percutant, aussi perspicace que lui.

De mon côté, grâce à ses conseils, son esprit, son aide, j'ai grandi, me suis fortifié. Et j'ai pu rencontrer un champion extraordinaire en la personne de Jacques Anquetil, lequel avait ses têtes : soit il vous aimait bien, soit il ne vous aimait pas et ne vous l'envoyait pas dire. Par chance, je me retrouve dans ses petits papiers. Et j'aurai même l'occasion de dormir à deux ou trois reprises chez lui, à côté de Rouen. La première fois a d'ailleurs été plutôt cocasse. Avec Jacques et Robert, on prend l'apéro, on dîne, puis on avale un digestif... Anquetil est au firmament de sa carrière, et c'est la trêve, l'entre-saisons, la période fin novembre, début décembre. On mange beaucoup, on boit plus encore et on se met au lit vers deux heures du matin. Quand Jacques nous dit :

— Vous n'oubliez pas que demain à quatre heures et demie, on va à la chasse au canard.

Dans ma petite tête je pense, « il déconne, ce n'est pas possible de dormir seulement deux heures et demie ». Et pour jouer le finaud, je lui réplique :

— Il n'y a pas de problème.

Et je vais me coucher. J'ai encore les tempes qui cognent et l'impression de venir à peine de m'endormir quand j'entends frapper à la porte. C'est Jacques qui me lance :

— Tu es prêt Thierry ?

Dans le coma, je bredouille :

— Quoi, quoi ?

Et lui réplique :

— Les canards !

Qu'on le croie ou non, je me suis levé et je n'ai pas vu les canards. Comme je n'ai pas vu non plus les sangliers auxquels Anquetil affirmait parler parce qu'ils passaient à travers sa propriété. Au départ, je n'y croyais pas, mais d'autres me l'ont confirmé. Jacques se mettait dans un coin, les sangliers arrivaient, s'arrêtaient, le reniflaient, et lui leur parlait. Un personnage hors série.

Comme Robert. Robert qui est décédé depuis plus de quatre ans, très exactement le 19 janvier 1997. Une mort douloureuse. Il était arrivé à la fin de son parcours. Je nous vois encore tous les deux dans la pâtisserie, en face de chez moi où, au moment des rois, nous mangions une petite galette. J'étais le roi, lui la reine, ou inversement. On aurait dit deux vieilles folles.

Mais je n'ai pas supporté la fin... Elle ne m'a pas fait rire.

CHAPITRE 14

Les Coulisses de l'exploit

1960. L'époque héroïque de la télévision où le sport occupe déjà une place prépondérante. Jacques Goddet et Raymond Marcillac ont créé *Les Coulisses de l'exploit*, l'émission qui est, toutes proportions gardées, le pendant de *Cinq Colonnes à la une*, le grand rendez-vous hebdomadaire socio-politique du vendredi soir initié par Pierre Desgraupes, Pierre Dumayet, Pierre Lazareff et Igor Barrère. Grâce aux *Coulisses*, j'effectue mon premier grand reportage à l'autre bout de la planète.

En Nouvelle-Zélande plus exactement. L'idée vient de l'exploit du Néo-Zélandais Peter Snell qui, lors des JO de l'été précédent, avait créé la surprise en battant le grandissime favori, le Belge Roger Moens, dans la finale du huit cents mètres d'athlétisme. Intrigués, nous voulons donc savoir ce qu'est ce pays et nous embarquons à cinq, à savoir Alain Jouin, un preneur de son – qui deviendra par la suite un bon journaliste –, deux cameramen et le réalisateur Henri Carrier, un type formidable. Mais, il y a quarante ans, aller aux antipodes, c'est entreprendre une expédition complètement folle. Les Boeing 747 n'existant pas encore, il faut multiplier les escales. On décolle d'Orly à bord d'un 707 direction Athènes. Ensuite, deuxième escale à Téhéran, puis Karachi, Saïgon, Bangkok, Darwin. La septième escale, c'est Sydney avant Auckland. En tout, quarante-huit heures de voyage. À l'arrivée, nous sommes morts de fatigue et nous rendons immédiatement à l'hôtel. Dans ma chambre, j'ai posé ma valise et mon sac, je suis tombé les bras en croix sur le lit et je me suis réveillé le lendemain matin dans la même position.

Nous avons donc rendez-vous avec Peter Snell qui habite à une vingtaine de kilomètres d'Auckland. Notre première surprise, découvrir que, son entraînement, il le fait en allant au travail. Clerc de notaire, il commence à neuf heures le matin et va de chez lui à l'étude en courant. Le soir, *idem*. Soit entre trente et cinquante bornes par jour. L'image valant le coup, nous décidons, avec nos deux caméras – dans ces années-là, il n'y avait pas des bandes comme aujourd'hui –, de le filmer en action. On se place sur le chemin et, à cause des embouteillages, on le perd. On recommence, même chose. Finalement, on parvient à mettre la scène en boîte.

Évidemment, nous profitons de notre présence en Nouvelle-Zélande pour tourner un sujet sur les All Blacks, et notamment l'arrière de l'équipe de rugby, Don Clarke, un monstre. On se prépare à reprendre l'avion quand un câble de Marcillac nous oblige à rester. Il veut amortir le déplacement avec le tournage d'un maximum de magazines. Le problème, c'est que nous nous étions acheté un tas de cadeaux et que nous n'avions plus un kopeck.

Et quand nous nous retrouvons dans le Hilton de Sydney, en Australie, à nous tous nous n'avons plus en poche qu'une dizaine de billets ! Heureusement, le directeur de l'hôtel, très sympa, français de surcroît, nous prête un peu de fric en attendant que des frais soient versés de Paris et, *via* un câble, à une banque française installée sur place. Enfin on souffle un peu. Un soulagement de courte durée puisque, deux jours plus tard, il n'y a toujours rien. La vraie panique. N'en pouvant plus, je me rends dans le bureau du directeur de l'hôtel et j'envoie un câble incendiaire et humoristique à Paris : « Prière envoyer maintenant argent de toute urgence. Stop. N'avons pas bouffé depuis plus de vingt-quatre heures. Stop. Allons être obligés de quitter hôtel par sortie de secours. » Je fais lire le message au directeur qui sourit et décide de nous faire un chèque sur ses propres deniers. L'équivalent de cinq mille francs pour chacun de nous. Près de trois briques à l'arrivée ! Un geste génial mais mal récompensé parce que l'administration de l'ORTF a mis un temps incroyable pour le rembourser : trois mois. Lorsque je suis rentré à Paris, j'ai poussé des hurlements dans les bureaux de l'administrateur en lui disant qu'il se foutait de notre gueule. Un scandale !

★

Le pire, c'est que ces lenteurs sont à cette époque monnaie courante, si j'ose dire, à l'ORTF. On croule alors sous une administration pesante et pointilleuse.

Une autre histoire mérite d'être racontée.

En 1962, Monaco est champion de France de foot. Et, en fin d'année, nous organisons une sorte de « monstre » avec rétrospective des événements les plus forts, ce qu'on appelle un marronnier dans notre jargon. Marcillac me dit : « Tu vas aller faire un sujet sur Yvon Douis, joueur de Monaco et, sur place, tu en profiteras pour réaliser une interview de Monique Salfati... », laquelle est une petite Cannoise d'origine pied-noire, championne de France de tennis. Bref, je séjourne quarante-huit heures à Monaco. Mais comme je note qu'il y a le match Toulouse-Reims le dimanche suivant, je prends le train transversal Nice-Toulouse *via* Marseille dans la nuit du samedi. Et j'arrive, vers deux heures du matin, dans un froid sibérien en gare de Toulouse-Matabiau. À demi endormi, mon sac sur le dos, je me précipite vers le premier hôtel, le *Terminus*, qui jouxte la gare. Le temps de mettre un pyjama, et je me rendors aussi vite.

Six à huit mois passent quand, un jour, je reçois une note. On me convoque à l'administration, au 107, rue de Grenelle où m'accueille un responsable dont je préfère taire le nom par charité. Avec l'accent du Midi, il me dit :

— Bonjour, petit monsieur Roland. J'aime beaucoup ce que vous faites, du reste je vous regarde. Vous êtes très prometteur, mais je vous ai convoqué pour une raison extrêmement grave.

— Qu'est-ce qui se passe, monsieur l'administrateur ?

— Figurez-vous que j'ai repris votre dossier de la semaine du 27 décembre de l'année dernière et que je me suis aperçu d'une chose épouvantable. Il y a une nuit où vous avez dormi deux fois !

— C'est-à-dire ?

— Eh bien, je vois que, dans votre dossier, que je vous montre, car je n'ai rien à cacher, il y a le bordereau 6891 – couchette première classe dans le rapide 1012 de Nice-Centre à Toulouse-Matabiau – et qu'ensuite vous avez une chambre à cent vingt francs à l'hôtel *Terminus*.

Je réponds, naturellement :

— Oui ! C'était pour finir ma nuit.

— Non, non. C'était l'un ou l'autre, petit monsieur Roland.

— Mais je suis arrivé à deux heures trente du matin, qu'est-ce que vous vouliez que je fasse ?

— Eh bien, vous auriez dû faire ce que j'aurais fait moi-même et ce que le règlement de l'administration vous invite à faire : vous auriez dû aller finir votre nuit dans la salle d'attente des premières classes !

Quel con. Lui ne devait vraiment pas souvent se déplacer. Et comme on peut s'en douter, l'ORTF ne m'a jamais remboursé la couchette !

CHAPITRE 15

Plus qu'un ami, un père

Si Robert a été mon grand frère, Roger fut presque un père pour moi. Chapatte d'un côté, Couderc de l'autre, deux amis, deux maîtres, deux potes. Roger m'a d'emblée fasciné par sa truculence qu'on dirait sortie d'un roman de Pagnol. Avec lui, tout devient énorme, démesuré, exagéré. Qui ne se souvient de ses commentaires ? Il s'écrie « Allez les petits ! » pour soutenir l'équipe de France de rugby, et la France entière se passionne pour ce jeu et ces petits aux allures de mastodontes qui s'appellent Domenech, Roques, Mias, Mommejat, Crauste et, plus tard, Spanghero, Dauga, Cester... Un vrai dieu du sport et de l'écran.

Et quand je pense à Roger, je bascule d'un souvenir à un sourire, d'une blague de potache à sa mort brutale. Dans un désordre de dates, d'époques et de sentiments où le présent se mélange au passé.

★

Roger a été au rugby ce que Chapatte fut au vélo. Certes, Couderc n'était pas un super-technicien du ballon ovale, mais il avait le sens du spectacle et un accent extraordinaire qui se mariait à merveille au monde du rugby. Couderc et Chapatte ont inventé le commentaire du sport à la télé... avec de la vie, de l'humour, de la passion, des tripes. Tellement de tripes que Roger en était malade !

Très souvent, avant un week-end de Tournoi des cinq nations, il avait la grippe. C'était juste le stress qui montait, mais il se mettait plein de médicaments dans le nez et la gorge, se soignant comme s'il était mourant. À tel point que, dans son appartement de Neuilly, quand il se reposait avant les matchs et que son fils Laurent marchait d'un pas décidé dans l'appartement en faisant craquer le plancher, il gémissait d'une voix plaintive depuis sa chambre : « Laurent ! Fais pas de bruit en marchant quand ton père il est mourant ! » Un vrai cas, mon Roger.

Je me souviens aussi que, coquet, il faisait particulièrement attention à ses vêtements. Un jour, il va dans une boutique installée dans le passage du Lido à Paris. Le vendeur le voit arriver et lui fait tout un baratin.

— Ah ! monsieur Couderc ! On a exactement ce qu'il vous faut : un manteau qui a été coupé pour Charles Trénet, mais qui est un peu grand pour lui. À vous, il va aller comme un gant !

Et il lui file le pardessus plus que difficile à porter parce que écossais rouge et noir. Roger, un peu myope, l'essaie dans la pénombre du magasin et le paie une fortune, fier d'avoir un vêtement taillé dans une matière noble. Mais le soir, en rentrant, sa femme Noune pousse un cri d'effroi :

— Mon dieu, Roger ! Qu'est-ce que c'est que cette horreur ?

— Tu plaisantes, c'est le manteau de Charles Trénet ! lui répond-il fou de joie !

*

À vrai dire, sur lui, ce ne sont pas les anecdotes qui me manquent. L'histoire avec Claude M. vaut son pesant de rigolade ! Un dimanche, en soirée, le train Capitole remonte du Sud-Ouest où Roger vient de commenter un match de rugby. Et traditionnellement, quand Roger se trouve dans ce train, le responsable du wagon-restaurant lui réserve une petite table à deux places. Claude, lui aussi du voyage, veut aller manger un morceau, mais c'est complet. Il se pointe quand même au restaurant et lance au serveur :

— Bonjour, je suis Claude M., de l'ORTF.

— Désolé, dit le maître d'hôtel, il n'y a plus aucune place disponible. La seule chose que je puisse arranger, c'est de vous installer à la table de monsieur Couderc, si celui-ci veut bien... Voyez avec lui.

Claude approche de Couderc et, un peu emprunté, lui demande :

— Roger, est-ce que ça te dérangerait si je dînais en face de toi ?

— Mais pas du tout, mon cher Claude, répond-il, assieds-toi. Tu es le bienvenu.

Les deux commencent à parler.

— Alors, comment ça va ? demande Couderc.

— Ah ! ça pourrait aller mieux, gémit l'autre en affichant un air contrit. Je viens de perdre mon grand-père, ma femme est malade, et j'ai un fils à l'hôpital...

Devant une telle avalanche de mauvaises nouvelles, Roger fait grise mine. Et se souvient d'un coup qu'on célèbre la fête des Mères.

— Au moins, tu as pour toi une chance fabuleuse, aujourd'hui tu peux fêter ta maman.

Il pique alors le nez dans l'assiette, au bord des larmes.

— Mais comment, Roger, tu ne sais pas ? Ma mère, je l'ai écrasée !

— Tu l'as écrasée ? Mais comment ça, tu l'as écrasée ?

— Oui... Elle me faisait signe pour rentrer dans le parking, mon pied a glissé et... je l'ai écrasée contre le mur !

— Mon dieu, Claude, c'est pas possible, quelle horreur !

Des mois plus tard, je me trouve dans la propriété de Robert Chapatte à Sainte-Maxime avec Roger. Nous regardons tous une émission qui, précisément, est présentée par Claude, en buvant un petit apéro. Et là, il apparaît à l'image et dit :

— Bonjour mesdames, bonjour mesdemoiselles, bonjour messieurs, je voudrais dédier cette émission à toutes les mamans de France, en ce beau jour de la fête des Mères.

Alors, Roger bondit de son fauteuil et hurle :

— Ce saligaud qui a tué la sienne ! Non, il n'a pas le droit !

C'était injuste, cruel même, mais Couderc était comme ça : impulsif et attachant. D'autant que, Claude, il l'aimait plutôt bien !

*

La fête qui lui a été offerte en 1983, à l'issue de la finale du Championnat de France de rugby, reste dans les annales. À soixante-cinq ans, Roger voulait raccrocher les gants et stopper sa carrière, alors on a tous salué son départ dignement. Pendant quarante-huit heures d'affilée. Une nouba incroyable, délirante, où on a beaucoup ri. Ensuite, le monde de la publicité est tombé sur Roger et lui a proposé des tas de contrats. Le hic, c'était sa timidité. S'il était très bon pour aller au casse-pipe défendre l'un de ses confrères, dès qu'il devait se vendre lui-même et parler d'argent, Roger perdait ses moyens. Comme il en avait conscience, un jour il m'a dit :

— Écoute, Thierry, on va faire comme si tu étais mon manager.

— D'accord, lui ai-je répondu. Et nous sommes convenus que je viendrais tous les mardis et vendredis chez lui dès douze heures, que nous déjeunerions ensemble et que je gérerais ses affaires jusqu'à seize heures. Je m'étais même rebaptisé monsieur Zilberstein.

Durant des semaines, nous avons joué avec les agents publicitaires. Dès que le téléphone sonnait, Roger expliquait : « Ne quittez pas, je vous passe mon agent. » Et moi, je discutais des tarifs. Des sommes rondelettes puisque, pour une seule campagne, il amassait plus que ce qu'il avait gagné durant sa dernière année de carrière à la télévision ! Je le revois, l'écouteur du téléphone collé à l'oreille, pris de fous rires quand je discutais le bout de gras, montais les prix, toujours plus haut, plus cher... Et quand je raccrochais, il m'embrassait en disant : « Je t'aime, Thierry ! » S'il avait vécu un peu plus longtemps, il se serait fait des couilles en or ! Malheureusement, la vie ne l'a pas voulu.

Même s'il a eu une belle mort d'une certaine manière, elle est arrivée trop vite et à l'improviste. Tout fut très brutal. En 1984, invité aux soixante-dix ans d'un de ses copains, ancien journaliste lui aussi, Fernand Bucchianeri, Roger est en pleine forme. La journée s'annonce magnifique. Tous les potes du rugby et du sport automobile sont réunis dans l'auberge, à côté de Solutré. Pour le dîner de clôture, Roger est à la droite de Fernand. Il est heureux. À la fin du repas, au moment où les lumières s'éteignent pour l'arrivée du gâteau d'anniversaire, sa tête tombe sur l'épaule de Fernand :

— Qu'est-ce qui t'arrive, Roger ? Tu me fais un câlin ou quoi ?

Et non, c'était fini. Rupture d'anévrisme. Roger venait de tomber dans le coma. Un silence dont il ne sortirait jamais...

CHAPITRE 16

La télé rend fou

Un homme rare, humain, gentil avec tout le monde, un vrai passionné, tel était Couderc. Hélas, dans le monde impitoyable de la télévision, s'il y avait beaucoup d'autres remarquables journalistes, tous n'avaient pas, loin de là, ni la même humanité ni la même simplicité, Zitrone surtout.

Dans cet univers, beaucoup de types ne sont pas normaux. Bruno Masure a écrit que « la télé rend fou » et il a raison. Ma chance fut de comprendre très tôt que ce n'était pas les hommes qui faisaient la télévision, mais l'inverse. Dès qu'on a compris cela, on se préserve du délit de grosse tête. Ceux qui me connaissent diront qu'entre le Thierry qu'ils ont connu voilà trente ou quarante ans et celui d'aujourd'hui il n'y a aucune différence. Je suis resté le même, avec toujours les mêmes approches de la vie, des gens, les mêmes passions dans le travail et hors du métier. Et je peux affirmer sans crainte d'être contredit que je n'ai jamais été guetté par le syndrome de l'hypertrophie de l'ego. De toute manière, si un tel défaut m'était arrivé, Robert et Roger m'auraient remis sur les rails. En règle générale, ceux que la télé a rendus marteaux sont ondoyants avec les puissants, secs et méchants avec les petits. Une hypocrisie et une lâcheté que je ne supporte pas ! Or c'était l'un des défauts majeurs de Léon Zitrone pour lequel j'avais par ailleurs une admiration sans bornes.

Dans le milieu des courses, le dimanche, on ne trouve peut-être pas la crème de l'humanité, mais se rassemblent quantité de personnes qui viennent pour se distraire et tenter leur chance, toutes naturellement appréciables. À Auteuil, Longchamp ou Vincennes, les turfistes reconnaissaient Zitrone et gentiment l'apostrophaient d'un : « Bonjour Léon, qu'est-ce que tu vois dans le tiercé ? » Mais lui, fier et hautain, leur répondait invariablement : « Monsieur, je ne vous autorise pas à me tutoyer, je travaille pendant que vous venez vous reposer. » Le pauvre mec qui prenait une telle repartie dans les dents, il ne savait plus où se mettre, la honte sur les épaules. Un vrai mépris du public.

★

Un autre grand de la télé n'avait pas un caractère facile. C'est Claude Darget. Doté d'un culot monstre, il cultivait l'impertinence avec délectation. Extraordinaire, incorruptible, « journaliste libre », comme il aimait lui-même se définir, un vrai monstre sacré. Qui plus est, n'ayant pas sa langue dans sa poche et jamais servile.

Ainsi, pour sa vieille Mercedes d'avant-guerre, magnifique, bien entretenue, il avait acheté un grand coussin en velours rouge. Il l'avait déposé sur la plage arrière pour placer, dessus, un képi à deux étoiles chiné dans une brocante. Une astuce pour n'attraper aucune contravention ! Il avait aussi un bâtard noir très beau, qu'il appelait l'Arsouille. Des yeux expressifs, très intelligent, comme souvent chez les corniauds. Dans la rédaction, il lui commandait : « L'Arsouille ! Allez, fais le Zitrone ! Fais le Zitrone ! » Et le clebs se mettait à ramper comme un serpent !

Vraiment, il était capable de tout. Rien ni personne ne l'arrêtait. Ainsi, à l'époque de la signature des accords d'Évian clôturant la guerre d'Algérie, en 1962, Claude présentait le journal télévisé. Comme c'était la première fois qu'une grande partie de l'émission se déroulait en province, il a lancé les titres depuis le studio de Paris et passé la parole à Georges Bortoli en direct depuis Évian. Bortoli a occupé l'antenne pendant une vingtaine de minutes avant de la rendre à Claude. Et alors Darget a ce mot mémorable :

— Passons maintenant aux choses sérieuses avec les essais des Vingt-Quatre Heures du Mans.

Évidemment, à la fin du journal, Pierre Sabbagh, notre grand patron à tous, l'attendait, pipe à la bouche :

— Inutile de te préciser, Claude, que ce n'est pas la peine que tu viennes demain ! lui dit-il. Mais il a été fichu à la porte bien d'autres fois.

Travailler avec lui n'était pas toujours évident. Ainsi, lorsqu'une jeune et nouvelle journaliste devait commenter un sujet en cabine, il s'arrangeait pour se placer dans sa ligne de mire. Et là, afin de déstabiliser la néophyte, il faisait semblant de pisser dans le studio, le long du mur. Si, en plus, la débutante citait des noms de ministres, il jetait des pièces de dix ou vingt francs sur le micro... manière toute personnelle de signifier sa révolte et son indépendance. Il est vrai qu'il était royaliste.

Une vraie personnalité. Agaçante mais attachante. Toujours prête à surprendre et à choquer. Un jour, un sujet-image arrive au journal, où l'on voit une Rolls Royce noire battant pavillon britannique rentrer sur les pistes de l'aéroport de Nice et se garer à côté d'un jet privé. Les portes s'ouvrent, et Winston Churchill, melon et gros cigare, déjà un peu fatigué, sort, se retourne et salue la foule. Puis il entre dans l'avion. Et le dernier plan montre l'appareil faisant un quart de cercle au-dessus de la baie des Anges. Bref, un sujet passionnant que Darget est chargé de commenter. Assis devant les écrans, il a devant lui la clé qui permet de faire passer sa voix. Les premières images de l'aéroport de Nice arrivent, puis la Rolls Royce. Une petite musique accompagne le tout. Il ne bronche pas. Churchill sort. Toujours le silence. Puis l'ancien Premier Ministre entre dans l'avion, la porte se ferme. Et c'est seulement au moment où l'appareil est dans le ciel que Darget baisse sa clé et balance en direct : « Des fois que Churchill aurait glissé, il fallait qu'on soit là ! » Pince-sans-rire et irrévérencieux, une tête de cochon mais un don pour surprendre. Nous, d'ailleurs, on attendait ses reparties vachardes ou ses commentaires inattendus. Et quand il s'attaquait au sport, c'était mémorable.

Lors d'une retransmission des championnats du monde de patinage artistique, il a aussi eu une réplique cocasse. Voici qu'apparaît à l'écran, majestueux, le couple soviétique qui domine la spécialité depuis des années : Beloussova-Protopopov. Le public leur fait une ovation quand Darget, lui, se concentre. Il laisse passer quelques secondes et assène d'une voix grave et pénétrée :

— Ludmilia Beloussova, vingt-huit ans, étudiante...

Puis :

— Oleg Protopopov, vingt-neuf ans, étudiant.

Après un silence il ajoute :

— Ils doivent en savoir des choses...

★

Lui, la télé ne le rendait pas fou, mais drôle. S'il avait un caractère bien trempé pas facile à gérer au quotidien, au moins il restait encore à peu près les pieds sur terre. Ce qui, au fil des années et de l'audience grandissante du petit écran n'était pas le cas de tout le monde.

Une dernière anecdote pour l'illustrer.

Un jour, Pierre Desgraupes arrive à Cognacq-Jay en pensant à mille choses, ses éternelles lunettes sur le front. Au rez-de-chaussée, il attend l'ascenseur en regardant l'aiguille qui descend les étages quand arrive à côté de lui Raymond Oliver, qui faisait l'émission de cuisine avec Catherine Langeais. Très flatté de patienter aux côtés de Desgraupes, le chef veut nouer la conversation.

— Bonjour, monsieur Desgraupes !

Desgraupes absent, perdu dans ses réflexions et concentré sur ses problèmes ne bronche pas. Alors Oliver insiste et se présente :

— Raymond Oliver, le cuisinier de la télé.

Sans crier gare, Desgraupes se retourne vers lui et répond :

— Désolé mon vieux, je ne mange jamais à la cantine !

De quoi rabattre le caquet de tous les prétentieux. Et ceux d'aujourd'hui feraient bien d'en tirer des leçons !

CHAPITRE 17

Cette année-là

À quoi tient une vie ? Parfois à la fin d'une autre... Je vais ainsi comme seul représentant de la télévision française au Chili pour la Coupe du monde de football 1962, parce qu'au printemps précédent mon confrère Jean Quittard s'est éteint à soixante ans à peine, victime de la maladie et des séquelles physiques et psychologiques d'un grave accident de voiture sur le Tour de France. J'ai déjà commenté, pour le petit écran, un match de Coupe d'Europe entre Saint-Étienne et La Chaux-de-Fonds, mais je ne m'attendais pas à partir couvrir un tel événement. À moi de faire mes preuves, à moi de jouer.

À Santiago, je loge dans une pension de famille tenue par une Basque, madame Bichendaritz, une femme d'une quarantaine d'années qui possède une maison avec un grand living et, autour, une multitude de chambres. Là, je me retrouve avec plusieurs journalistes français : Jacques Ferran, Jean-Philippe Rethacker et le photographe André Lecocq de *L'Équipe*, Pierre Lagoutte du *Parisien libéré*, Roland Mesmeur, du *Figaro*. Entre nous, nous cohabitons de manière très amicale, et ne cessons de faire de fines plaisanteries au pauvre Mesmeur complètement myope. Deux d'entre elles, plutôt cocasses même si manquant de bon goût pour certains, me reviennent à l'esprit.

La première est intervenue après quelques jours de Coupe. Habitués au living de notre hôte avec canapés, fauteuils, piano, nous nous y sentons bien. Or, vers une heure du matin, chaque soir, Mesmeur va à pied au bureau local d'*American Cables* pour transmettre son article, puis revient une heure et demie plus tard, prenant soin de ne pas allumer la lumière. Et, une fois, nous avons changé de place tous les meubles, les disposant soigneusement sur le chemin qu'il emprunte à tâtons pour se rendre dans sa chambre. Un vrai parcours du combattant. Évidemment, nous nous cachons et l'attendons dans le noir, comme des mômes. Quand il entre, il commence par se prendre les pieds dans le tapis. Ensuite, il bute dans un fauteuil. Plus il avance, plus il se cogne et plus il jure. Au bout d'un moment, comprenant qu'il est en perdition totale, nous l'avons libéré !

Je ne sais pas pourquoi, mais Mesmeur nous inspirait vraiment. Un peu plus tard en effet, nous invitons à dîner le skieur français Guy Périllat, qui prépare au Chili les championnats du monde de Portillo. Soirée sympa, très décontractée. L'esprit à la blague, je me mets à en mijoter une. Ayant remarqué que, dans la maison, il y a deux postes de téléphone équipés de deux lignes différentes et que, de l'un, on peut donc appeler l'autre, il me vient une idée saugrenue. Au moment du potage, je me lève, me dirige vers le téléphone le plus éloigné pour, de ma plus fausse voix avec l'accent anglo-américain, annoncer :

— Allô, je voudrais parler à monsieur Mesmeur.

Lagoutte ayant décroché l'autre ligne, se tourne alors vers Mesmeur et lui dit :

— Roland, c'est pour toi.

Mesmeur se lève, vient vers l'appareil et écoute son interlocuteur qui lui dit :

— *Mister* Mesmeur, bonsoir. Ici McGregor, de l'*American Cables*.

— Bonsoir, monsieur.

— *Mister* Mesmeur, j'ai quelque chose de très grave à vous dire, en ce sens que vos trois derniers câbles ne sont jamais parvenus au *Figaro*.

Incrédulité et colère du journaliste qui pousse un hurlement :

— Comment ? Quoi ? Vous vous foutez de ma gueule ?

— Mais ne vous inquiétez pas, *Mister* Mesmeur, le coupable sera châtié.

C'est à ce moment-là que Guy Périllat, qui fait semblant d'avaler son potage, explose de rire, tapisse tout le monde de soupe et que Mesmeur comprend qu'il s'agit d'une farce.

⋆

Mais je ne suis pas le seul à m'amuser dans la petite troupe des envoyés spéciaux au Chili. Le match URSS-Colombie – match qui, à l'arrivée, fera couler beaucoup d'encre avec la déconfiture de Yachine, le plus grand gardien de but de tous les temps, qui en avait pris quatre, dont deux corners directs parce qu'il avait appris que sa femme avait eu une aventure à Moscou – se déroule à Arica, à la pointe extrême du Chili, un vrai désert. Or Robert Vergne, le quatrième représentant de *L'Équipe*, est en poste depuis trois semaines dans ce trou et s'y ennuie ferme. Quand André Lecocq et moi sortons de l'avion et arrivons dans l'aérogare qui n'était qu'une succession de hangars, nous entendons le haut-parleur hurler :

— Messieurs Thierry Roland et André Lecocq sont priés de se manier la rondelle, on a faim !

Robert Vergne avait pris le micro pour nous accueillir à la bonne franquette.

⋆

Plus sérieusement, je crois que cette Coupe du monde 1962, la première pour moi, s'est bien passée. Fier d'être intégré à la grande presse du football, je me suis efforcé de faire mon travail du mieux possible. J'ai du reste commenté la finale Brésil-Tchécoslovaquie avec Mesmeur qui fut, de fait, mon premier partenaire de micro. Auquel, cette fois, je ne fis aucune mauvaise plaisanterie. Et pour cause puisqu'on ne travaillait pas encore sur du vrai direct. Nous assistions aux compétitions, prenions des notes et, une fois le match terminé, nous étions rapatriés dans une immense salle munie d'un grand écran. Tous les envoyés spéciaux du monde entier se trouvaient côte à côte, juste séparés par de minuscules cloisons en toile ultra-fine. Alors, sur l'écran, le match reprenait, et chacun commentait dans son coin et dans sa langue, le tout étant enregistré sur de gros magnétos qui, une fois remplis, prenaient le premier avion pour Londres, Paris ou Francfort...

J'ai eu aussi la chance et même le privilège, durant cette Coupe du monde, de signer mon seul et unique article pour *L'Équipe*. C'était à l'occasion du match éliminatoire entre le Brésil et la Tchécoslovaquie, celui où le grand Pelé a été blessé et qu'on ne verra plus jusqu'à la fin de cette compétition. Cet article, je l'ai gardé. Il demeure, quarante ans après, comme l'un de mes plus beaux trophées.

CHAPITRE 19

Ma femme

La transition peut passer pour facile, voire macho, mais mon plus beau trophée n'est autre que ma femme. Françoise. Françoise Boulain de son nom de jeune fille. Toujours dans ces années 1960, mignonne, blonde, un peu délurée, l'œil vif, la jupe courte, très expansive, de la repartie, de l'ambition, je ne peux lui résister. Depuis, nous sommes inséparables.

Quand je la vois pour la première fois, c'est à Cognacq-Jay. Elle arrive comme secrétaire au service des sports dirigé par Marcillac. À deux pas des vingt ans, et moi, vers vingt-sept, vingt-huit. La chose se fait, je dirais, naturellement. Elle vit encore avec sa mère, à côté de la mairie du XVIIIe arrondissement à Paris, et le coup de cœur est instantané. Nous nous trouvons immédiatement.

Depuis, je l'adore comme au premier jour. On commence par vivre plus au moins au jour le jour, puis les mois se succèdent, les années, et nous venons de passer le cap du troisième millénaire.

Elle m'a apporté une sorte de régularité dans la vie, m'a ouvert à d'autres domaines dans la mesure où elle n'est pas une fondue de sport et préfère les arts et la musique classique. Nous avons fait un long bout de chemin ensemble et j'espère que nous continuerons encore longtemps !

*

Bien sûr, je traîne une réputation de misogyne pur et dur depuis quelques années, mais je peux certifier qu'elle est injustifiée. Elle est venue longtemps après, suite au passage sur TF1 de Marianne Mako, l'une des premières femmes à venir dans le journalisme sportif. Comme elle a un jour été remerciée par la chaîne, elle a laissé dire que c'était à cause de moi. Elle avait le droit d'avoir son point de vue, mais je peux assurer, jurer même, n'y avoir été strictement pour rien. On m'a tout mis sur le dos, m'accusant de machisme aggravé alors que la direction de TF1 a peut-être tout simplement estimé qu'elle ne faisait pas ou plus l'affaire. Elle était passionnée de football, mais plutôt dilettante. Je n'ai jamais vu quelqu'un rater l'avion autant qu'elle. Une fois, OK, ça peut arriver, mais trois fois par an, ça me semble beaucoup. Toujours est-il que, depuis, cette image me colle à la peau. Je serais, je suis, j'ai toujours été et je resterai un macho misogyne. Qu'y puis-je ? On ne prête qu'aux riches. Et pourtant, qu'est-ce que j'aime les femmes, beaucoup !

Cela dit, je suis frappé de constater que, depuis le milieu des années 1990, les grandes stars ne sont plus, comme autrefois, les actrices de cinéma, mais les mannequins. Alors que moi, ce sont les premières qui m'ont fait rêver. Je préfère en effet le cinéma qui donne à fantasmer, que le mannequin qui donne presque tout à voir, un sein par-ci, un sein par-là... Je me rappelle avoir été amoureux de Martine Carol, puis de Brigitte Bardot. Ensuite de deux Américaines, Marilyn Monroe, décédée le jour de mon anniversaire, un 4 août, et Elizabeth Taylor, autrefois absolument magnifique. De vrais frissons d'émotion. J'ai d'ailleurs dû voir quinze fois le film *Une place au soleil* avec Elizabeth Taylor et Montgomery Clift, cette histoire d'un garçon d'origine modeste qui arrive pour les vacances chez des cousins éloignés richissimes, dont la fille n'est autre qu'Elizabeth Taylor. Or, quand il fait un stage en usine et lie connaissance avec une ouvrière, l'héritière ne le laisse pas partir. Une histoire superbe, terrible, qui se termine mal. Cependant, je n'aime pas, dans les films comme dans la vie, lorsque les histoires se terminent mal...

Au bout du compte, l'image que je renvoie aux femmes, je l'ignore. Et même, je n'en fais pas grand cas, partant du principe que l'on ne peut pas plaire à tout le monde. Ce qui compte, c'est la vérité et l'intensité des sentiments, pas les *a priori* de ceux qui vous désignent sans vous connaître. Et, au fond de mon cœur, je sais parfaitement qui et comment j'aime. Le coup de foudre, c'est la rencontre de deux êtres qui figurent dans la même catégorie : elle aime ce type d'homme, il aime ce genre de femme. Cela n'arrive pas souvent, mais lorsque ça vous tombe sur la tête, c'est un miracle. Avec Françoise, qui avait déjà eu des « petits camarades » avant moi, il y a eu un tel éclair. Qui nous illumine toujours.

Mi-temps : Françoise Boulain

Après Liouba Roland, il me fallait bien partir à la rencontre de l'autre femme de Thierry. Françoise Boulain de son nom de jeune fille. Aujourd'hui, réalisatrice de métier.

Petites lunettes sur le nez, installée dans le canapé du salon, en survêtement blanc, un peu malade, et un brin nostalgique sur leur histoire. Encore que l'histoire, même si elle s'est transformée, continue bel et bien d'exister. En règle générale, lorsque Thierry parle, elle se tait, et sourit intérieurement. Elle connaît tout de lui, ses anecdotes par cœur, sa manière de se cacher ou, au contraire, de conduire une conversation. Elle sait quand ses rires vont s'enclencher, quand il va regarder l'heure à sa montre, quand il va commander un dernier verre pour la route. Un couple, quoi, qui n'a pas eu besoin du mariage pour se cimenter.

— À un moment, sourit-elle, j'y ai pensé. C'était voilà deux ou trois ans. J'avais envisagé que nous nous mariions

aux États-Unis, comme ça, en vitesse, mais Thierry s'est fait un peu tirer l'oreille, trouvant cela inutile. Si on retire la part du romantisme, c'est vrai que c'est inutile...

Je lui ai dit la pudeur manifestée par Thierry à l'instant où il raconte leur rencontre, à Cognacq-Jay. Et elle a souri :

— Je venais d'un service aux Buttes-Chaumont où l'on administrait les dramatiques et les variétés. Il y avait tout un lot de minettes autour de l'administrateur Lucien Jolivald, un monsieur charmant, sympathique, un peu la jambe légère. Il avait changé tout son staff de religieuses à moustaches pour des jeunes nanas dont je faisais partie et qui n'avaient qu'un bonheur : fréquenter les plateaux. J'avais dix-huit ans. Je tapais les contrats des comédiens. C'était l'époque de La caméra explore le temps, *des* Rois maudits, *des grandes dramatiques. Un jour, Jolivald est venu voir trois d'entre nous et m'a dit : « Raymond Marcillac vous a vue, il vous réclame à grands cris. » Comme je ne l'avais jamais rencontré, j'ai compris que c'était une façon de se débarrasser de nous.*

Alors j'ai rejoint le service des sports de Cognacq-Jay comme agent d'administration deuxième catégorie. Tous les oiseaux étaient là : Couderc, Chapatte, Janin, Choupin, Darget, Zitrone et Thierry, mignon comme tout. C'était déjà une petite star. Nous étions jeunes, et il y a eu un petit flash entre nous. Je trouvais amusant qu'il soit à la fois grande gueule et un peu réservé, presque romantique. Il était plein d'attentions, me raccompagnait chez ma mère, bref, un petit flirt. Après six à huit mois, nous avons décidé de nous installer ensemble.

Elle tire sur sa cigarette.

— *Très franchement, je ne pensais pas que notre histoire allait durer aussi longtemps. Et notre relation s'est transformée, avec le temps, en complicité. Aux yeux de Thierry, je représente un peu tout : la frangine, la bonne femme, le copain de régiment et, après tout, plutôt qu'une vie de passion où l'on sait d'avance que l'on va se torturer, se jalouser, nous avons décidé que c'était mieux ainsi.*

Nouvelle bouffée :

— *Je dirais que Thierry est un homme extrêmement sensible qui se cache derrière une carapace joyeuse. Car il ne s'agit pas de sa vraie personnalité. Pour un oui ou pour un non, il a les larmes aux yeux. Lorsque je l'ai connu, il ne la ramenait pas. Désormais, s'il a développé en lui un côté potache, c'est parce qu'il est très lié à ses copains qui, pour la plupart, ne font pas vraiment dans la dentelle. Mais cette carapace s'explique aussi par la retenue, la timidité qui, depuis toujours, l'habitent.*

Je le traîne souvent dans des sorties, des dîners, mais je sais qu'il s'y ennuie. Et si cela l'ennuie, c'est qu'il n'est pas toujours à l'aise dans ses baskets. Il possède une excellente éducation, le sport lui a donné la chaleur, la liberté, une façon de s'extérioriser, mais je sais le fossé qui sépare l'image que Thierry veut renvoyer de lui et ce qu'il est réellement. D'une certaine façon, il a une armure, une parade, avec son goût pour la déconnade permanente. Il lui arrive de sortir des mots et des vacheries à l'emporte-pièce, sans bien les mesurer, histoire de faire rire, comme une marque de protection. Il a beau affirmer qu'il se fout de tout, je n'en suis pas convaincue.

S'il est souvent tombé dans des pièges, c'est parce qu'il manque de nuance, parce qu'il est naïf aussi. Or le taxe de misogynie, de racisme, etc., mais je sais que ces travers ne sont pas les siens. Quand nous en parlons tous les deux, il m'explique que ce n'est pas à soixante ans passés qu'on va commencer à l'emmerder. Je lui réplique qu'on peut changer à tout âge, faire mieux, devenir plus mesuré dans sa pensée, son propos, et alors il réfléchit. Le problème, c'est que sa gouaille fait rire et que la plupart des gens l'encouragent à ne pas se bonifier. Je crois qu'il considère désormais sa vie comme un divertissement. Il est sur ses rails depuis longtemps et ne veut pas en bouger. Certes, il y est plutôt bien puisqu'il a choisi depuis le premier jour de fréquenter des personnes qu'il aime réellement et qui le lui rendent bien. Thierry n'est pas un garçon compliqué, mais un homme taillé pour l'amitié, le punch, l'instant. Quand j'explique que je suis sa compagne, on me parle de foot. Quand on ne me dit rien, j'en déduis que ce sont des lecteurs de Télérama. *De toute façon, pour la plupart des gens, le jugement sur lui n'est pas objectif : j'en connais beaucoup qui sont jaloux de sa carrière.*

Françoise Boulain écarte les bras :

— Attention, comprenez-moi bien : ce n'est pas non plus un saint. D'ailleurs, il existe un truc qui m'énerve chez lui, m'agace même prodigieusement : seul son boulot compte. À l'écouter, il a fait le monde entier, a tout vu, tout visité, mais lorsqu'on rentre dans le texte, on découvre que rien n'est plus faux. La réalité, c'est que des grandes villes, il connaît les aéroports, les grands hôtels et les stades. Où qu'il se trouve, il achète les journaux, va droit dans sa chambre et allume la télé. Lorsque nous sommes en vacances, je pique même des crises de nerfs pour le faire bouger, mais c'est peine perdue. Il s'est installé dans une vie d'habitudes, en homme casanier,

pas du tout parisien. Alors que, quand je l'ai connu, il était très cinéphile, connaissait les séries B par cœur... Peut-être y a-t-il eu une cassure ?

Françoise s'est levée, Thierry arrivait. Elle a eu juste le temps de me lâcher :

— Si je suis une hypocondriaque totale qui ne cesse de faire des analyses en tous genres, lui, voilà trois ans que je lui demande d'aller faire un check-up...

Aux dernières nouvelles, Thierry a cédé. Résultats, examens passés, il souffre juste d'un peu de cholestérol. Rien de méchant. De quoi le faire rire des inquiétudes de Françoise.

CHAPITRE 20

L'oie de la basse-cour

Mon rire ? À la télé, à la radio, dans l'intimité de mon appartement ou dans un dîner entre potes, c'est toujours le même. Insupportable ou irrésistible... selon les uns et les autres. C'est sans doute l'un des rires les plus stupides du monde, un rire à la con même, mais il a le mérite d'être communicatif. Quand j'étais petit et que j'allais au cinéma voir des films comiques, je m'esclaffais tant que les spectateurs n'entendaient plus rien. Si certains rouspétaient, beaucoup se mettaient alors à rire de plus belle. Est-ce un rire « humain » ? Si le cheval hennit, le dindon glougloute, le pourceau grogne, la vache beugle ou meugle, l'éléphant barrit, la cigale stridule, que fais-je ? Albert-Antoine pense que je cacarde, telle l'oie dans la basse-cour. Parce que je monte dans les aigus, descends dans les graves, puis remonte, puis redescends, que ma bouche s'ouvre, ma tête bascule en arrière. Puis que les larmes affleurent, coulent pour de bon, que ma respiration devient saccadée, mon souffle haletant... Quel tableau ! Suis-je aussi ridicule ou exagère-t-il ?

En tout cas, je suis un bon client. Je ris d'un rien, comme je pleure pour peu.

Mi-temps : Jacques Vendroux

Au cœur de l'existence de Thierry Roland – et Françoise sa compagne l'a bien dit –, ses copains, passés ou présents, morts ou vivants, journalistes ou pas. Dans les années 1960 à 1968, les amis de Thierry en poste à la télévision s'appellent, outre Robert Chapatte et Roger Couderc, François Janin, Adolphe et Michel Dhrey, Georges de Caunes, Michel Drucker, Stéphane Collaro, Max Boulois et, bientôt, Jacques Vendroux. Dès qu'ils se voient survient un flash. Et entre Thierry et Vendroux, en avant pour une histoire qui n'en finira jamais, avec d'innombrables rires à la clé. Comme une sorte de passage de flambeau d'amitié. « Vendroux me regarde, m'écoute comme je regardais et écoutais autrefois Chapatte et Couderc, explique volontiers Thierry. Simplement, aujourd'hui, c'est moi qui tiens le rôle du grand frère. » Alors, après Liouba, Françoise, j'avais un autre membre de la confrérie des intimes de Thierry Roland à rencontrer. Ce fameux Vendroux, cinquante-trois ans, cheveux bouclés mi-gris, mi-blonds, devenu l'une des voix les plus célèbres du football, rédacteur en chef des sports à France-Inter.

— Le 2 mai 1966, je m'en souviendrai toujours, j'ai rencontré Thierry pour la première fois, me dit-il. Mon père, Jacques Vendroux, était à l'époque chef de cabinet de Maurice Herzog, ministre de la Jeunesse et des Sports. Ayant dépassé le cap des dix-huit ans et ne pouvant plus continuer à me perdre au lycée, faute de résultats, il a téléphoné à Marcillac et lui a soumis l'idée de me prendre à l'essai dans son service des sports. « Tu me l'envoies, et je verrai ce que je peux faire », a répondu Raymond. C'était en fait une époque où l'on ne pouvait rien refuser à ma famille. Mon grand-père était député-maire de Calais, et mon oncle, le général de Gaulle, président de la République... Pour bien dire que je suis un pistonné de la Ve République.

Le 2 mai à neuf heures trente donc, mon père me dépose au 15, rue Cognacq-Jay. Je prends l'ascenseur, et le premier gars sur qui je tombe, c'est Mario Beunat, une grande vedette du petit écran que j'ai vu commenter les matchs de la Coupe du monde de football de 1966 en Angleterre. Ensuite, je rencontre Jo Choupin, autre reporter réputé, qui me dit bonjour. Par simple politesse, ne sachant pas qui je suis, gentiment. Normal, je ne suis rien, mais il le fait aimablement. J'entre ensuite dans le bureau de Marcillac qui me dit : « Je t'engage comme assistant. Maintenant, tu te débrouilles, c'est à toi de faire ton trou. Tu connais le journalisme ? — Non, lui dis-je. — Tu sais compter jusqu'à dix ? » Réponse affirmative. « Tu sais écrire en français ? » Je bredouille : « Non. — Eh bien, s'écrie Marcillac, tu vas te démerder et apprendre sur le tas ! » Ma quatrième rencontre, c'est Thierry assis au fond de la salle de rédaction. Seul à une table avec trois chaises vides autour, il attend ses partenaires de belote. Lesquels arrivent très vite. Il y a Janin, qui fume des Boyart blanches, Chapatte des Gitane, et Couderc des Marlboro. Thierry, lui, tire sur des Gitane filtre. Vers douze heures, douze heures trente, l'effervescence commence. Chaque fois qu'un journaliste arrive, Marcillac me présente en ces termes : « C'est Jacques Vendroux, le fils de mon ami Jacques Vendroux. Il vient travailler avec nous. Vous l'aiderez sans l'aider tout en l'aidant. »

J'ai donc compris que j'ai mon destin entre mes mains. Curieusement, au bout de trois jours, je m'étais habitué à cet environnement. Tous ces journalistes m'ont accueilli d'une manière, j'oserai dire, magique. Quant à mon amitié avec Thierry, elle va naître et s'épanouir grâce à des blagues.

La première, c'est de téléphoner à la cantine où, tous deux, nous nous faisons passer pour le bras droit du président de l'ORTF : « Monsieur le président n'a pas le temps de déjeuner, pouvez-vous lui faire descendre tout de suite des pâtes, deux œufs-mayonnaise et un verre de Vittel ? » Immédiatement le service se met en branle. À treize heures vingt, un garçon d'étage dépose le plateau sur le bureau du big boss, et s'en retourne. Quand celui-ci revient, vers quinze heures, de son déjeuner officiel, il pique une colère en voyant le plateau de pâtes sur son bureau et diligente une enquête. Tout l'étage est sens dessus dessous, sa secrétaire aux abois.

Et nous, nous rigolons. D'autant que cette fine potacherie est cautionnée par Chapatte, Couderc, Janin, parfaitement relayée par Collaro – qui vient d'arriver –, et aussi Drucker. À cette nuance près que Michel est et sera au courant de toutes nos blagues, mais qu'il n'en est et n'en sera jamais responsable. Il n'était jamais au courant de rien mais toujours le pre-

mier à nous donner des conseils. Dès le départ, Michel voulait devenir le premier de la classe...

La deuxième grosse bêtise se fit aux dépens d'un assistant technicien. Fier de sa moto, il avait avec celle-ci des rapports amoureux, presque obsessionnels. Un soir donc, il part en reportage en laissant l'engin sur place. Par le monte-charge, nous la grimpons jusque dans le bureau de Marcillac et laissons ce mot : « Merci Raymond de me garder ma moto pendant quelques jours. » Ça a fait un de ces souks !

Autre blague : mettre la voiture de Marcillac sur cales dans la rue Cognacq-Jay. Nous appelions son chauffeur et lui intimions l'ordre de placer les roues de derrière devant, et inversement. Marcillac a manqué beaucoup de rendez-vous à cause de ces petites manipulations.

Zitrone, non plus, n'y a pas échappé. Un matin, nous le voyons arriver avec un pantalon de smoking, une veste normale, une chemise courante, une cravate mais aussi, dans un paquet, une veste et une chemise de smoking et un nœud papillon. Et il parade devant nous, fait le beau : « Ce soir, s'écrie-t-il à la cantonade, je suis l'invité personnel de monsieur le ministre Raymond Marcellin. » L'occasion est trop belle. Nous extrayons le nœud papillon du paquet dès qu'il a le dos tourné et coupons le crochet. Zitrone revient en fin de journée, ôte sa chemise, se retrouve torse nu, enfile sa chemise de smoking à jabot, se saisit du nœud papillon et, naturellement, n'arrive pas à le fermer. Et il hurle : « Ah merde... Fait chier ! » et appelle sa femme en l'insultant. Avec Thierry, nous proposons alors de lui serrer le nœud. Si bien que Zitrone part à sa soirée en étouffant littéralement.

— À quoi ressemble Thierry à l'époque ?

— Il est blond et rit tout le temps.

— Comment se fait-il que, tant d'années après, Thierry et toi continuiez à vous fréquenter ?

— Nos blagues, notre complicité depuis trente-sept ans, nos farces. Nous nous appelons tous les jours, où que nous soyons.

— Quelle est la plus grande qualité de Thierry ?

Vendroux se tait. Il réfléchit. Je ne l'ai jamais vu aussi sérieux, presque grave.

— Thierry est un exemple pour tous ceux qui auraient tendance à péter les plombs sous prétexte qu'ils apparaissent de temps en temps à la télé. Depuis 1966, il me dit et me répète toujours : « Sois naturel et, toi-même, ne te prends pas la tête, n'essaie pas de te créer un personnage. » De ma vie, je ne crois pas avoir eu, sauf cas très exceptionnel, une conversation sérieuse avec lui, parce que nous n'en avons pas envie. Nos rapports sont fondés d'abord, et je dirais seulement, sur l'humour, la dérision, la blague.

À ce sujet, il me revient une anecdote. Qui concerne Orlando, le frère de Dalida. Un jour, Thierry me téléphone et me dit : « J'ai deux places pour aller voir Dalida à l'Olympia. Françoise ne veut pas y aller, si le cœur t'en dit, viens avec moi. » Je commence par me faire un peu prier, pour finalement accepter de l'accompagner. En revanche, je le supplie de ne pas traîner après le spectacle. Quand celui-ci se termine, Thierry m'avoue qu'il se sent obligé d'aller embrasser la vedette dans sa loge. Nous y allons, et il fait une entrée triomphale. Dalida l'embrasse et puis bientôt son frère Orlando.

Et ce que je craignais arrive : tous les deux nous proposent de venir dîner dans un restaurant à Montmartre. Impossible de refuser. Or, pendant tout le repas, Orlando n'a d'yeux que pour Thierry, qu'il flatte avec excès : « Quelle voix, quelle chaleur dans vos commentaires... » Nous rigolons beaucoup. Un excellent moment.

Le lendemain, lorsque j'arrive au bureau, il me vient l'idée, saugrenue j'en conviens, d'envoyer un télégramme à Thierry. Que je libelle ainsi : « Quelle merveilleuse soirée. J'espère qu'on se reverra. Signé : Orlando. » Thierry ne m'en dit rien. Aussi, le lendemain, je récidive : « J'aurais tellement aimé avoir de vos nouvelles après cette délicieuse soirée. Permettez-moi de vous embrasser partout. Signé : Orlando. » Là, il ne peut plus se taire, m'appelle et m'explique la situation. Je lui dis : « C'est clair, Thierry, il est amoureux de toi. » Réponse embarrassée de Thierry : « Je ne mange pas de ce pain-là. » Je le sens vraiment ennuyé. Le lendemain, il me rappelle, toujours emmerdé : « Tu n'as qu'une seule chose à faire, lui dis-je, appeler Orlando et rompre définitivement ! » Convenant que j'ai raison, il téléphone à Orlando qui prend immédiatement l'appareil : « Comment ça va, Thierry ? — Cher Orlando, j'ai passé une merveilleuse soirée, mais restons-en là... — Ma ? Tou mé prends pour qui ? lui répond Orlando, outré et ne comprenant rien à ce qu'il dit, echpèce dé pétit con ! » Ce n'était pas très futé, mais ça m'a beaucoup amusé.

— Et s'il fallait trouver un défaut à Thierry ?

— Alors là, il n'y a pas photo : sa maniaquerie. S'il a décidé de partir à dix-sept heures, tu ne le feras pas partir à dix-huit heures. S'il donne rendez-vous à dix-sept heures et que l'on arrive avec vingt minutes de retard, on en entend parler pendant six mois.

— L'image qu'il renvoie est-elle conforme à ce qu'il est vraiment ?

— Conforme à quatre-vingt-dix pour cent oui, mais quand j'entends des mecs dire qu'il aurait des tendances Front Natio-

nal, je trouve que c'est dégueulasse ! Qu'il soit parfois excessif, peut-être, mais aussitôt après, il regrette.

— Misogyne ?...

— Ça encore, ce n'est pas vrai. Il aime les femmes. Seulement il se montre très timide avec elles et n'ose pas... Pour moi, Thierry est un mélange de frère, d'ami, de confident. C'est un type que j'aime, naturellement, et que toute ma famille apprécie. Je sais que la plupart de nos blagues ne font rire que nous, qu'elles ne volent pas bien haut, mais tant pis.

CHAPITRE 21

Le Che du service des sports

J'ai trente et un ans quand viennent Dany-le-Rouge, les pavés sauteurs, les casques à visière des gardes mobiles, le préfet Grimaud, et une révolution de mœurs guidée, chantée, hurlée par toute une génération de baby-boomers. Mai 68... C'est un peu la fête, beaucoup le refus du vieux monde, à moins que ce ne soit le contraire. Qu'importe. Mai 68 traduit un changement. Personnellement, par éducation – ou manque d'éducation, diront certains, je les entends –, j'ai le cœur plutôt à droite. Et la venue au pouvoir du général de Gaulle m'a marqué autant que les crises ministérielles qui ont agité et perdu la IVe République. Car c'était, c'est, une figure immense, le Général. Qui déjà aura eu le mérite de me convaincre d'exercer mon devoir de citoyen français. Avant lui, je me moquais de tout ce qui avait trait à la politique, domaine futile qui, à mes yeux, ne concernait que les politiciens. De Gaulle a tout changé et a donné la parole aux Français par le vote. Une superbe avancée ! Aujourd'hui, il est aberrant d'oser encore dire « y a qu'à » ou « faut que » ou d'aller à la pêche un jour d'élection. Que chacun vote pour qui il veut, soit, mais que chacun vote ! C'est un acte de civisme. Et, depuis 1958, j'ai toujours voté. J'admets que j'ai même glissé un bulletin Mitterrand dans l'urne en 1981 ! C'était par dépit et parce que je considérais que ce qui m'était arrivé en mai 1968, à savoir mon licenciement, avait été totalement injuste. Bien sûr, j'avais été gréviste, mais, à l'époque, hormis les enfants et les personnes âgées, il y avait trente millions de grévistes.

Mai 68. Un vrai tremblement de terre. De la révolte, des nouvelles idées... et beaucoup de suivistes. Pour preuve, bien que gaulliste dans l'âme, je suis le mouvement sans rechigner, sentant bien que les temps changent et que des envies de liberté volent dans l'air du temps. Au service des sports, nous sommes peu touchés par ce qui déclenche la grève, autrement dit le manque d'objectivité de l'information puisque, dans notre domaine, c'est l'objectivité qui prime. S'il y a un combat de boxe entre deux vedettes et que l'une met l'autre KO à la seconde reprise, personne ne peut dire que le battu a gagné aux points ou que l'arbitre a décidé du score du match. Mais le journal, lui, doit lutter contre les liens trop ténus qui unissent alors les directeurs de l'info à Alain Peyrefitte, le ministre de l'Information. Dès lors, tout de suite, nous nous sentons solidaires de nos confrères et amis travaillant sur le même palier. D'une certaine façon, comme il y a le feu à la famille du journal télévisé et que nos camarades viennent nous demander de l'eau, nous n'allons pas la leur refuser ! La solidarité, c'est la moindre des choses, le b.a.-ba.

Au début, personne ne se rend réellement compte de ce que va apporter ce mouvement. Moi-même, je n'ai pas une conscience politique très marquée, estimant seulement plutôt sympathique de voir la France bousculée par des mômes de vingt ans qui poussent les grincheux, les blouses grises, les tristounets, à se remettre en cause et les victimes du boulot-métro-dodo à se réveiller. Quand le mouvement gagne de l'ampleur, nous sommes tous très excités. Moi le premier. Et, plus de trente ans après, je garde toujours dans mon portefeuille un sigle de l'ORTF entouré de barbelés. Tout un symbole.

Au départ, nous nous réunissons chaque jour à la maison de la Radio. Même Raymond Marcillac, le patron, est avec nous. Jusqu'au jour où, lors d'un meeting, il se fait chahuter par ceux qui se situent vraiment à gauche. Dès lors, une attaque de goutte très violente le retient chez lui. Il n'empêche que chaque soir, à une dizaine dont Chapatte, Janin et moi, nous débarquons à son domicile qui se situe à deux pas des bureaux... rue Cognacq-Jay. Pour lui dessouder une bouteille de whisky, ce qui le rend fou, et lui raconter les événements de la journée. Nous vivons la grève comme une guérilla. Je me laisse même pousser une barbe en collier qui, à ma grande surprise, sort rouquine. Je suis vénitien... Dans les jours qui suivent, *Télé 7 Jours* montre une photo de moi avec ma barbe rousse, accompagnée d'une légende tueuse : « Thierry Roland, le Che Guevara du service des sports. » C'est assez flatteur, mais guère apprécié en hauts lieux.

Très souvent la rédaction, soudée et tous départements confondus – les sports, les infos, la politique –, déjeune ensemble dans un restaurant devenu en quelque sorte notre cantine, chez le Basque, rue Malar. Et un midi, au bout de trois semaines de conflit, je vois un gugusse, que je ne citerai même pas – inutile de tirer sur une ambulance – mais qui a un poste de responsabilité au sein du JT, éclater en sanglots. Comme ça, à table, en plein milieu du repas. Or, personnellement, je supporte difficilement les hommes qui pleurent. Surtout en public. Néanmoins, on l'entoure, on veut savoir ce qui lui arrive. Et lui d'expliquer qu'il n'en peut plus, qu'il n'a plus d'argent, qu'il ne peut plus payer son loyer. Entre parenthèses, je suis toujours sidéré d'entendre ou de lire que des grévistes réclament le paiement des jours non travaillés alors que, si l'on fait grève, c'est justement pour exercer une pression et, par ce non-paiement, témoigner d'un désaccord et d'une volonté. Enfin bref, nous voyons tous ce ponte du journal larmoyer. Or, la veille, j'étais allé à l'hippodrome de Vincennes où j'avais gagné quelques billets. Mes gains se trouvent dans ma poche, ni une ni deux, je lui demande :

— Il te faut combien ?

Il avait trois mille cinq cents francs de loyer à l'époque mais, entre deux sanglots, il me répond :

— Si tu pouvais me dépanner de sept mille francs.

Généreusement, je lui passe huit mille francs, en précisant, de bonne foi :

— Tu me rembourseras quand tu pourras.

Résultat des courses : non seulement il ne m'a jamais rendu la somme avancée, mais, en plus, après les événements, il a dit pis que pendre sur moi, me traitant de sale con, de réac, de pédé !

Comme il n'y a pas que Paris qui s'agite, au bout d'un certain temps, nous décidons d'aller à la rencontre de la province et d'y tenir des meetings, initiative qui déplaît souverainement au pouvoir de l'époque. À Rennes notamment, avec toute une bande, nous attirons de nombreux curieux, spectateurs et débatteurs qui remplissent le palais des Sports. Quinze à vingt mille personnes, une folie... Une effervescence incroyable que ceux qui ne l'ont pas connue ne peuvent vraiment imaginer.

Rapidement, le politique et la gauche nous contactent. Pour faire des manifestations en commun. Couderc et Chapatte étant amis avec quelques leaders de gauche, et notamment Charles Hernu qui, plus tard, deviendra ministre de la Défense, des rapprochements se nouent. Soit dit en passant, une certaine légende prétend que Robert venait à des meetings avec sa Mercedes, la garait à deux kilomètres du lieu de rencontre et sortait un vélo du coffre pour mieux ressembler à l'image qu'on avait de lui, mais c'est totalement ridicule. Nous sommes alors tous solidaires et unis.

Un jour même, tous les journalistes se rassemblent à la Sorbonne avec les étudiants, soit cinq mille personnes dans un amphi qui, d'ordinaire, peut en contenir huit cents. Tout le monde est là : Frédéric Pottecher, François de Closets, Emmanuel de La Taille, Maurice Séveno, etc., un mur humain impressionnant que je ne peux oublier ! Ce qui est drôle, c'est ce moment où Roger Couderc se penche pour regarder l'assistance pile à l'instant où un mouvement le propulse au milieu de l'estrade. Les étudiants le reconnaissent et scandent son prénom :

— Ro-ger ! Ro-ger ! Ro-ger !

Grand cœur, il répond :

— Les petits, je suis avec vous. D'ailleurs, mon fils Laurent est l'un des vôtres.

La salle manque d'exploser, c'est grandiose. Pottecher prend la parole, puis Séveno. Tous les leaders montent au créneau. Moi, je me tais et j'observe, respectant les règles : nous sommes organisés comme une armée, avec les chefs qui font des discours et les soldats qui suivent et obéissent.

Au bout d'un mois, l'union commence à se fissurer. Quelques-uns retournent leur veste. Une cellule se crée qui reprend le travail et assure un service minimal sur les ondes. Cette fois, la télévision est coupée en deux. Et je constate que mes potes se trouvent du côté des grévistes alors que, dans l'autre, n'apparaissent que les hommes pour lesquels je n'ai guère de sympathie.

Et puis arrive le jour où il faut savoir terminer une grève. D'autant que Marcillac, avec quelques sbires de sa garde rapprochée, a repris l'antenne depuis quelques semaines sans nous avertir. La cassure est là. Finalement, nous décidons de nous retrouver de l'autre côté de la place de l'Alma pour, après avoir traversé le pont en rangs serrés, effectuer notre retour rue Cognacq-Jay. Devant un tel déploiement de force, beaucoup de non-grévistes croient qu'on vient faire le coup de poing et leur casser la gueule ! Ce qui, évidemment, n'est pas à l'ordre du jour mais traduit autant l'ambiance que leur mauvaise conscience. Toute la France fait de même : elle rentre dans le rang et reprend le boulot.

Nos casiers à lettres débordent de courrier. Près de deux mois d'absence, c'est long. Mais le courrier le plus dur n'est pas encore arrivé. Les administrateurs prennent acte de notre retour et expliquent à chacun que nous allons recevoir une lettre dans les prochains jours. Une page allait se tourner.

CHAPITRE 22

Le grand nettoyage

Le courrier couperet arrive enfin. Comble d'ironie et de malchance, c'est un 4 août. On me vire le jour de mon anniversaire.

Cela me fait d'autant plus drôle de recevoir cette lettre recommandée le jour de mes trente et un ans que le petit texte près de la flamme qui oblitère le timbre proclame : « France Inter vous accompagne partout et toujours en musique. » Aucune surprise : le courrier me demande de passer à l'administration pour régler les détails liés à mon licenciement de l'ORTF. Aucun motif réel n'est avancé, et pour cause ! On me révoque, comme beaucoup d'autres, parce que j'ai osé protester et sortir du rang. L'indépendance ne plaît pas dans la grande maison. On y préfère les rampants.

Je confie le courrier à un avocat avec lequel Robert Chapatte m'a mis en rapport, Roland Dumas. Dont, aujourd'hui, je n'ai aucun souvenir puisque j'ai dû le voir deux fois dans ma vie. Et si cela ne me fait pas plaisir d'être viré, je ne regrette rien. J'ai traversé les événements de mai 1968 par solidarité, prenant conscience au fil des jours qu'il fallait que j'en sois, puis j'étais licencié sur ordre du général de Gaulle, qui avait décidé que certains d'entre nous comme Pottecher, Séveno, La Taille, Darget, Drucker, de Closets, Couderc et Chapatte devaient être révoqués, un point c'est tout. Cela n'a même pas changé mon admiration pour lui !

En revanche, j'ai pu voir les hommes sous leur vrai jour. Apprécier ceux « qui en ont », et faire un tri parmi les journalistes. Beaucoup, alors, m'ont déçu, à commencer par Raymond Marcillac, mais aussi Stéphane Collaro, et d'autres... Heureusement, le temps arrondit les angles.

★

Mais après tout, qu'importe ? J'ai trente et un ans, mes deux bras, mes deux jambes, je suis en bonne santé et opiniâtre. N'étant pas du genre à baisser les bras, je me bats pour continuer ma vie de journaliste. Je commence par écrire des piges pour le quotidien *La Suisse*, dont les responsables se montrent fort agréables avec moi puisqu'ils m'ouvrent un compte dans une banque à deux pas de leurs locaux. Travaillant avec eux pendant plusieurs années, je vais me retrouver, dix ans plus tard, à la tête d'une petite fortune en francs suisses. Le tout le plus légalement du monde. Grâce à André Gastinel, un homme de qualité, décédé depuis, qui est alors correspondant du journal *L'Équipe* à Toulon, je peux aussi œuvrer quelque temps pour *La République du Var*. Bref, je me débrouille, puisant aussi quand j'en ai besoin dans les cent trente mille francs d'indemnités touchés de l'ORTF.

En vérité, si je m'en sors, de la colère gronde en moi. Contre ce que je retiens malgré tout comme une injustice, une censure. Aussi, durant l'été 1968, avec Françoise, nous descendons dans le Sud pour nous changer les idées. Nous louons un studio à un garagiste de La Napoule, à côté de Cannes, où je veux me retirer pour oublier, gommer ce qui m'est arrivé, en bien comme en mal. Nous nous enivrons de fêtes, et encore de fêtes. Si bien qu'au week-end du 15 août je suis complètement HS. Je me couche même le 14 à vingt-deux heures, pour me réveiller seulement le 16 vers dix, onze heures. Mes potes ont cru que j'étais mort alors que j'avais seulement besoin de décompresser et de récupérer.

*

Mais je ne dois pas perdre la main. Au retour des vacances, je vais voir un match du Red Star au stade de Saint-Ouen, rue du Docteur-Bauer. Dans l'équipe du Red Star, le seul club de football parisien alors en division 1, évolue Jean Baeza, un joueur qui a porté une petite dizaine de fois le maillot de l'équipe de France. Or ce pied-noir chaleureux s'est pris d'amitié pour moi depuis quelque temps parce que j'ai dit grand bien de lui durant certains commentaires. Mieux, « Jeannot », comme on l'appelle, est persuadé qu'il me doit en grande partie son statut de joueur international. C'est me faire, évidemment, trop d'honneur, mais sa sincérité et sa reconnaissance me font plaisir. Bref, lorsque j'arrive aux abords des vestiaires, Baeza me donne l'accolade, m'entraîne dans un coin et me dit :

— Thierry, je sais que tu as des ennuis.

Comme je lui explique que ce n'est pas grave et que je m'en sortirai quoi qu'il arrive, il ne me croit pas et me souffle à l'oreille :

— Écoute, Thierry, j'ai un travail à mi-temps dans un magasin de sport, je gagne huit mille balles par mois, si tu veux, c'est pour toi !

Baeza, qui n'est ni mon oncle, ni mon frère, ni mon cousin, mais une simple relation, sachant – ou croyant – que je suis dans la panade, met ni plus ni moins à ma disposition le peu d'argent qu'il gagne à mi-temps. Après les crocs-en-jambe et les lâchetés de certains, ce geste de solidarité quasiment chevaleresque me fait chaud au cœur.

⋆

Ma chance, notre chance à tous, Couderc, Chapatte, Drucker et tous les autres, c'est que ceux qui sont venus remplacer les licenciés ont été rapidement jugés largement moins bons que nous. Par charité, je ne citerai pas leurs noms, mais ils nous ont permis par leurs faiblesses de réapparaître ailleurs. À Europe n° 1 notamment, où les responsables ont le nez creux en recrutant Robert Chapatte et bientôt Roger Couderc. Dès 1969, quand Roger se met à commenter les matchs du Tournoi des Cinq Nations de rugby associé à Pierre Albaladejo, les téléspectateurs finissent par couper le son de leur poste pour vivre le match à la radio. Couderc d'ailleurs, de manière délibérée, débute toujours ses reportages en disant : « Mesdames, mesdemoiselles, messieurs, bonjour. Bienvenue sur Europe n° 1. L'équipe de France est en maillot bleu, short blanc, sur la droite du terrain. »

Une chose est sûre en cette période : l'affaire des journalistes licenciés de l'ORTF alimente les potins parisiens et nourrit les dîners en ville. Un petit jeu auquel je m'adonne avec délice. Notamment avec un ami qui possède alors une somptueuse maison du côté d'Arpajon. Un jour, il me téléphone pour me convier à un dîner qu'il organise spécialement à mon attention afin que je raconte ma petite aventure à ses invités. Ayant un numéro très au point, qui me permet de faire toute la soirée en racontant « mon » Mai 68, j'accepte. Lorsque nous arrivons, Françoise et moi, il y a déjà du monde. Nous devisons quand apparaît un couple. Le visage de la femme me dit vaguement quelque chose, mais rien de précis. J'effectue mon numéro de claquettes, enfilant les anecdotes, les portraits et les vacheries, et la soirée se déroule bien. Vers une heure du matin, les derniers convives prennent congé. Alors que nous vidons les derniers cendriers avant d'aller dormir, mon ami me confie :

— Je connaissais bien ton discours, mais j'avoue que, ce soir, tu m'as impressionné. D'ailleurs, je ne serais pas étonné que tu en aies des retombées assez rapidement.

Lui avouant que je ne vois pas où il veut en venir, il me dit :

— En fait, tu as fortement impressionné mon ami François Castex, qui n'est autre que le beau-frère de Georges Pompidou.

Je tombe à la renverse :

— Tu veux dire que ma voisine de table était la sœur de madame Pompidou ?

— Absolument, et tu l'as fait beaucoup rire.

Avec Françoise, nous nous regardons, le visage livide. Rétrospectivement, je me demande si je ne suis pas allé trop loin dans ma narration. Ai-je trop caricaturé ? ou tapé sur Pompidou ? ou dit du mal de certains qui pourraient être de ses amis ? Bref, j'ai peur. Mais j'ai tort car, quelques jours plus tard, le téléphone sonne :

— Bonjour, je voudrais parler à Thierry Roland.

— C'est moi-même.

— François Castex. Écoutez, j'ai parlé de votre affaire au président de la République qui m'a dit qu'il vous faisait une entière confiance et à moi également. Si vous voulez retourner à la télévision, ça peut se faire...

— Écoutez, monsieur Castex, lui dis-je tout de go, je suis sensible à votre geste, mais je préfère balayer les rues plutôt que de travailler à nouveau avec Raymond Marcillac ! Je ne souhaite donc pas retourner à la télévision.

— Je m'en doutais un petit peu, après ce que vous m'avez dit. Comme nous partons au fort de Brégançon avec le Président pour les vacances, je vais voir avec lui, et je vous recontacte à la rentrée.

— Très volontiers. Merci de votre appel. À bientôt.

★

Sur ce, je suis le Tour de France 1969, le seul de toute ma carrière, pour un journal peu connu, *Public*, qui regroupe nombre de bannis de l'ORTF, autour notamment de Jean-Pierre Delannoy, un garçon formidable qui a été le chef des monteurs de la télévision et qui est le fils du cinéaste Jean Delannoy. Avec d'autres « soixante-huitards » en rupture de chaîne et de contrat, nous obtenons même de la direction du Tour de France, moyennant dix mille francs, une place dans la caravane publicitaire, histoire de nous faire connaître. Or, sur le Tour de France, les places sont attribuées une fois pour toutes au départ, et inutile de tenter une échappée en cours d'étape pour être mieux vu du public. Chacun a son dossard et doit respecter la hiérarchie du peloton. Or, juste derrière nous, se trouve une grosse voiture publicitaire en forme de banane qui va nous suivre durant quatre mille kilomètres, à trente à l'heure. Sur le toit de la camionnette, l'accordéoniste Aimable, entre deux morceaux d'accordéon, n'arrête pas de répéter à longueur de route : « Banane, roi des fruits, fruit des rois. En toute saison, banane à la maison. » Qu'est-ce qu'on a pu en ingurgiter des bananes !

Enfin, c'est un Tour magnifique. Sportivement d'abord, puisque pour la première fois remporté de manière majestueuse par le grand Eddy Merckx. Et affectivement pour nous aussi qui, à la sympathie, récoltons plus de cent mille abonnements en vingt-deux jours.

*

Au retour des vacances, François Castex tient sa promesse et me rappelle. Il a fait avancer mon dossier en assimilant mon refus de revenir à la télévision. C'est ainsi que je me retrouve engagé à France-Inter, comme une sorte de retour au bercail involontaire mais qui me plaît plutôt.

Je revois encore la tête de l'administrateur de la radio quand il me reçoit ! M'ayant connu autrefois au Poste Parisien, il me dit :

— Thierry, on va te reprendre. Nous sommes tous très contents, moi le premier, mais il y a un petit problème...

— Ah bon, rétorqué-je, lequel ?

— Eh bien, tu vas être obligé de rendre tes indemnités !

J'éclate de rire et lui réponds, aussi sec :

— Mes indemnités, je ne vais pas te les rendre pour deux raisons : la première, c'est que je ne les ai plus, j'ai dépensé tout l'argent ; la seconde, c'est que l'année et demie que je viens de passer à trimer et galérer vaut largement les cent trente mille francs que l'administration m'a royalement accordés pour prix de mon licenciement.

Et j'enfonce le clou :

— En plus, tu sais pourquoi je suis dans ton bureau ? Et grâce à qui je suis venu ? J'ai une ogive nucléaire au cul, souviens-t'en.

— Oui, je sais, me répond-il un peu gêné.

— Donc, on ne discute pas. On vous a donné l'ordre de me reprendre, vous me reprenez. Point final.

Lorsque je sors de son bureau, je croise François de Closets, qui attend lui aussi son tour. Dans un souffle, je le préviens :

— Si jamais il veut que tu rendes tes indemnités, tu l'envoies chier !

Je crois que François m'en sait encore gré.

Trois semaines plus tard, me voici à nouveau convoqué. Je me retrouve nez à nez avec l'administrateur, tout souriant :

— On a trouvé la parade, me dit-il.

— Quelle est-elle ?

— C'est simple, Thierry. Nous avons calculé que les

cent trente mille francs que nous t'avons donnés reviennent à l'argent que tu aurais touché, ou à peu près, si tu n'avais pas été licencié et si tu avais continué ta carrière depuis août 1968 jusqu'à aujourd'hui.

— Pourquoi à peu près ?

— Parce que ça achoppe sur huit mille francs.

— Ce sont huit mille francs que je vous dois ou que vous me devez ?

— Qu'on te doit...

— Eh bien, tu me les donnes !

C'est ainsi qu'aujourd'hui, sur le plan carrière, je n'ai aucun trou pour ma retraite...

CHAPITRE 23

Une longue histoire

À France-Inter, je trouve vite mes repères. Et je suis heureux au milieu de mes pairs, parmi lesquels Bernard Père, que je connais depuis la télé, avant les événements. Le grand Père – car il l'est par la taille, sa conscience professionnelle et son détachement vis-à-vis des petits et médiocres du métier, même s'il se montre d'une cruauté féroce envers qui ne trouve pas grâce à ses yeux – est plus au moins chef du service des sports de la station. Il est vrai que, en posant les pieds à France-Inter, il ne m'est pas un inconnu puisque je l'ai déjà croisé en 1966, quand il avait remplacé Mario Beunat au service des sports de l'ORTF. Les formes de collaboration étant particulièrement hiérarchisées au sein de la grande maison, Marcillac avait procédé à un échange de fonctions entre Beunat et lui. Journaliste aux informations générales et aux faits divers, ce dernier n'avait jamais caché sa passion pour le sport. Cette culture commune nous a permis de rapidement sympathiser et de commenter à deux voix de nombreux matchs de foot. C'est ainsi que ce drôle de couple a vu le jour, un couple quelque peu anachronique que l'on ne réunirait sans doute plus aujourd'hui. Dans cette équipe, Bernard était en quelque sorte mon consultant, à moins que ce ne fût le contraire.

Homme entier, Bernard ne mâche pas ses mots. Il a son caractère, ses manières de faire qui ne vont pas souvent dans le sens du poil, mais son ton toujours juste et sa réactivité à l'information font de lui un véritable professionnel. Après les événements de 1968 et sa mutation à France-Inter, j'ai été ravi de le retrouver et de devenir le parrain de Peggy, l'une des jumelles qu'il a eues avec la charmante Renée Père-Champagne, réalisatrice à la télévision... Avec Bernard, c'est le début d'une longue histoire...

*

Je me souviens du premier championnat du monde de boxe entre Jo Frazier et Mohamed Ali comme si c'était hier. New York, printemps 1971, c'est le grand retour de... Cassius Clay, devenu Mohamed Ali depuis qu'il s'est converti à l'islam, et il n'est pas question que je passe à côté d'un tel spectacle. J'ai réussi à convaincre les responsables de France-Inter de m'envoyer à New York, mais c'est sans compter la fièvre des médias internationaux et le coût exorbitant des accréditations officielles. Pour le match du siècle, on s'arrache le moindre strapontin de ring, et les places des premiers rangs atteignent 750 dollars au marché noir. Des moyens considérables sont mis en œuvre : des chaînes de télévision vont retransmettre le combat en circuit fermé dans trois cent cinquante villes américaines et dans trente-trois cités britanniques, plus de trente pays vont recevoir la retransmission par satellite, mais la France ne fait pas partie du programme.

À France-Inter, j'ai alors mis au point une stratégie. Tandis que je suivrai le match, en direct, sur un grand écran d'un cinéma de Broadway, Bernard Père sera à Rome au Cavalieri Hilton, superbe hôtel dominant le stade olympique, pour commenter les images en mondiovision. Avec Claude Villers, alors correspondant de la radio à New York, nous avons trouvé une astuce. Il y a, à cette époque, dans tous les cinémas new-yorkais, une cabine téléphonique. Nous avons donc décidé de réquisitionner celle de la salle dans laquelle je m'installerai pour la brancher, dans la plus grande discrétion bien sûr, sur le studio de France-Inter à New York. Grâce à ce bricolage, New York sera en relation permanente avec Paris qui, de son côté, a tiré une ligne sur Rome.

À sept mille kilomètres de distance, et malgré le décalage horaire, Père et moi serons sur la même longueur d'onde : il prendra la parole pour commenter chaque reprise, et, pendant les minutes de repos, j'enchaînerai par une analyse technique avec le plus grand naturel, exactement comme si nous étions côte à côte.

Ce soir-là, au Madison Square Garden, l'assistance est truffée d'innombrables célébrités. Les caméras de la télévision s'attardent sur John Lindsay, maire de New York, sur l'astronaute Alan Shepard et, bien sûr, sur Frank Sinatra. Nous sommes nombreux à penser que le match n'ira pas à la limite. Claude Villers, condamné à occuper la cabine téléphonique, fait des vœux pour que ces deux poids lourds en finissent au plus vite.

Avant le premier coup de gong, Villers, prisonnier de son réduit, est déjà en eau. Malheureux Villers... Le combat va durer quinze reprises : le maximum ! Une heure au total ! Impossible de raccrocher, toutes les trois minutes, comme convenu, je prends le relais de Père. Mais le combat a également lieu dans la salle... À un moment, une spectatrice veut téléphoner de notre cabine. Elle tente sa chance une première fois à l'issue de la quatrième reprise, revient à la charge à la fin de la cinquième, finit par s'énerver après la huitième, manque de boxer Villers entre la dixième et la onzième et, devant l'impossibilité de déloger le squatteur tricolore, préfère jeter l'éponge.

À l'issue de la quinzième reprise, c'en est fini pour elle et pour Ali, vaincu sur un crochet gauche à la face de Jo Frazier.

Le lendemain du combat, je relève dans le *Daily Post*, un petit écho intitulé : « *An electronic mystery* » (un mystère de l'électronique), où les Américains se demandent comment une radio européenne a pu retransmettre le match en direct, sans être présente au Madison...

★

Quelques années plus tard, le même Mohamed Ali vient, une fois de plus, nourrir mon goût pour les sensations fortes et les anecdotes... Nous sommes à Kinshasa, au Zaïre, en octobre 1974 ; en coulisses un autre combat de légende se prépare. Foreman contre Ali. Norman Mailer en fera un chef-d'œuvre.

Le match a lieu très tôt le matin. Je me lève, bois un thé et prends mon Nagra – c'est un magnéto – sous le bras. Des projecteurs inondent le stade comme un torrent de soleil. Des Zaïrois, en costumes bigarrés, emplissent l'arène et la font palpiter de mille chants, cris et exclamations. J'entends encore la foule hurler : *« Ali bomayé ! Ali bomayé ! »* (Ali tue-le !). Ali est de retour pour retrouver ses racines et pour faire descendre Foreman l'usurpateur de son trône illégitime.

Pour lui, comme pour beaucoup d'Afro-Américains, Foreman, le détenteur du titre, est le symbole du Nègre intégré à l'Amérique blanche, à la chrétienté et aux valeurs de la bannière étoilée. Ce combat est donc lourd de significations. Avant le match, la pression monte, les bookmakers s'agitent, et, moi, j'ai une furieuse envie d'uriner qui ne va plus me quitter... En huit rounds, et dans un délire total, Ali va régler son compte à Foreman et dédier sa victoire à toute l'Afrique.

Dès la fin du combat, mon Nagra à l'épaule, je me précipite dans les vestiaires pour essayer d'enregistrer les voix de Mohamed Ali et de George Foreman. Au milieu de la foule des journalistes américains, je tente l'impossible tout en essayant d'oublier mon irrépressible envie qui ne va que s'accroissant. Lorsque je quitte le stade, je cours à la radio du Zaïre, à Kinshasa, pour envoyer mes bandes à Paris. Je m'active, sans penser à me soulager, et enchaîne avec une réception digne d'une garden-party élyséenne, au palais présidentiel de Mobutu. À peine arrivé, j'avise le premier garçon à veste blanche :

— Vous là-bas ! Je vous en supplie, dites-moi où se trouvent les toilettes.

Calme et souriant, mon « sauveur » me répond avec l'accent africain :

— Ah, alors, ce n'est pas compliqué du tout... Vous prenez le couloir... Tout droit... La deuxième à droite... Un autre couloir... Encore tout droit devant vous, et tout au fond, vous avez les toilettes...

Le remerciant d'un mouvement de tête, je file dans la direction indiquée. Et naturellement, je me trompe de porte et me retrouve dans un jardinet piqué de fleurs toutes plus parfumées les unes que les autres. Une nuit noire, merveilleusement africaine.

D'un coup d'œil, je vérifie si je suis seul, si personne ne me regarde. L'endroit semble désert. Après de longues heures d'attente, ce geste banal prend des allures de libération. Une vraie béatitude ! À mi-parcours, pourtant, je sens une présence dans mon dos. Je crois entendre des branches craquer, mais il m'est impossible de m'arrêter en pleine action. Il se passe encore quelques secondes avant que je ne me retourne. Et là, stupeur, deux paires d'yeux brillent dans l'obscurité, à dix mètres de moi, comme deux phares...

Une fois terminé, je retrouve à reculons le chemin de la porte. De là, la rumeur de la foule me conduit jusqu'au salon d'honneur où se trouvent tous les journalistes que le président Mobutu salue à tour de rôle. Celui-ci s'approche de moi :

— Oh, mais je vous connais très bien ! me dit le Président. J'aime beaucoup le football, vous savez...

Encore sous l'effet de mon égarement, je m'empresse de lui avouer mon « crime ».

— Dites-moi, monsieur le Président, il faut que je m'excuse, car j'ai fait quelque chose qui va vous être rapporté. Alors, je préfère vous le dire moi-même, car j'ai un peu honte. Figurez-vous qu'en arrivant dans votre résidence, ne trouvant pas les toilettes, j'ai dû me laisser aller dans un de vos jardins privés...

Mobutu part alors dans un grand rire :

— Ah ! Mais vous avez vu mes léopards, alors ?...

*

Mes années France-Inter figurent au palmarès des moments heureux de ma carrière professionnelle. Et ce bonheur nous le devons, Bernard Père et moi-même, à un seul homme, la crème des patrons : Jean-Armand Ladidi.

Comme son nom l'indique, Ladidi est né de l'autre côté de la Méditerranée. Personnage haut en couleur, avec l'accent du pays, il était si petit que Gérard Holtz, à ses côtés, aurait fait figure de géant. Il nous adorait, Bernard et moi, car il nous voyait encore comme des vedettes de télé. Il était fier de nous compter parmi ses collaborateurs, et il faut bien dire que nous savions en rajouter pour conforter son enthousiasme. Et, parfois, nous en profitions un peu...

C'est ainsi qu'avec Bernard nous avons mis au point un système imparable pour « agrémenter » nos déplacements, notamment dans les pays de l'Est. À chaque reportage, nous faisions des notes de frais où nous mentionnions : « Interprète : 350 francs. » Et l'astuce était simple : pour justifier le coût de l'interprète, pendant le match URSS-France à Moscou par exemple, nous observions sur le tableau lumineux que, dans l'équipe de l'Union soviétique, le numéro 10 allait être remplacé par le 14. Au micro, je disais alors : « Tiens, il me semble qu'il y a un changement qui se prépare du côté de l'équipe soviétique. Mais je vais demander à notre interprète, mademoiselle Petrovna, de nous raconter ce qui se passe. De quoi s'agit-il, mademoiselle Petrovna ? » J'éloignais le micro, j'imitais la voix de la soi-disant interprète et j'ajoutais : « Mademoiselle Petrovna nous confirme que le numéro 14 va rentrer. »

Et Jean-Armand Ladidi, qui écoutait notre reportage à Paris, faisait des bonds : « Ce sont les plus forts ! Ils savent tout avant tout le monde ! » Ce coup-là, avec Père, nous l'avons fait maintes et maintes fois. Par chance, l'affaire n'a jamais été éventée : trois cent cinquante francs en notes de frais, ça nous payait les cigares !

★

1974. La Coupe du monde de football se déroule en Allemagne, et c'est une fois de plus aux côtés de mon ami Bernard que je vais commenter les matchs pour les auditeurs de France-Inter. Ces rendez-vous sont toujours de grands moments de bonheur, surtout lorsque le grand Père se fait dérober l'équivalent de mille dollars en traveller's cheques, parce qu'il a commis l'imprudence de placer son argent entre ses slips et ses chemises et que, le jour même du match inaugural entre le Brésil et l'Écosse, des rats d'hôtel en ont profité. Mais ce n'est qu'au bout de quelques jours, et parce que Bernard se plaint du coût de la vie en Allemagne, que je découvre le pot aux roses... Pour ne pas attirer l'attention, les voleurs n'avaient subtilisé qu'un chèque sur deux dans le carnet de travellers... Bernard était fou de rage !

Cette Coupe du monde 1974 voit la victoire de l'Allemagne à domicile, devant une équipe « orange », celle des Pays-Bas et de Cruijff qui, pour l'esprit et le jeu déployés pendant toute la compétition, aurait mille fois mérité de l'emporter. Mais c'est le football... Sans compter qu'avec les Allemands il faut souvent se méfier, ils ont parfois une fâcheuse tendance à passer là où on ne les attend pas, ou plus...

*

Apprécié par mes patrons, ma carrière à France-Inter se déroule tranquillement... Jusqu'au jour où Jacques Sallebert, grand chef sur cette radio, me confie qu'il est désigné pour s'occuper de l'actualité sur la deuxième chaîne de télévision qui va bientôt voir le jour.

— Est-ce que ça t'amuserait de revenir à la télé ? me demande-t-il entre deux portes. À peine ai-je le temps de réfléchir qu'il ajoute :

— Sache que Chapatte et Couderc ont déjà donné leur accord.

À cette seconde, je sens mon sang bouillir.

— Dans ces conditions, lui ai-je répondu, tu peux, vous pouvez tous, compter sur moi.

Ma décision était prise.

Une véritable révolution est en marche : la première chaîne, la deuxième, la radio, l'INA... Tout va être séparé. Ironie du sort, quelques jours plus tard, Bernard Père et moi sommes sollicités par Jean-Louis Guillaud, le P-DG désigné de la première chaîne, TF1, dont les bureaux se trouvent, à l'époque, en face du journal *Le Figaro*. Quelques jours plus tard, il nous reçoit ensemble pour nous proposer d'être les patrons du service des sports de TF1. Seconde ironie du sort, ce même Guillaud avait été, au moment des événements de 1968, l'un des plus farouches opposants de notre équipe. Je refuse sa proposition.

Dans ma vie professionnelle, cette décision s'est présentée comme un tournant. Si j'avais voulu être un homme de pouvoir, je n'avais qu'à dire oui. Mais j'avais donné ma parole à Jacques Sallebert pour Antenne 2 et j'étais trop heureux de retrouver les miens. Dans la foulée, Bernard Père a fait le même choix, ce qui était courageux de sa part, car, lui, n'avait pas d'autre proposition...

★

Janvier 1975 voit la naissance officielle d'Antenne 2, et c'est pour moi une seconde naissance. Je retrouve ma famille, mes habitudes et le bonheur de faire rire Chapatte avec mes humeurs souvent badines. On se souvient tous des fameuses conférences de rédaction du lundi matin... Surtout Hervé Duthu, aujourd'hui journaliste à Eurosport qui l'a rapporté à mon cher Albert-Antoine.

« J'étais le petit dernier de la bande, et il n'était pas facile, au début, de se fondre dans le mouvement, a-t-il eu le culot de lui raconter. Thierry, Chapatte et Couderc ne faisaient qu'un, avec Thierry comme ciment. Ils étaient les princes de l'improvisation. Nous, tous les autres, nous préparions, travaillions, écrivions... Un lundi matin, Chapatte, selon l'habitude, ouvre la réunion par ces mots : “Messieurs, à quels sujets-magazine avez-vous pensé pour cette semaine ?" Autour de la table, il y a toute l'équipe des sports. Dominique Duvauchelle se lance en premier. À haute voix, il demande pourquoi les femmes ne pratiquent pas le triple saut. Dominique, excellent reporter, envisage de mener une enquête. Selon lui, il y a là matière à réflexion... Thierry l'arrête net dans son élan : "Attends, Duvauchelle, ne perds pas ton temps... Je vais te dire un truc... Si les femmes ne font pas de triple saut, c'est... parce qu'elles ont peur de se marcher sur les couilles !" À la seconde, Chapatte et Couderc partent dans un mémorable éclat de rire, et la conférence se termine avant même d'avoir commencé. » Heureusement qu'on ne juge pas les hommes à la hauteur de leur humour... parce que moi...

*

C'est dans cette atmosphère bon enfant que va naître l'émission *Stade 2*, tout droit sortie de l'imagination de Chapatte, le boss qui ne perd jamais une occasion de s'envoyer un « faux-cul » derrière la cravate. Un « faux-cul » ? C'est un mix jus d'orange et whisky dissimulé dans un pot à crayons négligemment placé dans le premier tiroir de son bureau.

Lors de la création d'Antenne 2, les responsabilités sont partagées entre Marcel Jullian, président de la chaîne, Jacques Chancel, son conseiller, Jacques Sallebert, le patron de l'actualité, et Robert Chapatte, chef des sports. Comme il ne peut y avoir deux chefs des sports, Couderc, malgré sa grande notoriété, est hors organigramme. Pour ma part, je suis le plus ancien des plus jeunes, dans cette équipe où l'on retrouve Jean-

Michel Leulliot, Joseph Choupin, François Janin – qui vient de quitter *Le Monde* –, Richard Diot, Hervé Duthu, Jean-Paul Ollivier, Dominique Duvauchelle, Christine Paris, Joseph Pasteur, Daniel Cazal et, bien sûr, Bernard Père, mon complice de France-Inter, qu'il n'était pas question d'oublier... même s'il a fallu me heurter avec Chapatte.

— Bernard, lui dis-je, est avec moi depuis près de dix ans. À France-Inter, les dirigeants ne tiennent pas à le garder. Je connais son caractère entier, parfois difficile. Mais on ne peut pas le laisser tomber.

La réponse de Robert fut sanglante :

— On n'en a pas besoin !

Mais j'ai tellement insisté que, finalement, Chapatte a cédé.

Cette première équipe des sports d'Antenne 2 reste certainement la plus complémentaire que j'aie jamais connue. Nous pouvions vraiment tout couvrir. L'ambiance était joyeuse, orchestrée par Robert et Roger, à la fois patrons et amis, qui n'abusaient jamais de leurs prérogatives et ne donnaient pas de leçon. On s'amusait beaucoup. Géographiquement, nous avons commencé par occuper des bureaux à Cognacq-Jay avant de nous installer, peu de temps après, dans un petit hôtel fort sympathique, situé à l'angle des rues Jean-Nicot et Robert-Schuman, qui avaient précédemment servi de siège à la Régie française de publicité. Nous étions chez nous. Il y avait une grande pièce qui servait de salle de rédaction, le bureau de Robert, et un espace pour Couderc, Choupin et moi. Josette Glo et Christine Denis étaient nos secrétaires.

Depuis plus de vingt-cinq ans, on parle de l'esprit

Stade 2, car c'est l'une des rares émissions qui ait résisté au temps. Chapatte voulait un rendez-vous du sport aussi convivial qu'informatif : on peut dire qu'il a gagné son pari. Son secret, c'est d'avoir laissé, autour de la table, une chaise vide, celle sur laquelle le spectateur venait naturellement s'asseoir.

Une anecdote en passant. 1983. Laurent Fignon remporte son deuxième Tour de France. L'objectif est de faire un *Stade 2* normal, en direct de notre terrasse qui surplombe notre hôtel particulier, avec mission, pour chaque responsable de service, de poser une question personnelle à Fignon. L'émission se déroule sans crevaison, si j'ose dire, jusqu'au moment où Robert me tend le micro :

— Je suppose, Thierry, que vous avez, à votre tour, une remarque à formuler à notre ami Laurent ?

Je lui réponds en me tournant vers le cycliste :

— Ce Tour de France, si je comprends bien, vous l'avez dominé de la tête et des épaules ?

— On peut dire ça, effectivement, me répond Fignon, pas très inspiré.

C'est alors que j'insiste :

— Entre nous, est-ce qu'on peut dire très franchement, Laurent, que vous n'avez eu aucun trou, Fignon ?

Fignon ne relèvera jamais, ni Chapatte, ni personne sur le plateau, et *Stade 2* se terminera dans les rires.

★

Moins drôle, beaucoup moins drôle, est la manière dont Antenne 2 et notre équipe des sports ont manqué la finale de la Coupe d'Europe de football entre Saint-

Étienne et le Bayern Munich, en 1976. Avec Bernard Père, nous avions commenté toute l'épopée de Saint-Étienne. Cette finale devait nous revenir, mais Marcel Jullian, un homme par ailleurs formidable, s'est montré trop « bon joueur » avec le P-DG de TF1, Jean-Louis Guillaud, qui s'était manifesté pour lui signifier que sa chaîne était également très intéressée par la retransmission de la finale.

Sportifs, Jullian et Guillaud ont décidé de tirer au sort le direct ! Tous les deux, avec leurs conseillers, se sont isolés pour jouer à pile ou face. Jullian avait choisi face, la pièce retomba sur pile. C'est ainsi que l'un des matchs les plus suivis de ces cinquante dernières années a été retransmis par TF1. Je n'ai jamais digéré cette finale perdue, même si nous l'avons commentée en différé...

CHAPITRE 24

L'esprit cocardier

1965. La France dispute son dernier match qualificatif pour la Coupe du monde de 1966, dans l'ancêtre de l'actuel parc des Princes. Face aux Bleus, les Yougoslaves sont nettement favoris. Dans les tribunes, la tension est à son comble, mais la France va gagner un à zéro, grâce à un but du pied gauche signé Philippe Gondet. Il reste un bon quart d'heure à jouer, et je commente seul, sur une espèce de petite nacelle située sous le toit du stade, cette rencontre décisive, qui, de plus, est mon premier « gros » match. La France attend, et *L'Equipe* titre : « C'est aujourd'hui ou jamais ».

J'ai l'équipement de l'époque : le casque, le micro-bouche, des fils partout... Quand Gondet marque, j'oublie complètement qui je suis et ce que je fais là. Je saute en l'air au risque d'abîmer le matériel. Le problème, c'est que ce ne sont pas mes fils qui lâchent, mais ceux du télé-reporter yougoslave qui se situe sur ma droite. Ce jour-là, le bon dieu du football est français. Mon confrère yougoslave, plutôt chaleureux quand il est arrivé, me balance, sitôt le match fini : « Quand je pense que c'est nous qui sommes traités de sauvages ! » Je le laisse dire ce qu'il veut, je suis aux anges et, pour la première fois, je suis, quelque part, partie prenante du résultat. Pour la première fois de ma carrière, le grand public peut m'associer à une victoire de l'équipe de France de football. Ma réputation d'esprit cocardier est en route. Je deviens peu à peu le représentant des supporters et de tous ceux qui souhaitent voir triompher les Bleus, à une époque où ils ne sont pas à chaque rencontre les dieux du stade. Quel amateur de football n'a pas eu les intestins en compote durant ce long tunnel que furent les années 1960-1975 ?

Nous voici en octobre 1976, dans la sinistre et lugubre ville de Sofia, quelques heures avant le fameux Bulgarie-France, décisif pour la qualification à la Coupe du monde 1978. L'arbitre écossais porte le doux nom de Foote, cela ne s'invente pas, et, moi, j'ai rendez-vous avec mon destin...

La rencontre a lieu un samedi après-midi. Pour les Bleus, les trente premières minutes du match se passent comme dans un rêve. La France mène deux à zéro grâce à un but de Platini sur coup franc et à une reprise victorieuse de Bernard Lacombe. Nous avons le match en main, rien de grave ne peut nous arriver. Malheureusement, cet avantage est légèrement entamé, à quelques minutes de la mi-temps, par un but de raccroc des Bulgares, acclamé par les quatre-vingt mille personnes qui sont massées dans un stade Levski sans barrières séparant le public des joueurs. Ce détail aura son importance...

À ce moment du match, je n'ai rien à redire sur l'arbitrage de Ian Foote. Bien au contraire, je n'avais jamais entendu parler de cet Écossais qui me semble plutôt sûr de ses décisions, imperturbable. En deuxième mi-temps, pourtant, il va complètement perdre les pédales. Le gardien bulgare effectue un plaquage de rugby sur Platini, en pleine surface, que tout le monde voit, sauf monsieur Foote.

Plus tard, les choses se gâtent encore. Non seulement il accorde un but hors-jeu aux Bulgares, mais, comble de la mauvaise foi, comme pour asséner le coup de grâce à nos joueurs, il siffle, à quelques secondes de la fin, un penalty imaginaire à leurs adversaires. Voici la scène : un attaquant bulgare entre dans la surface française, côté droit, il est seul et il tombe. Le premier joueur français, Maxime Bossis, est à trois mètres de lui... Et monsieur Foote indique le point de penalty ! C'est un scandale, comme dirait l'autre.

À cette seconde, la colère m'emporte. J'imagine les pires insultes, mais les choses vont très vite Je réfléchis aux termes que je peux utiliser pour traduire le fond de ma pensée figurant dans le dictionnaire. Et c'est alors que, froidement, la gorge serrée, je m'écrie au micro :

— Monsieur Foote, vous êtes un salaud !

Au même instant, je reçois un grand coup de coude de Bernard Père, complètement estomaqué Mais plus rien ne peut m'arrêter. Imperturbable, j'ajoute à l'attention de ce maudit arbitre :

— S'il reste une cellule de libre à la prison de Glasgow, eh bien, il faut vous la retenir d'urgence ! Monsieur Foote, vous êtes un homme malhonnête !...

La suite, plutôt heureuse, a voulu que les Bulgares manquent le penalty injuste. Et nous l'avons échappé belle. Notre gardien, Baratelli, partait à gauche quand le tireur bulgare mettait la balle complètement à côté du poteau droit. Résultat final : deux buts partout. Notre honneur est sauf. Mais l'anecdote ne s'arrête pas là. À peine remis de leurs émotions, les joueurs sont informés de mon mot, qui, rapidement, fait le tour des vestiaires et suscite des sourires amicaux et des encouragements.

Michel Hidalgo, le patron des Bleus, me prend par le cou et me souffle : « Thierry, si tu as besoin d'une aide quelconque, tu peux compter sur nous tous. » Hidalgo devait pressentir quelque chose... En France, on ne parlait déjà plus que de ce « salaud » d'arbitre.

À Paris, à la direction de l'information d'Antenne 2, mon mot n'a pas fait rire du tout. Charles Baudinat, arrivé à la tête de l'actualité télévisée quelque temps plus tôt, après un passage à *France-Soir*, manque de s'étrangler devant son poste. Ses cheveux se dressent tout droits sur sa tête. Pour lui, j'ai dépassé les limites. Il exige de me parler tout de suite après le match, hors antenne bien sûr. Mais, dès le coup de sifflet final, la ligne a été coupée entre Paris et Sofia. C'est ce qui s'appelle avoir de la chance, car je suis sûrement, ce jour-là, passé à côté d'un carton rouge... Nous sommes rentrés le soir même, dans l'avion de l'équipe de France, et, à minuit, j'étais dans mon lit.

Le lendemain, dimanche, je retrouve mes comparses sur le plateau de *Stade 2*. C'est la seule émission, avec le journal télévisé, qui passe en direct ce jour-là depuis les studios de la rue Cognacq-Jay. C'est le grand désert. Je me laisse aimablement chapitrer par Robert Chapatte, qui me reproche mon emportement. Même si, encore touché par cette injustice, je ne suis toujours pas décidé à retirer le moindre mot de mon commentaire à chaud. Oui, monsieur Foote s'est comporté comme un « salaud ». Pas question de passer l'éponge.

Le surlendemain, lundi, l'histoire fait la une de tous les journaux. Les renforts arrivent : je ne suis pas le seul à continuer de maudire monsieur Foote. Peu à peu, je prends conscience que le public est derrière moi. Les premières lettres de soutien déferlent sur le bureau des sports. Dix, cent et, bientôt, des sacs postaux entiers.

Je reçois, en quelques jours, dix-huit sacs postaux, ce qui constitue des centaines de milliers de lettres. Je crois, sans me vanter, que c'est le plus gros apport de courrier, non sollicité, qui soit jamais arrivé à la télévision. Certaines de ces lettres portent jusqu'à trois cents signatures. Elles viennent d'usines entières, d'ateliers, de bureaux, et disent toutes la même chose : « On est de tout cœur avec vous ! » Je reçois aussi des courriers à en-tête de l'Assemblée nationale, venant de députés de la majorité comme de l'opposition. Cette cause est populaire, et les députés, c'est bien connu, ne vont jamais contre leurs électeurs. Fin du premier épisode.

Comme la réaction est unanime, le carton rouge qui m'était destiné se transforme en un petit carton jaune. Dans les minutes qui ont suivi le match, Charles Baudinat m'aurait certainement sanctionné très durement. Mais, devant le soutien des téléspectateurs et de tout le public français, il s'est contenté, pour la bonne règle, d'un avertissement symbolique.

Quelques années plus tard, à l'occasion du millième match du Variétés Club de France, au Havre, organisé par mon ami Jean-Pierre Hureau, alors président du HAC, je rencontre *Mister* Foote. Dix ans se sont écoulés. Après avoir été marchand de primeurs à Édimbourg, il nous a quittés en 1998. Je ne l'ai pas oublié...

Comme le bon Dieu me permet de parler correctement l'anglais, je lui ai demandé le fin mot de l'histoire. Et Ian Foote me raconta : « Voyez-vous, j'ai eu peur pour mon intégrité physique. Je me suis dit : si jamais la Bulgarie perd ce match, les spectateurs vont envahir le terrain, et je vais me faire tabasser. Oui, j'ai eu peur... » L'affaire était close. J'ai serré la main de *Mister* Foote et lui ai même donné une accolade. Celui qui prétend n'avoir jamais eu peur, au moins une fois dans sa vie, est un menteur.

CHAPITRE 25

Qui c'est, les plus forts ?

Mai 1976. Les Verts de Saint-Étienne sont en finale de la Coupe d'Europe des clubs champions, à Glasgow, face au Bayern de Munich. Finale perdue un but à zéro, est-il besoin de le rappeler, au lendemain de laquelle les Verts défilent sur les Champs-Élysées, plus héros que jamais dans la défaite. Car jamais défaite n'a été aussi glorieuse.

Les Verts sont devenus, en quelques matchs et en quelques mois, un véritable phénomène de société. Ils sont les idoles de tout un pays, des fabricants de rêves et même de chansons populaires... Qui n'a pas chanté : « Qui c'est les plus forts, évidemment... » ? Est-il exagéré de prétendre que les Verts ont déclenché l'amour des Français pour le foot ? Je ne crois pas.

Au milieu de ces Verts, Jean-Michel Larqué a l'air du petit prof, qu'il est d'ailleurs de par sa formation. Un rien distant avec les médias, un peu sec, sûr de son fait, de ses frappes de balle, toujours excellentes, et de ses réactions de vestiaire, toutes parfaitement contrôlées et maîtrisées.

Je ne me souviens toutefois pas de ma première rencontre avec lui. Celle-ci s'est noyée au milieu des multiples matchs. Dans les années 1970, la rivalité est très importante entre Saint-Étienne et Nantes. À Saint-Étienne, pendant longtemps, on me considère comme un Nantais, tandis qu'à Nantes on me juge comme un Stéphanois. Je reçois, à cette époque, autant de lettres de Saint-Étienne, prétendant que je suis un vendu, que de Nantes, estimant que je suis un enfoiré.

En revanche, je me rappelle très bien le jour où le patron de RTL, Raymond Castans, homme du Midi très chaleureux, nous a confié, à Chapatte – qui tenait une chronique sur cette radio – et à moi, son désir de voir Larqué s'essayer à la télévision. « Je suis sûr, pronostiquait Castans, que le tandem Larqué-Roland ferait le pendant de Couderc-Albaladejo. » Avec Chapatte, nous en avons reparlé très vite et nous sommes tombés d'accord pour engager Jean-Michel.

Le premier match que nous commentons tous les deux est une rencontre de Coupe d'Europe, en mars 1980, opposant, au stade Geoffroy Guichard, Saint-Étienne aux Allemands de Mönchengladbach. Les Verts, qui ne sont plus ce qu'ils étaient, ont d'ailleurs pris une raclée. Défaite, quatre buts à un. Pour un ballon d'essai, cela s'est plutôt bien passé avec Jean-Michel. Nos commentaires se sont un peu chevauchés, mais il n'y a rien eu de tragique.

D'emblée, ce que j'ai admiré chez lui, c'est qu'il est arrivé dans ce métier, nouveau pour lui, en faisant preuve d'une grande humilité. Il aurait pu s'y plonger en roulant les mécaniques, son palmarès l'y autorisant, mais non. Voici l'une des premières choses qu'il m'ait dites : « Écoute, en ce qui concerne le football, ça va, je n'ai pas de souci, j'ai donné, je connais. Mais pour ce qui est de la télévision, là, je ne connais pas. Je te fais confiance : tu me dis, je fais. » Nous avons démarré sur ces bases-là, et Jean-Michel a fait preuve d'une grande intelligence.

Ce qui le caractérise le plus, c'est son intégrité, son professionnalisme, sa force de travail. Dans un couple, et il en va toujours ainsi, il faut du temps pour que chacun trouve sa place. Le duo Couderc et Albaladejo ne s'est pas formé en un jour. Même remarque pour le tandem Hervé Duthu et Jean-Paul Loth, que les amateurs de tennis ont apprécié pendant de nombreuses années.

Le seul problème avec Jean-Michel, c'est qu'au tout début, si personne ne peut mettre en doute sa capacité d'analyse technique, il est, en revanche, un peu cassant à l'égard des joueurs. Mais, très vite, il comprend qu'il lui faut faire très attention dans ses appréciations, que la télévision est un miroir grossissant et que, s'il persiste à considérer qu'untel ou untel est nul, cela risque de porter un préjudice terrible au joueur en question.

Malheureusement, Bernard Père devient rapidement jaloux de lui, en même temps qu'il se sent frustré sur le plan professionnel. Pendant une période, j'alterne entre Père et Larqué pour le commentaire des matchs. Jusqu'au jour où la direction d'Antenne 2 tranche nettement en faveur de Jean-Michel, ce qui aura pour conséquence de me brouiller avec Bernard.

Ensemble, nous avons vécu des moments extraordinaires et nous en sommes même arrivés aujourd'hui à ne plus nous parler, ni même à nous saluer dans l'ascenseur. Bernard m'a pris en grippe, de même qu'il en veut terriblement à Larqué. Je me demande même comment ces deux-là n'en sont pas venus aux mains, vu le caractère très soupe au lait de l'un comme de l'autre. Je regretterai toujours l'attitude de Bernard qui, jusqu'au bout, aura vécu le couple Roland-Larqué comme une trahison de ma part... Dommage.

Ce qui est certain, c'est que Jean-Michel, une fois rodé à l'exercice du direct, une fois son trac dompté, m'a vraiment apporté un autre éclairage sur ma manière de regarder et d'apprécier un match. Et ce n'est pas parce qu'il a un gros nez crochu, comme je lui dis souvent, qu'il sent très bien les coups. Larqué a un pif terrible ! Michel Platini a le même. Tous les grands joueurs possèdent un sixième sens qui leur permet de sentir les choses avant même que celles-ci ne se déroulent. À l'antenne, je ne compte plus les fois où il dit : « À droite, à gauche, change d'aile, etc. » Moi, je suis la progression du ballon et du jeu, lui estime la manière dont le jeu devrait se dérouler dans l'idéal. Voilà la différence !

*

Au début des années 1980, l'équipe de France retrouve une véritable identité, un style, et ne va pas tarder à se forger un palmarès, en grande partie, il faut bien le dire, grâce au talent de Michel Platini.

La Coupe du monde 1982 en Espagne, et notamment la demi-finale à Séville contre l'Allemagne, demeurera à jamais inscrite en nous. Lors de ce match historique, quand Didier Six déborde, Jean-Michel hurle dans le micro : « À Gigi ! À Gigi ! À Gigi ! » Six finit par donner le ballon à Giresse qui frappe, et qui marque. Souvent depuis, j'use du magnétoscope pour revoir ce match. Malheureusement, le résultat est toujours le même : cela fait toujours trois à trois, et nous l'avons dans le baba aux tirs au but !

Plus récemment, je me souviens encore d'un match de Marseille en Coupe d'Europe. Un centre vient de la gauche. Perez, le défenseur marseillais, monte aux avant-postes. Pendant que le ballon est en l'air, Jean-Michel dit : « La volée, la volée, la volée ! » Perez tente cette volée, qui se transforme en un but extraordinaire pour l'OM. Une fois de plus, quel pif !

Sur les mille deux cent trente matchs que j'ai commentés à ce jour pour la télévision, j'en ai partagé plus de la moitié avec Larqué. On peut dire que notre numéro est plus que rodé. Entre nous, quelque chose est immuable et, étrangement, impossible à expliquer. Lorsque nous arrivons à notre poste de commentaire, Jean-Michel se place toujours à ma gauche. Vous ne nous verrez jamais dans une position inversée. Jamais. Tous les techniciens des différentes maisons de production qui travaillent avec nous le savent. Lorsque nous avons commencé, je lui donnais une petite tape sur le genou quand il fallait qu'il parle. Maintenant, ce n'est plus nécessaire. Nous avons nos habitudes.

Je crois savoir qu'il y a une chose qui intrigue énormément le public, le fait qu'avec Jean-Michel nous nous vouvoyions à l'antenne. Pourtant, c'est venu naturellement. Si nous nous tutoyions, ce que nous faisons bien sûr dans la vie de tous les jours, nous aurions l'impression d'exclure les téléspectateurs.

Dans notre manière de fonctionner, il y a un autre rite qui consiste à préparer le match chacun de son côté. Individuellement, nous lisons la presse et prenons quelques notes sur un cahier d'écolier. Nous sélectionnons quatre ou cinq éléments importants, rarement plus. Et, généralement, nous tombons d'accord sur les informations à fournir en priorité aux téléspectateurs. J'estime en effet – et Jean-Michel a toujours été de mon avis – qu'il ne faut jamais noyer nos auditeurs sous un flot de statistiques.

Le meilleur reportage à deux voix, me semble-t-il, c'est celui où il y a des temps de pause. Il est inconcevable de parler de la première à la quatre-vingt-dixième minute sans une seconde d'arrêt, en poussant des hurlements. Moi-même, lorsque je suis téléspectateur, j'aime pouvoir reprendre mon souffle, apprécier le jeu qui se déroule, sans que le commentateur parle. Je ne dis pas que je détiens la vérité absolue, mais il se trouve que Jean-Michel, et c'est une chance, fonctionne comme moi.

Il reste que, dans le commentaire d'un match, il faut savoir, de temps en temps – surtout s'il ne se passe pas grand-chose –, glisser une petite note d'humour, en évitant le gag pour le gag. Celui-ci doit venir naturellement. Nos « âneries », et Dieu sait si on en a dit, viennent toujours spontanément. C'est dans mon caractère : je les plains, les gens qui ne rigolent jamais.

Au départ, Jean-Michel dégageait une espèce de froideur. Il avait le sérieux des Basco-Béarnais. Je ne dis pas qu'il est devenu un boute-en-train, mais, à mon contact,

Mon seul défaut.. j'adore les havanes !

Ma nounou
a eu la lourde
tâche de s'occuper
de moi… Je l'avais
surnommée
Jeanne Pépète.

L'enfance heureuse, avec ma mère, rue Washington.

1962. Ma première Coupe du monde, au Chili.
De gauche à droite : Pierre Lagoutte, Jean-Philippe Rethacker
Robert Vergne, Roland Mesmens et Jacques Ferran

Les jumelles qui m'ont rendu célèbre…

Avec Michel Jazy, à Saint-Maur.

Poignée de mains entre Bjorn Borg et Guy Drut.

Avec Roger Zabel, le soir du Championnat du monde de boxe, Christophe Tiozzo contre In Shul Baek.

1979. Match de jubilé, à Vayres-sur-Essonne, avec Gordon Banks, François Jauffret, Didier Couecou et Marcel Aubour.

Michel Hidalgo donne la leçon.

Michel Platini,
époque stéphanoise.

Remise des Trophées d'Antenne 2 avec Yannick Noah et Marius Trésor.

Le jour des adieux de Didier Deschamps et de Laurent Blanc à Téléfoot.

Roger Zabel et Aimé Jacquet caressent la Coupe du monde.

Bonne humeur à Bruges pendant l'Euro 2000.

« C'est mon ami,
et c'est mon maître… »,
Robert Chapatte.

En Corrèze, à l'occasion d'un match du Variétés
avec Bernadette et Jacques Chirac.

Les vingt du Variétés, au Parc des Princes,
entre Jacques Chaban-Delmas et Georges Marchais,
et devant Guy Drut.

Moustaches et tango avec Michel Drucker, à Buenos Aires, en 1978.

Le repos du guerrier avec Guy Marchand et Jean Carmet, pendant le tournage de *Trois morts à zéro*.

Comment oublier l'immense Coluche...

Encore une passion :
le cheval, avec Leopold Verroken.

Gary, mon fils, dort,
mais contrairement
aux apparences,
pas Françoise…

La gentille Aria m'a accompagné pendant dix-sept ans.

Dix Coupes du monde,
onze Jeux olympiques
et presque autant
de passeports…

« La Place Rouge
était vide… »

J'adore les États-Unis…

Salut, et à la prochaine…

il s'est bien déridé. Le terrain était fertile, je n'ai pas eu besoin de l'arroser beaucoup. Parfois, au cours de matchs, sans savoir pourquoi, nous sommes pris de fous rires qui passent souvent dans les différents bêtisiers qu'offre la télévision en fin d'année. En voici un mémorable. Lors d'un match de Ligue des champions à Glasgow, il fait un froid sibérien. Roger Zabel présente l'émission depuis les studios de Boulogne. Quand la mi-temps arrive, Jean-Michel et moi avons une terrible envie de soulager notre vessie. Croyant que les lignes étaient coupées, Jean-Michel me dit, dans un rire :

— Je ne sais pas comment je vais faire, car j'ai la zigounette complètement gelée !

Et moi de lui répondre :

— La tienne est peut-être gelée, mais la mienne, il me faudrait une fourchette à escargots pour aller la chercher !

Nous sommes en direct à l'antenne. Au moment du coup d'envoi de la deuxième mi-temps, Zabel nous demande :

— Alors les gars, ça va mieux ?

Comme quoi, il faut toujours faire attention que les micros sont bien fermés...

*

Au début des années 1990, les *Guignols*, sur Canal Plus, officialisent notre tandem. Au lieu de mal le prendre, je garde pour eux beaucoup d'affection et de reconnaissance.

Cela nous est tombé dessus un soir, alors que nous ne nous y attendions pas du tout. Il n'y avait eu aucune fuite. D'un coup, nous nous sommes vus à l'antenne, tous les deux en marionnettes. Cela m'a fait un choc terrible et, il faut bien l'avouer, plutôt fait marrer. J'ai immédiatement appelé Jean-Michel, qui, lui aussi, était devant sa télé. Nous avons échangé nos premières impressions, très positives. Je me suis senti plutôt flatté, car il s'agissait pour nous d'une sorte de consécration.

Nous sommes les premiers du milieu du football à avoir été « marionnettisés », avant Tapie, Platini, Papin, Denisot, Cantona... Certes, les *Guignols* nous faisaient passer pour des beaufs. Mais ils n'ont jamais été méchants avec nous, comme ils ont pu l'être avec d'autres. La vérité est qu'ils nous ont fait un bien fou.

Avant les *Guignols*, Jean-Michel et moi étions catalogués comme des journalistes parisiens, plus ou moins supporteurs du PSG. Du jour où les *Guignols* ont commencé à raconter nos aventures, l'accueil du public, en province surtout, a été sensiblement différent. Au lieu de nous insulter, les supporters de province nous ont regardés de manière sympathique, voire touchante.

En 1992, Valenciennes affronte Marseille en Coupe de France, juste un an avant l'affaire VA-OM. Nous sommes en train de commenter quand, d'un seul coup, les dix-huit mille personnes qui se trouvent dans le stade se mettent à chanter : « Tout à fait, Thierry ! » Au début, avec le casque, nous n'entendons pas bien. Mais lorsque tous les regards se tournent vers nous, nous prenons vite conscience. C'est un moment de grande émotion pour nous deux. Quelques semaines plus tard, nous contactions les agitateurs des *Guignols* pour les inviter à dîner. Une soirée formidable avec des fondus de foot, dans un très bon restaurant du XVe arrondissement, à côté des objets trouvés, où habitait Brassens. Les « Guignols » étaient ravis de voir Jean-Michel de près. Quand ils étaient mômes, ils l'avaient applaudi, supporté en tant que capitaine des Verts. Depuis, nous entretenons d'excellents rapports avec ceux qui ont largement contribué à notre notoriété et à notre popularité.

Jean-Michel et moi faisons désormais partie de la famille du football. Il est vrai aussi que nous sommes, à présent, les plus anciens dans le grade le plus élevé et que tous les publics ont fini par s'habituer à nous. J'ai toujours en tête ma première rencontre avec Thierry Henry. Il m'a dit : « Vous vous rendez compte, depuis que je suis en âge d'écouter et de regarder la télévision, tous les grands matchs de football que j'ai vus ont été commentés par vous deux, Jean-Michel et vous. Comment voulez-vous que je ne sois pas intimidé ? »

*

Demain ou après-demain, nous devrons laisser le micro. Et, même si Jean-Michel affiche dix ans de moins au compteur, la décision est déjà prise. Nous arrêterons tous les deux ensemble. Il me paraît évident que Jean-Michel ne continuera pas la route avec un autre. Il aspire à descendre dans son Sud-Ouest natal, à jouer au golf. Il ne roulera pas jusqu'à quatre-vingts piges : ce n'est pas son genre ! Maintenant, quand est-ce que cela interviendra ? Dieu seul le sait !

Le 4 août 2002, j'aurai soixante-cinq ans, l'âge de la retraite. Pourtant, je ne crois pas que cela soit un problème de continuer au-delà. De toute manière, la décision ne m'appartient pas, elle interviendra au niveau de la direction de TF1. Le vrai signal d'alarme, c'est quand la passion n'y est plus. Si, un matin, je m'ennuie en bouclant mon sac pour aller à Bordeaux ou à Marseille, c'est que j'en aurai marre et qu'il sera temps d'arrêter. Pour le moment, c'est loin d'être le cas. Tant que Jean-Michel et moi serons en bonne santé morale et physique, eh bien, si l'on peut continuer, nous continuerons.

CHAPITRE 26

Platini

Dans une carrière de commentateur sportif, il est des athlètes qui vous laissent un souvenir impérissable. Le « grand » Platini, que j'ai eu la chance de connaître à ses débuts, fait partie de ces hommes.

1976. Stade Marcel-Picot de Nancy. J'assure un reportage sur le match Nancy-Nantes. Michel a vingt et un ans. Un génie, déjà. Il a marqué trois buts ce jour-là, face à la meilleure équipe française du moment. En commentant, je dis : « Et Michel Platini dédie son troisième but à sa fiancée Christelle, qui est dans les tribunes. » Et ainsi, sans le vouloir, j'active leur mariage, car personne n'est au courant, ni les parents de Michel, encore moins ceux de Christelle. C'est à partir de ce moment que nous devenons très amis.

Quelques mois après notre première rencontre, Platini enfile le maillot bleu de l'équipe de France. Je nous revois encore au Maracana de Rio, le plus grand stade du monde avec ces deux cent vingt mille places. Nous sommes à la veille du match que les Français vont disputer au Brésil à l'été 1977. Deux buts partout. Un match magnifique. L'entraînement vient de se terminer. Sur la pelouse, Platini s'attarde et jongle avec un ballon. Je m'approche de lui, et, là, il me lance, l'air de rien :

— Je te parie une bière que, du rond central, je loge le ballon dans le but sans qu'il touche terre.

Je relève la bravade :

— Tu plaisantes, j'espère ?

Alors, Platini, toujours prêt à tenir des paris, se pique instantanément au jeu. Il se saisit du ballon à pleines mains, s'avance vers le rond central, pose le ballon, se recule de quelques pas, contrôle son élan et frappe. Je regarde le ballon qui s'élève, qui s'envole dans une parabole parfaite et qui retombe en plein milieu des buts. Juste derrière la ligne... Essayez-vous à cet exercice, vous m'en direz des nouvelles !

★

Dans un esprit très différent, j'associe Michel à un autre souvenir. Quand ils habitaient Turin, je me rendais souvent chez Christelle et lui. En général, ils me recevaient à dîner et je restais le plus souvent dormir. Cette fois-là j'étais seul, Christelle étant partie avec les enfants dans ses Vosges natales, et Michel préparant, avec ses équipiers de la Juventus, le fameux derby contre le Torino. Le téléphone sonne. C'est Chapatte. Il m'annonce que Roger Couderc est entre la vie et la mort. Nous sommes un vendredi. Le lendemain, je contacte Chapatte pour lui dire que je rentre : « Non, me répondt-il, Roger est dans le coma. Reste à Turin et va au match... Nous avons besoin d'un sujet pour *Stade 2*. Roger aurait souhaité que tu y assistes. » Quelques heures plus tard, j'apprends sa mort. Même si je m'y attendais, je pleure toutes les larmes de mon corps. Je suis seul dans cet appartement, et je trouve cette solitude très symbolique. Je garderai, à jamais, cette image en moi.

« *Show must go on* », disent les Anglais. Les Platini m'ont également fait vivre des moments de franche rigolade. Une autre fois, Christelle est présente avec les enfants. J'ai pris mes quartiers dans une chambre d'ami. Michel, quant à lui, est au vert, encore avec la Juve. Nous dînons en tête à tête avec sa femme. Après le repas, je cherche un cigare. Comme je connais l'endroit où Michel range sa réserve personnelle, j'ouvre la boîte et, au moment où je me saisis d'un cigare, je tombe sur un petit mot : « Et en plus, tu me piques mes cigares ! » Une minute plus tard, je me dirige vers le meuble où Michel stocke ses alcools, en quête d'un petit coup de prune. Je repère la bouteille et, en la soulevant, je découvre un autre message : « Et ma prune aussi ! »

L'histoire n'a pas voulu que Michel et moi fassions équipe derrière un micro. Dommage. Il en est un autre avec qui j'aurais bien aimé commenter, c'est Drucker. Mais, là encore, c'est un rendez-vous manqué.

CHAPITRE 27

Le divin enfant

L'un des plus forts moments de ma vie. Le plus intime et le plus beau. L'annonce d'un bébé. Car, au fil des jours, le ventre de Françoise s'arrondit. On a l'impression d'abord qu'elle cache un ballon de handball qui se transforme vite en ballon de football puis, ô miracle, en ballon de basket. Je n'en crois pas mes yeux. Le beau bébé, si désiré par ma compagne et que je reçois comme un don du ciel, surgit dans nos buts le 3 septembre 1984. Gary, comme Gary Cooper, va s'installer dans notre vie comme une bénédiction. Dans notre appartement de la rue Mirabeau, Paris XVIe, au-dessus d'un restaurant italien plutôt réputé où les pâtes sont *al dente*, il devient le nouveau dieu. Et moi un pur papa gâteau.

Inévitablement, ce petit bonhomme me change. Bien qu'ayant beaucoup de qualités, je crois que, à l'instar de nombreux hommes, je suis alors un peu égoïste. Or ce changement familial me force à m'occuper d'autre chose que de moi. Ayant été élevé par une mère qui m'avait laissé la bride sur le cou, je m'étais rapidement pris seul en charge, refusant par exemple, à la différence de nombreux maris de mon âge, qu'avant un voyage mon épouse prépare mes valises, de peur de m'en prendre à quelqu'un d'autre si une chose importante a été oubliée. Sur-le-champ, ce gamin a changé la donne.

Immédiatement, un changement s'opère en moi. Je ne peux plus faire tout ce que je veux, je dois suivre ses progrès, voir ses premiers pas, surveiller ses fréquentations ; ne pas oublier de le regarder grandir. Dès qu'il va à l'école, je prends l'habitude de l'y conduire et, encore aujourd'hui, alors qu'il est en première, je le réveille chaque matin, même si c'est très tôt, et nous filons ensemble au collège. D'abord parce que cela lui fait gagner une demi-heure de sommeil, ensuite parce que ça m'oblige à me lever, enfin parce que, même s'il arrive que cela m'ennuie, j'en suis heureux.

Mon fils affiche des qualités qui me réjouissent : il est bien élevé, poli, respectueux des gens avec lesquels il discute et qui sont plus âgés que lui. Je crois n'avoir jamais eu à hausser la voix avec lui, ni même lui avoir donné la moindre claque. C'est inutile. Aujourd'hui, s'il adore le sport, c'est grâce à moi. Plus jeune, il voulait même devenir Zidane ! Je lui ai expliqué qu'une telle carrière serait extrêmement difficile, mais, ne voulant pas le décourager d'office, je l'ai envoyé à Jean-Marie Lawniczack, l'entraîneur du Racing, un grand copain. Pour le voir s'entraîner, nous sommes allés avec Françoise à Colombes, au Racing, un soir d'octobre où il tombait des hallebardes. Une nuit noire. Françoise pataugeait dans la boue. C'était surréaliste. Mais nous avons fait l'effort. Pour lui prouver que nous croyions en lui et que nous étions à ses côtés. Il a tenu trois, quatre mois, se montrant plutôt bon un ballon au pied malgré une résistance physique inférieure à celle des petits Beurs ou Noirs à l'entraînement avec lui. Jusqu'au jour où l'entraîneur leur a fait faire la montée des tribunes du stade Yves-du-Manoir. Comme, le lendemain matin, Gary n'a pratiquement pas pu se lever pour aller à l'école, « l'épisode Zidane » s'est arrêté là.

Aujourd'hui, son ambition, c'est d'être golden boy. Pourquoi pas : il pourra peut-être gérer notre fortune ! Pour l'heure, il n'a pas encore parlé de devenir journaliste sportif. Heureusement, parce que, sur moi, mon métier, mes copains de télé, il a des avis très arrêtés. Si j'avais reçu autant de coups de pied aux fesses qu'il y a eu de dimanches où je l'ai entendu dire après avoir vu *Téléfoot* : « Ton émission, c'était une belle merde... Complètement ringard... Vous êtes à côté de la plaque, vous n'y comprenez rien du tout ! », eh bien, je ne pourrais plus m'asseoir. Je pense toutefois qu'il éprouve un profond respect pour ce que je suis et ce que je représente.

À juste raison, Françoise a fait en sorte, quand il était petit, d'éviter que Gary m'accompagne au stade, marquée par la catastrophe du Heysel et le comportement parfois irrationnel et imprévisible de la foule.

Et, la première fois où il a assisté à un match, assis aux côtés de Jean-Michel et de moi, remonte seulement à quelques mois. C'était pour France-Portugal, au Stade de France. J'étais fier qu'il soit là. Parce que j'ai confiance en lui. Il ne fume pas, ne se drogue pas, a plutôt de l'humour... d'une certaine façon, je me retrouve un peu en lui.

Ce qui est certain, c'est qu'il ne se comporte jamais comme un fils à papa. En revanche, il a le défaut de n'avoir aucune notion de l'argent. Peut-être à cause de nous. Fils unique, Gary a été gâté, trop gâté même puisque, dès qu'il voulait quelque chose, il l'obtenait dans les trente secondes, ce qui ne fut pas la meilleure des éducations, je le reconnais. Et dernièrement encore, il m'a prouvé que certaines réalités lui échappaient. Tandis que nous traversions Neuilly-sur-Seine pour aller chercher Jean-Michel Larqué à son journal, il m'a dit :

— Putain, c'est un quartier de riches ici. Il n'y a pas beaucoup de mecs qui gagnent vingt mille francs par mois dans cet endroit.

Alors, je lui ai répondu :

— Gary, gagner vingt mille francs par mois, ce n'est pas mal, c'est même beaucoup en France aujourd'hui.

Il ne comprenait pas que tout le monde ne gagnât pas des fortunes !

Mi-temps : Gary

Gary, justement, le voici. Il rentre du collège, l'air préoccupé, l'air seulement... C'est un beau et fort jeune homme qui traîne la jambe. C'est l'âge qui veut ça. Dix-sept ans. Gary n'est pas d'une docilité admirative devant son père. Il a un regard clair, qui sait se fixer sur les choses d'hier et d'aujourd'hui.

— Hormis le fait que je l'adore, Papa, quand j'étais gamin, je ne l'ai pas vu souvent, il était sans cesse en déplacement pour son travail. À présent, je m'aperçois que, davantage qu'une relation père-fils, j'ai eu avec lui une relation amicale. Cela ne m'a pas trop affecté étant petit, même si j'aurais préféré qu'il soit un peu plus présent.

Lorsque j'étais môme, je le voyais partir mais je ne m'intéressais pas vraiment à ce qu'il faisait. C'est vers dix, douze ans, quand j'ai commencé à m'intéresser au foot, à regarder la télé, que je l'ai vu, que j'ai entendu parler de lui et que je me suis vraiment rendu compte de qui il était. À partir de là, j'ai voulu jouer au football, et peut-être même devenir professionnel. Ça partait plutôt correctement, mais ça n'a pas super bien fini. J'étais plutôt doué, je jouais numéro dix, mais je manquais de volonté, de hargne et d'une condition physique extraordinaire. J'ai alors décidé d'arrêter. Une décision qui a rempli ma mère de bonheur, elle qui n'est pas folle de foot. Elle m'a en revanche beaucoup poussé vers les études. Je suis maintenant en section économique et j'aimerais bien travailler dans le domaine de la Bourse.

Je crois que, contrairement à ce que beaucoup de personnes pensent, il n'est pas évident de faire ce que mon père réussit. Pour ce métier, il convient d'avoir au départ certaines facilités, mais aussi de savoir s'investir à fond. Pour lui, le football est une passion authentique et je suis certain qu'il s'éclate, mais, personnellement, je sais que je ne pourrais pas vivre une vie ou bâtir une carrière axée sur ce sport.

— Et tes copains en disent quoi ?

— En règle générale, ils aiment Papa. Ils imitent les petites blagues des Guignols : « Tout à fait Thierry ! », rigolent de son rire... C'est vrai que mon père a une voix familière à tout le monde. Quand il parle à la télé, on a l'impression qu'il est dans le salon. Et puis il est plus drôle que bien d'autres commentateurs. Il m'arrive souvent de regarder les matchs de foot avec lui : nous nous posons sur le lit, nous discutons, nous commentons tous les deux et nous rigolons. Je le connais tellement que j'anticipe pratiquement toutes ses répliques. Il n'a jamais eu l'autorité d'un père, ne m'a pratiquement jamais engueulé de ma vie, laissant plutôt ce rôle à ma mère, assez autoritaire. Papa, en fait, a toujours plus ou moins pris ma défense.

Ce que je ne supporte pas, c'est qu'on puisse mettre en doute *ou en cause sa carrière, son honnêteté, sa probité, comme je l'ai lu parfois dans quelques articles. Comme je n'admets pas le qualificatif de beauf dont on l'accable. Qu'il ait un phrasé familier, qu'il soit de temps en temps un peu grossier, cela fait partie, à mon humble avis, de son métier. Mon père est drôle le plus souvent, et, si les Français se sentent proches de lui lorsqu'il commente un match, c'est pour de bonnes raisons. Il est affecté aussi d'une certaine nonchalance, se foutant un peu de tout avec beaucoup de recul. Dès qu'on essaie de parler de choses sérieuses, il ne prend rien au pied de la lettre et relativise aussitôt...*

Chaque matin, lorsqu'il me conduit à l'école, je fais en sorte de toujours mieux le connaître car je n'ai jamais su vraiment ce que furent son parcours et sa carrière. J'essaie de tirer un maximum d'informations. Nous abordons aussi les choses que nous pourrions faire ensemble plus tard. Nous bavardons. De tout et de rien. Je ne connais pas beaucoup de pères qui, chaque jour, se comportent comme cela.

CHAPITRE 28

Un nouveau virage

« Il faut, dans la vie, faire la part du hasard. Le hasard, en définitive, c'est Dieu. » Ce n'est pas moi qui le dis mais un grand auteur, Anatole France. Je n'ai jamais lu ses œuvres, mais c'est bien le hasard qui frappe à ma porte le lundi 3 septembre 1984, jour fameux où, en quelques heures, je deviens père de famille avec la venue au monde de Gary et la nouvelle recrue de TF1 puisque je quitte Antenne 2. Il existe des jours comme ça, à marquer d'une pierre blanche.

Car quitter une chaîne comme celle-ci, qui plus est avec une émission aussi suivie que *Stade 2*, ce n'est pas un virage anodin. D'autant que j'avais participé à la naissance d'Antenne 2 sous la houlette de Marcel Jullian, un président formidable comme Maurice Ullrich, son successeur. Chez l'un comme chez l'autre, on trouvait un humanisme inhabituel à de telles fonctions, un sens de l'écoute des autres, une disponibilité sans égale quel que soit leur interlocuteur, une ouverture permanente à la discussion... Bref, un contraste incroyable avec ce que l'on disait de TF1, une maison alors dirigée par des technocrates. Il paraît même que, pour sa première prise de contact avec le personnel, un président de TF1 aurait déclaré un jour : « De toute façon, la télévision, ce n'est pas mon problème, je ne la regarde jamais ! » Bref, la première et la deuxième chaîne, c'étaient deux mondes différents, opposés même !

Alors pourquoi, cette année-là, dis-je au revoir à cette maison où j'ai toujours été très heureux ? Parce que, quand je ne supporte pas quelque chose et que je l'ouvre, je ne mâche pas mes mots ! Or, au début des années 1980, à Antenne 2, on s'est mis à chercher des poux dans la tête de mon ami Robert Chapatte. À le considérer injustement en fin de carrière, à prétendre qu'il est dépassé, devient un « *has been* »... Tout une équipe autour de Pierre Desgraupes, devenu président de la chaîne, balance même de nouveaux venus dans les jambes de Robert, pour le déstabiliser et le chapeauter. Dont Gérard Mérigaud, un homme qui, compte-tenu de ses compétences, n'a aucune leçon à donner à Robert. Comme je n'admets pas ce comportement, je le dis.

Mais pas seulement en interne, au grand jour dans une interview à *L'Équipe*. L'affaire se déroule durant les Jeux olympiques de Los Angeles, où je suis allé avec l'équipe d'Antenne 2. Durant la première partie des Jeux, je suis les trois premiers matchs de l'équipe de France de football, entraînée par Henri Michel, qui se jouent sur la côte Est, sur des stades autour de New York et de Washington, avant de suivre, comme prévu, les compétitions d'athlétisme. Sollicité par le reporter du quotidien sportif, Bernard Dolet, je livre mes impressions sur les Jeux et je réponds à des questions sur le devenir de Robert et l'ambiance au service des sports de la chaîne. Et je balance tout ce que j'ai sur le cœur.

Dans les heures qui suivent la publication de *L'Équipe*, un télex de Desgraupes, libellé ainsi, tombe : « J'ai pris connaissance des propos que vous avez tenus dans *L'Équipe*. Ceux-ci sont inadmissibles. Voulez-vous me faire savoir au plus vite si ce sont véritablement vos propres termes ou si ceux-ci ont été manipulés par l'intervieweur. » Dans la seconde, je lui renvoie ce message : « N'ayant pas eu lecture du journal, je ne peux pas vous faire savoir si ces propos ont été dans leur totalité prononcés par moi-même. Dès que j'aurai l'article sous les yeux, vous pouvez compter sur moi... »

Quelques heures plus tard, depuis le bureau d'Antenne 2 à New York, et après avoir pris connaissance de l'article de *L'Équipe*, j'expédie un deuxième télex à Desgraupes dans lequel je confirme que les propos repris par le journal sont bien les miens. Réplique immédiate du président : « Considérez que vous êtes licencié et que vous faites votre préavis à l'occasion des Jeux de Los Angeles. »

À la vérité, l'esclandre ne change pas grand-chose. Il est en effet plus ou moins prévu que je quitte Antenne 2 après l'aventure américaine, ayant déjà eu un premier contact avec TF1. Michel Denisot, qui s'occupait du football pour la chaîne, partant pour Canal Plus, TF1 cherche quelqu'un pour le remplacer, et le président Hervé Bourges a jeté son dévolu sur moi. Dès mon retour des États-Unis, je le rencontre donc dans son bureau, à la tour Montparnasse, et nous nous mettons d'accord. J'exige que Jean-Michel Larqué vienne avec moi, puisqu'on travaille ensemble depuis quatre ans et que la mayonnaise commence à prendre. « Aucun problème », me répond Hervé Bourges.

Une transition d'une simplicité incroyable. En deux temps, trois mouvements, nous rejoignons l'équipe des sports de TF1 dirigée par Jean-Michel Leulliot, où figurent Didier Roustan, Frédéric Jaillant, Hervé Duthu, Alain Teulère, Bernard Ronod, Bernard Giroux, Christian Van Ryswick, Yves Kupferminc, Henri Bodiguel, Alain Escoubé et aussi Claude Bertrand, qui fait plus ou moins office de secrétaire général du service. Lequel, lorsqu'il montre son visage à la télé, fait vraiment peur aux enfants à cause des énormes touffes de poils qui sortent de ses oreilles !

Une des personnalités étonnantes de l'équipe s'appelle Pierre Toret, un homme qui est à la fois chocolatier et journaliste. Un jour, il me téléphone et me dit : « Thierry, ce serait sympa si tu venais faire une séance d'autographes à la librairie principale de ma bonne ville de Péronne. » Nous nous mettons d'accord, je prends ma voiture et je fais les cent vingt kilomètres jusque-là. Sur place, Toret me balade comme on promène un ours, chez le boucher, le boulanger, tous les bistrots, un vrai triomphe.

En arrivant à TF1, je mets aussi pour la première fois les pieds sur le plateau de *Téléfoot*, que je coprésente un moment avec Didier Roustan. Mais ce tandem ne fonctionne pas vraiment. Sans doute parce que nous ne sommes pas de la même génération, ensuite parce que nous ne sentons pas le jeu de la même manière et n'en possédons pas la même approche. Reste que j'ai toujours beaucoup d'estime pour Didier, qui possède un vrai talent de metteur en scène, de réalisateur, même si je le considère moyen pour la présentation et les commentaires. À la télévision, existe-t-il seulement quelqu'un qui soit bon dans tous les registres ?

CHAPITRE 29

Les secrets d'une réussite

Nouveau tremblement de terre dans le Landernau médiatique. 1987. La France vit sa première cohabitation, François Mitterrand est à l'Élysée, Jacques Chirac à Matignon, et moi je suis scotché devant mon poste le jour où, privatisation de TF1 oblige, les postulants au rachat de la chaîne se présentent devant les décideurs de la haute autorité chargés de désigner le vainqueur.

Un vendredi matin. Les « Sages » ont convoqué les deux concurrents : Hachette et Bouygues. Le groupe de Jean-Luc Lagardère est largement favori, et la course semble jouée d'avance. Moi, à la télé, j'observe Francis Bouygues, nature, spontané, parlant normalement, avec son cœur, puis les représentants du groupe Hachette, Jean-Luc Lagardère en tête, que l'on me pardonne l'expression, mais vraiment nuls à chier ! Quelques heures plus tard, une dépêche annonce que TF1 tombe dans l'escarcelle de Bouygues. À mon sens, il n'y a là rien de surprenant : les meilleurs ont gagné. TF1 devient donc une chaîne privée et, dans les mois comme dans les années qui suivent, connaît un changement en profondeur. La différence de fonctionnement entre le privé et le service public, c'est un gouffre.

Quand je pars d'Antenne 2 pour TF1, la deuxième chaîne a quinze points d'audience d'avance sur sa concurrente. Depuis, il y a eu inversion des chiffres et des valeurs. Pourquoi ? Tout simplement parce que, depuis 1987, à TF1, c'est toujours le même président, toujours le même vice-président, toujours les mêmes présentateurs de journaux, la même rigueur, la même exigence. Il existe une continuité des programmes dans laquelle le téléspectateur se retrouve. Si TF1 est devenue le média le plus puissant d'Europe, c'est le contraire d'un hasard. Et, je ne vais surprendre personne en écrivant cela, je m'y sens bien.

Notamment parce que j'y travaille avec de vrais pros. À tous les échelons de la hiérarchie. Et qu'au sommet se trouve un grand ami, Étienne Mougeotte, l'homme qui m'a fait venir à Europe 1 quand il était directeur de la rédaction et où je suis resté douze ans à commenter le tiercé. Un homme avec qui j'entretiens des rapports fabuleux, pour lequel j'ai une estime sans borne, et que je mets en parallèle avec un autre grand pote journaliste, Philippe Labro. Labro et Mougeotte ont à peu près le même profil, le premier étant une version américaine du second. Tous les deux ont un sens aigu de la presse et des médias en général, tous les deux sont de la même trempe. Quant à Patrick Le Lay, je le connais moins bien. Je sais juste qu'il n'est pas vraiment un sentimental et que, lorsqu'il a quelque chose à dire, il ne le dit pas, le hurle ! C'est parfois difficile à encaisser, mais c'est sa nature, et au moins tout le monde l'entend. La réussite de la chaîne lui est due, indubitablement.

CHAPITRE 30

L'horreur en direct

D'emblée, je me suis senti bien sur TF1. Et, malgré le changement de statut, la privatisation, les départs, les arrivées et les retours, les soubresauts comme les polémiques, j'ai fait mon trou sans aucune difficulté, me concoctant un cocon douillet et confortable. De match en match, de retransmission en compétition, je vois passer, jouer, dribler et marquer les plus grands sur toutes les pelouses du monde. D'intenses moments de bonheur que je vis et commente des frissons dans la voix et sur la peau, des exaltations incroyables qui m'enflamment le cœur autant que les tripes... Parce que le foot, c'est ça : de la passion au bout des pieds, au fond de l'esprit, une vraie famille.

Mais, comme dans toutes les familles, il arrive des drames. Des catastrophes même. Et moi, j'ai eu à en vivre deux. Celle du Heysel comme celle de Furiani.

*

Je suis sur TF1 depuis un an quand je dois commenter l'horreur en direct depuis Bruxelles. Ce soir-là, 29 mai 1985, le football joue l'une de ses plus pitoyables partitions, de celles dont la lugubre musique martèle les tympans. Trente-huit morts, plus de trois cents blessés. Tout ça pour un match, une finale de Coupe d'Europe des clubs champions – on ne dit pas encore Ligue des champions – entre la Juventus de Turin de Platini et Liverpool. Une heure avant le coup d'envoi, le ton monte entre les supporteurs des deux camps, et les hooligans anglais chargent dans le virage, près des tribunes Y et Z du stade Heysel, piétinant, étouffant, bombardant de pierres et de projectiles divers des dizaines et des dizaines d'hommes, de femmes et d'enfants. L'horreur avec, dans le bruit des sirènes des ambulances et des pompiers, au milieu du carnage, la victoire de la Juventus grâce à un penalty transformé par Platini. Lequel, après ce but, par réflexe et seulement par réflexe, lève le bras. C'est ce soir-là, à Bruxelles, que Michel songe, pour la première fois, à abandonner sa carrière de joueur. Plus jamais il ne remettra les pieds dans ce lieu maudit. Quant à moi, je ne cesse de voir remonter à la surface de ma mémoire des images et des scènes de cette soirée affreuse, de repenser au déroulement de cette journée dont personne ne pouvait prévoir la fin tragique.

Tout commence normalement. Avec Jean-Michel, nous partons en voiture pour Bruxelles, déjeunons sur place et arrivons très tôt au stade. L'atmosphère est encore calme dans ce vieux stade Heysel qui a vu tant de rencontres. Nous nous dirigeons vers la tribune de presse, très vétuste, qui a néanmoins été agrandie pour l'occasion. Elle est en espaliers, et nous sommes installés juste au-dessus de nos camarades de la RTBF, la Radio télévision belge d'expression française.

Le match se rapproche, l'ambiance se tend. Quelques échauffourées et des mouvements de foule apparaissent sporadiquement. Comme nous nous tenons pile au milieu de la tribune de presse, ce qui se passe sur les côtés n'est pas visible à cause d'un angle mort. Or c'est du côté gauche que le drame se joue. Après quelques minutes, nous découvrons, à notre grande surprise, quantité de supporters, hagards, déboucher sur la pelouse et s'adresser aux différentes télévisions. Le temps passe, quand commence à circuler la rumeur qu'il y aurait un mort dans le virage gauche.

Lorsque nous prenons le direct, les nouvelles sont totalement contradictoires. Certaines personnes avancent qu'il y a trois ou quatre morts, d'autres prétendent qu'il y en a quinze. Nos amis de la télévision belge, dès qu'ils disposent d'un renseignement, nous le communiquent. Tout de suite, au micro, nous expliquons aux téléspectateurs qu'il se passe des événements particulièrement graves et que des membres du public seraient décédés, victimes de bousculades.

Au même moment, de plus en plus de personnes s'extraient de la tribune, en pleurant, en geignant. Nous comprenons bien que l'instant est gravissime mais, malgré les nouvelles qui deviennent alarmantes, nous ignorons encore à quel point. D'autant qu'on nous fait savoir, à Jean-Michel et à moi, qu'il nous est impossible de quitter notre poste de commentateurs. Si nous bougeons, nous ne pourrons pas revenir. Tandis que tout le périmètre se voit finalement bouclé par la police, de l'autre côté de la tribune principale du Heysel, où nous nous trouvons, une chapelle ardente est dressée. Où, dès que les services de sécurité dégagent un corps sans vie, une victime est placée sur le terre-plein.

Je sais que l'on nous a reproché de ne pas nous être déplacés pour aller voir ce qui arrivait vraiment, mais cela nous était vraiment impossible. À l'époque, nous n'avions pas, en renfort, de journaliste de terrain. Et nous étions astreints à demeurer à notre siège avec nos casques sur les oreilles et nos récepteurs de contrôle, tentant de commenter ce que nous voyions, autrement dit pas grand-chose. Or nous ignorons, évidemment, qu'au fur et à mesure des événements des équipes légères de la télévision belge sont arrivées sur les lieux, qu'elles filment et envoient leurs cassettes sur le réseau Eurovision, images qui passent à Paris, à Londres, à Turin, partout, mais pas sur nos récepteurs. D'où l'incroyable décalage entre nos propos et la violence de la catastrophe. Comme on ne nous donne aucun ordre, que c'est la panique la plus totale, nous meublons sans savoir. Et sans la contribution de nos amis de la télé belge, Jean-Michel et moi aurions été bien plus isolés. Ensuite, le coup d'envoi du match a été finalement donné.

Beaucoup nous ont critiqués, Jean-Michel et moi, jugeant qu'il aurait été préférable, dans une soirée aussi tragique, de rester muets, mais, quinze ans après, je reste persuadé que nous avons bien fait de commenter, comme j'affirme que l'UEFA a eu raison de faire disputer cette finale. Car, si le match avait été annulé après ce qui venait de se produire, Bruxelles aurait vécu une terrible chasse à l'homme toute la nuit, le moindre Anglais étant poursuivi, passé à tabac, voire exécuté en représailles. Et on n'aurait pas comptabilisé trente-cinq morts, mais trois cent cinquante !

Et ce n'est que quand le match s'achève et que nous sortons que nous découvrons avec stupeur tous les corps étendus sous les linceuls. Durant tout le trajet routier de retour vers Paris, nous sommes sous le choc et ne disons pas un mot. L'ampleur de la catastrophe, que nous avons constatée trop tard, fait sur nous l'effet d'un coup de massue. En me garant chez moi, rue Mirabeau, à trois heures trente, d'en bas, je vois les lumières allumées. Un peu étonné, je pense que Françoise a dû oublier d'éteindre. Je mets la clé dans la serrure et, là, à ma grande surprise, je la vois. Elle m'attend de l'autre côté de la porte et, sévèrement, me jette à la figure : « Je croyais te connaître. Comment as-tu pu commenter un match de football après toutes les images qu'on a vues ? » C'est seulement à cette seconde que je comprends. Toutes ces images terribles étaient passées et repassées sur tous les écrans du monde, et nos propos avaient choqué. Je lui jure que Jean-Michel et moi n'avons rien vu, mais elle est retournée. Et moi, comme il se doit, je ne dors pas de la nuit, me posant toutes sortes de questions : et si nous n'avions pas commenté ? Sans doute notre refus n'aurait-il pas été considéré comme une dérobade. Mais, en même temps, était-ce le bon choix ? Bref, je suis abasourdi, meurtri, peiné de n'avoir pas pu comprendre, en étant sur place, que trente-huit personnes venaient de mourir.

★

Et, quelques années plus tard, le foot est à nouveau en proie à l'horreur. Cette fois, c'est en 1992, au stade de Furiani, à Bastia. Une tribune provisoire s'effondre, faisant basculer dans le vide des milliers de spectateurs. J'y suis avec Larqué, et tous deux sommes bien inspirés de suivre les conseils de notre ami réalisateur pour TF1, Gérard Van der Gucht, qui trouve ce stade précaire, d'un autre âge, inadapté, enclavé entre la lagune et une route nationale. Un stade qui va devenir un lieu tragique pour des familles corses venues célébrer le Sporting Bastia face à l'Olympique de Marseille, où joue encore Papin, en demi-finale de la Coupe de France. Un stade où, pour bien faire, on a monté en toute hâte une structure provisoire pouvant accueillir trois mille spectateurs supplémentaires, laquelle s'écroule et fait dix-sept morts et des blessés par centaines. Dont mon pote Jacques Vendroux.

Au départ, notre mission est de commenter, le mardi, Bastia-OM, et le lendemain la finale de la Coupe d'Europe des vainqueurs de coupes entre Monaco et le Werder Brême. Comme il est alors impossible d'effectuer, sur des lignes traditionnelles, le voyage Paris-Bastia-Lisbonne, Bouygues met un avion à notre disposition, dont il est prévu qu'il nous conduira à Bastia, nous attendra à l'aéroport et nous emmènera, sitôt le match fini, vers Lisbonne. Un plan parfaitement rodé mais que le destin, hélas, va ébranler.

Nous partons donc le mardi matin du Bourget, Jean-Michel, Jacques Vendroux et moi. Sitôt arrivés à Bastia, vers treize heures trente, nous allons déjeuner chez *Walter*, un hôtel-restaurant bien connu des Bastiais. Nous entrons au stade vers dix-sept heures et découvrons la tribune provisoire. Qui me semble un peu fragile puisque je dis à Jean-Michel :

— Regarde, on dirait un échafaudage.

Au pied des tubulures, il y a en effet des espèces de morceaux de bois qui servent de cales. Or nous devons commenter du sommet de la construction. C'est là que Gérard Van der Gucht intervient et assène :

— Pas question de vous installer là-haut, vous commenterez du bas. En haut, les spectateurs ne vont pas arrêter de se lever. L'enfer pour vous...

Sans le savoir, il vient sans doute de nous sauver la vie. Avec Jean-Michel, nous avançons, protégés par des gardes, parce qu'à Furiani l'ambiance est toujours à la fête mais qu'il vaut mieux prévenir les réactions parfois bouillantes de certains supporteurs corses. À Paris, Patrick Poivre d'Arvor termine son journal et annonce :

— Maintenant, nous allons rejoindre Thierry Roland et Jean-Michel Larqué à Bastia, pour cette demi-finale de la Coupe de France très attendue. Bonne fin de soirée, à demain.

Nous sommes donc installés au bas de la tribune et nous préparons au direct. Quelques pubs passent sur l'écran de contrôle quand, d'un seul coup, nous entendons comme un grand souffle. Nous nous retournons pour découvrir, derrière, à moins de vingt mètres, l'apocalypse. L'échafaudage vient de s'écrouler comme un château de cartes. Certains spectateurs se relèvent, mais d'autres pas. Il y a des cris, des gémissements. La pub est interrompue. Aussitôt, PPDA reprend l'antenne. Tandis que Jean-Michel se lève pour aller voir, je commente :

— J'espère qu'il n'y a pas trop de victimes...

C'est alors que Jean-Michel revient en courant et se saisit du micro en expliquant :

— Thierry, je crois que vous êtes probablement trop optimiste. Malheureusement, je crains qu'il y en ait beaucoup.

Très vite, nous mesurons clairement l'ampleur de la catastrophe. Des hélicoptères arrivent et se posent sur la pelouse. Les joueurs des deux équipes aident à ouvrir le grillage afin que les spectateurs prisonniers puissent sortir. Presque aussitôt, nous apprenons aussi que, parmi les blessés graves, se trouve Vendroux. Nous ignorons où il se trouve puisque, derrière nous, c'est un atroce amas de ferraille. Nous comprenons seulement que les spectateurs et les journalistes occupant les trois ou quatre derniers rangs du sommet sont tombés littéralement à la renverse.

Là encore, il y a eu une faute énorme. Au Heysel, c'était celle des autorités et de la police, parce que placer des supporteurs italiens à côté de hooligans anglais revient à lancer un appel au meurtre. À Bastia, c'est l'organisation qui a péché. Je ne dis pas que les dirigeants bastiais ont voulu faire de l'argent pour de l'argent, mais la sécurité n'a pas été assurée comme elle doit l'être pour des matchs à hauts risques. Depuis, et c'est heureux, les tubulures sont surveillées et inspectées minutieusement, dans les moindres recoins. Il reste néanmoins déplorable qu'il ait fallu dix-sept morts pour arriver à cette prudence élémentaire.

Dix-sept morts officiellement, car, j'en suis persuadé, il y en a eu bien davantage. Beaucoup de victimes ont, à mon sens, été transportées par des proches jusqu'à leur domicile, et c'est le médecin de famille qui est venu ensuite constater leur décès... Par respect de la coutume corse, qui estime qu'il faut mourir chez soi.

Depuis ce drame, je ne suis jamais retourné à Furiani. Très franchement, j'ignore même quelle serait mon attitude si, demain, il devait m'arriver de commenter un match dans ce stade. Aurais-je le courage de revoir cette pelouse et ces gradins sans peur ni songer aux victimes ? Je ne le crois pas. Parce que le Heysel et Furiani sont les moments les plus pénibles et les plus douloureux de ma carrière. Des soirées qu'il est impossible d'oublier. Il suffit en effet que j'y songe pour que ces images terribles me reviennent à l'esprit, que ces mots prononcés à contretemps hantent ma tête, que ces morts sacrifiés inutilement soulèvent des cauchemars.

CHAPITRE 31

Mes coups de gueule

Faire un rapprochement entre ces événements pénibles et quelques-unes de mes gaffes peut sembler audacieux, ou déplacé, mais je reconnais volontiers que, lorsque je ne subis pas les catastrophes, il m'arrive d'en provoquer d'autres, par bonheur infiniment moins dramatiques. Parce que ma langue n'est pas de bois ni même dans ma poche, des fois, j'en conviens, je m'emporte et vais trop loin. Je pense les choses et... aussitôt, je les dis. Et parfois, ces « choses » sont si mal exprimées qu'elles en paraissent suspectes. Dès lors, je deviens la cible préférée de quelques tireurs embusqués, pour la plupart des confrères de presse écrite, qui me reprochent mon débraillé de langage et, n'ayons pas peur des mots, pensent que je suis incapable de réfléchir, bref, me prennent pour un con. Mais pourquoi devrais-je tricher dans mes colères ?

Coupe du monde 1986, au Mexique. 22 juin. La chaleur est caniculaire dans la cuvette du stade Aztèque de Mexico, peut-être le stade le plus beau du monde. Quart de finale entre l'Argentine et l'Angleterre. La guerre des Malouines, encore récente, a tendu les relations entre les deux pays. L'arbitre du match est un Tunisien, monsieur Bennaceur. À la mi-temps, match nul : zéro à zéro.

Et puis, il se passe une chose incroyable : sur un centre, Diego Maradona, qui n'est pas très grand, saute et, du poing, rabat le ballon dans le but de Shilton, le gardien anglais. Surprise, incroyable surprise : l'arbitre valide le but. Les Anglais protestent avec véhémence et ils ont raison. Le monde entier – le match est retransmis partout – a bien vu que le poing de Maradona a servi. Parfois, on est pris par le doute, mais, là, la tricherie a été vue par tout le monde, comme le nez au milieu du visage.

Étant du genre passionné, révolté par cette escroquerie sportive, je pose une question à Jean-Michel, que je formule particulièrement mal. Je lui dis en effet textuellement : « Jean-Michel, entre nous, est-ce qu'il n'y avait pas autre chose qu'un arbitre tunisien pour diriger un match de cette importance ? » Je reconnais que ce n'était pas vraiment adroit. Mais, si cet arbitre avait été du Guatemala, de Kuala Lumpur ou de la Sibérie orientale, j'aurais dit la même chose parce que ce n'était pas dirigé contre le fait que monsieur Bennaceur soit tunisien, mais une remarque sur son manque d'expérience puisque son seul fait d'arme était d'avoir dirigé un championnat du monde juniors. Jean-Michel, en direct, abonde dans mon sens, mais avec l'intelligence d'y mettre les formes. Quelques minutes plus tard, Diego Maradona inscrit un nouveau but, superbe celui-là, en dribblant quasiment tous les joueurs anglais, le gardien compris. Il assure la victoire de son équipe, deux buts à un, mais, à mes yeux, le résultat est faussé.

Sur le trajet de retour d'une heure et demie de voiture entre le stade Aztèque et le centre de radio-télévision, je ne songe pas une minute à cette sortie maladroite. Mais, quand nous arrivons, je ne comprends pas ce qui se passe. À ma grande surprise, la Coupe du monde semble s'être arrêtée, puisque, si les téléscripteurs crépitent, c'est pour se demander si je suis, oui ou non, raciste. Je trouve l'histoire disproportionnée, même si j'ai conscience d'avoir dérapé dans mon commentaire.

Le lendemain, à huit heures trente, décalage horaire oblige, le téléphone sonne dans ma chambre. C'est le président de TF1, Hervé Bourges :

— Allô, Thierry, vous avez foutu la révolution... J'ai l'ambassadeur de Tunisie dans mon bureau, ancien Premier ministre de son pays, et je vous le passe...

— Monsieur Roland, vous avez mis le feu au Maghreb !

— N'exagérons rien, monsieur l'ambassadeur. J'ai simplement dit que monsieur Bennaceur était nul, je n'ai pas dit qu'il était nul parce qu'il était tunisien, ou qu'il était tunisien parce qu'il était nul. J'ai simplement dit qu'il était nul et je le maintiens.

— Vous ne pouvez pas dire une chose pareille ! C'est inadmissible !

L'histoire prend de telles proportions que l'on me suggère de faire une mise au point. Je l'accepte bien volontiers. Et, le lendemain, dans l'une de nos émissions, j'explique : « On m'a reproché la formulation de la question que j'avais posée à Jean-Michel. C'est vrai qu'elle n'était pas très heureuse, mais je tiens à dire que je n'ai strictement rien contre la Tunisie et le peuple tunisien, d'autant moins que j'ai un petit garçon en bas âge et que la jeune fille qui s'occupe de lui est une Tunisienne. »

Dans les heures qui ont suivi, des confrères journalistes sont allés chez moi enquêter, auprès de ma concierge notamment et des commerçants proches de mon domicile, pour savoir si je disais la vérité. J'imagine le tollé si Ourida, la baby-sitter de Gary, n'avait pas été tunisienne !

Rappelons qu'à l'arrivée l'Argentine de Maradona a gagné la Coupe du monde et que monsieur Bennaceur n'a jamais souhaité me rencontrer, contrairement à *Mister* Foote.

★

L'ennui avec cette histoire stupide, c'est qu'on m'a ensuite taillé un costard qui n'a jamais été le mien. Bien malgré moi, on m'a catalogué : raciste et même lepéniste, un comble. Une image accréditée, à tort, après une interview accordée à un journal d'extrême droite dont j'ignorais qu'il était de cette mouvance.

Un jour, une consœur me demande en effet de lui accorder un entretien. Elle me donne le nom de son canard, *Présent*, que je ne connais pas. Manque de bol, c'est l'organe du Front National. Elle vient jusqu'à mon domicile me poser des questions exclusivement sur le sport. Toutefois, elle fait deux digressions ayant trait à la politique. Comme j'aime répondre aux gens, je lui explique effectivement que je suis en faveur de la peine de mort pour les assassins d'enfants ou de personnes âgées et que je regrette la manière, brutale pour les pieds-noirs, dont a été traité le dossier de l'Algérie française. C'est mon point de vue, partagé par beaucoup d'autres personnes qui n'ont rien à voir avec l'extrême droite, mais cela me valut d'être quasi immédiatement taxé de lepénisme. Aujourd'hui encore, je ne retire pas une virgule ! Dois-je dire maintenant que je n'ai jamais rencontré Le Pen une fois, une seule, dans ma vie ? Et dois-je avouer qu'il m'a toutefois envoyé un courrier plutôt sympa, dans lequel il regrettait que cette interview m'ait causé tant d'ennuis ? Oui. Mais de là à me vouer ainsi aux gémonies !

CHAPITRE 32

Une vraie passion

Ciel un oubli ! En ce 27 avril 2001, alors que je suis debout, en survêtement, l'œil rivé sur l'écran de ma télé, je viens de me rendre compte que je n'ai encore rien écrit sur ma passion du cheval. C'est la septième et dernière course sur l'hippodrome d'Enghien, trois mille huit cents mètres parsemés d'obstacles, et mon cheval, Sydney Opera, monté par Sylvain Beaumard, a raté le départ. Il est resté au pieu, comme disent les turfistes. Mais le voici qui remonte avec allant, passe le peloton, et gagne, à la cote de neuf francs trente. J'exulte. Pas tant pour l'argent que je vais ramasser, mais pour la beauté du coup. Car le canasson, c'est une vraie passion. Une fièvre qui remonte à loin, du temps où, môme, je fais l'école buissonnière.

Quand je suis collégien, je fais partie en effet d'une petite bande de copains, parmi lesquels se trouve Jean-Pierre Le Febvre, un garçon brillant en tout, en français, en maths comme... en pronostics. Un mordu qui achète tous les journaux spécialisés et avec lequel nous filons aux courses dès que survient un moment de libre. Auteuil, Saint-Cloud, Longchamp, nos terrains de jeu en somme. Au début, je suis très galop, le trot venant beaucoup plus tard. À la hauteur de la troisième ou de la seconde, dès que nous pouvons sécher un après-midi, nous courons parier notre argent de poche. On ne joue pas beaucoup, mais on gagne bien. J'espère qu'elle me pardonnera de sa tombe, mais je me suis souvent servi dans le sac de ma grand-mère paternelle, Emma-Louise, quand elle le laissait traîner, pour assouvir ce péché mignon. Et, contrairement au dicton, bien mal acquis profite plutôt puisque, régulièrement, je réussis à faire fructifier ces billets volés.

En France, il y a trois grandes courses qui mettent un terme à la saison. D'abord le Prix de l'Arc de triomphe, qui a lieu traditionnellement le premier dimanche d'octobre. Mais aussi, au mois de juin et à huit jours d'intervalle, deux consécrations, l'une pour la meilleure pouliche de trois ans, l'âge classique, et l'autre pour le meilleur poulain de trois ans. Pour les premières, c'est le Prix de Diane, pour les seconds, le Prix du Jockey-Club, tous deux se déroulant à Chantilly sur un hippodrome somptueux.

À la fin des années 1950, en vue du Jockey-Club, nous misons sur un favori, que Jean-Pierre a débourré (en argot : « trouvé »), baptisé Philius. Un cheval qui appartient à l'écurie de Marcel Boussac, qui est monté par un très bon jockey, Serge Boullenger, et qui, dès que le terrain est un peu lourd, voit ses moyens décuplés. Le samedi, veille de la course, vers dix-huit heures, comme il commence à pleuvoir, nous devenons excités comme des puces. Je passe la nuit le nez collé à la fenêtre pour regarder si les gouttes tombent toujours. Je me réjouis, c'est un vrai torrent. Une pluie bénite, me dis-je, puisque, avec Jean-Pierre, nous avons fait péter nos économies. Personnellement, j'ai dans ma poche vingt-cinq mille francs de l'époque, et mon copain à peu près autant. Dans le train qui nous transporte à Chantilly, nous commençons à rêver, ne songeant qu'à Philius. En sortant de la gare, nous empruntons la grande allée qui traverse la forêt et mène tout droit à l'hippodrome. Il est environ douze heures trente, treize heures, soit une heure avant le début des courses.

Hélas, si, dans cette allée, il y a des marchands de frites, de boissons, de glaces et de noisettes grillées, on y trouve aussi des joueurs de bonneteau très volubiles et particulièrement exubérants. Le bonneteau ? C'est un jeu qui se joue avec trois cartes retournées et légèrement pliées dans le sens de la longueur. Le maître à jouer fait passer rapidement ses cartes devant les yeux des naïfs, qui doivent deviner où se trouve une carte déterminée. *A priori* tout paraît facile, mais, en fait, c'est une véritable arnaque. Et là, patatras, nous sommes aimantés par un bonimenteur.

— Alors, les petits jeunes, on veut tenter sa chance ? nous lance-t-il.

Je regarde Jean-Pierre :

— Pourquoi pas ? me dit-il.

Et nous nous laissons tenter. Autour de nous, un attroupement se forme. Badauds, turfistes et sans doute quelques complices, ceux qui sont dans la combine et que le bonneteur flatte en les faisant gagner à tous les coups, approchent.

Finalement, je sors un billet de cinq mille francs que je place sur le tapis. Le bonneteur mélange et brouille les cartes pendant quelques petites secondes.

— Où est la rouge ? me demande-t-il à la fin.

— Elle est là, lui dis-je.

Il retourne la carte et, effectivement, j'ai gagné. Le type me donne deux billets de cinq mille francs et s'adresse à la foule :

— Bravo, mon petit gars, tu n'as pas froid aux yeux.

Ce qu'il n'a pas prévu, c'est qu'après ce coup gagnant nous empochons les dix mille balles avant de lui tirer notre révérence. Et lui de hurler :

— Revenez, qu'est-ce que c'est que ça ! Vous ne pouvez pas vous tirer comme ça !

Avec Jean-Pierre, nous sommes fous de bonheur. Et, dans l'allée, courons comme des dératés. Normal, nous avons cinq mille francs de plus à jouer sur Philius. Arrivés au pesage, un peu essoufflés, nous refaisons les comptes avec Le Febvre et décidons de mettre trente-cinq mille et trente mille sur le cheval de monsieur Boussac. Trente-cinq mille francs gagnants, trente mille francs placés. Nouveau coup de chance, Philius gagne. Le ciel est avec lui comme avec nous puisqu'il a fait du quatorze contre un à la cote. Au retour du guichet, nous avons donc du fric plein les poches et nous sentons de vrais rois du pétrole. Le soir même, nous fêtons notre victoire avec tous les copains, au *Shéhérazade*, un cabaret russe des Champs-Élysées, en nous gavant de caviar, de vodka et de violons. Comme dans les films...

C'est mon premier gros coup. Qui sera suivi de beaucoup d'autres, notamment lors d'une de mes courses fétiches, la plus belle de l'année, le Prix de l'Arc de triomphe, véritable championnat du monde des pur-sang. Un jour, un cheval monté par Lester Piggot part grand favori. Mais, moi, je lui préfère un autre cheval baptisé Sassafras, que j'ai touché la fois précédente d'une manière assez curieuse, puisqu'il a gagné suite au déclassement du premier. Comme au jeu il faut toujours remercier la chance, à l'occasion de ce Prix de l'Arc de triomphe, je mise donc tout sur lui... qui gagne de main de maître monté par Yves Saint-Martin. Bien joué, non ?

*

Mais je n'ai pas seulement joué aux courses, j'ai aussi été, un temps, chroniqueur hippique. Ainsi, à l'époque où Étienne Mougeotte dirige l'information d'Europe 1, il me demande de m'occuper du tiercé. C'est un peu m'engager à contre-emploi, mais Étienne sait depuis toujours mon amour pour les courses. Comme il n'y a alors qu'un ou deux tiercés par semaine, je réalise donc des interviews à Chantilly, à Maisons-Laffitte, dans les centres d'entraînement. Comme la radio est en contrat avec les deux cracks-jockeys de l'histoire des courses en France, Yves Saint-Martin et Freddy Head, je deviens leur ami, considérant ces sportifs comme d'authentiques champions, de véritables athlètes. Je ne fais ainsi aucune différence entre un Platini et un Saint-Martin même si, en France, le jeu renvoie une image très mauvaise, alors qu'en Angleterre c'est l'inverse. Yves est du reste un grand ami. Consacré par la promotion de l'an 2000 des Sportifs du siècle, qui s'est déroulée à Coubertin, il m'a fait l'an dernier l'honneur de me demander de le parrainer. Devant l'Association que préside Monique Berlioux, j'ai donc fait son éloge sans avoir à me forcer le moins du monde puisque les mots sont sortis du cœur. J'étais comblé de voir qu'un jockey était enfin reconnu en France comme un sportif à part entière.

★

Et puis, puisque j'en arrive à tout dévoiler, autant le raconter, je suis aujourd'hui mini-propriétaire de trois chevaux, deux sauteurs, Sydney Opera et Cobreces, et un galopeur, un bébé cheval qui n'a pas encore couru et qui répond au nom pour le moins étonnant de Regrets.

Pour les deux premiers chevaux, je me suis associé avec un copain d'enfance, un vrai turfiste, Alain Louis-Dreyfus, le cousin de Robert Louis-Dreyfus, le président de l'Olympique de Marseille, et aussi avec le comédien Omar Sharif. En réalité, je ne possède qu'une seule jambe des deux chevaux. Même chose pour Cobreces, dont je partage une petite part avec José Coves, un journaliste hippique de talent que j'ai connu au début des années 1970 lorsqu'il était encore driver amateur. C'est cet homme franc et direct, au rire facile, qui m'a fait goûter et apprécier le trot.

Un jour, il a été sélectionné, avec un autre gentleman driver, Semeillon, pour représenter la France au Championnat d'Europe des drivers amateurs. La finale se déroulait à La Haye, aux Pays-Bas. Comme sa foi m'avait touché, j'avais cassé une fois encore ma tirelire et pris le train à la gare du Nord, direction La Haye. Sur place, je changeai tous mes francs en florins, une monnaie très chère. Coves et Semeillon couraient dans la cinquième course. Tout commença bien. Dans les deux, trois premières, je gagnais un peu, juste de quoi améliorer mon pactole et tout miser pour la grande course. Coves et Semeillon étant mes favoris de base, toutes mes combinaisons partaient dès lors de mes deux copains. Jumelés, trios, chances simples, etc., bref, mon pactole en florins y passa. Et j'attendais avec anxiété mais confiance la course. Les chevaux étaient sous les ordres quand le haut-parleur cracha des noms qui m'étaient totalement inconnus. Le temps que les élastiques se tendent et que j'ajuste mes jumelles, je vis le cheval de Semeillon partir complètement à la faute. En deux secondes, je venais de perdre la moitié de mes mises. Heureusement, il me restait José. Comme il était troisième à la corde, mais trop enfermé, je me mis à lui crier : « Dégage-toi, José, dégage-toi ! » Hélas, sans succès. Je commençais à craindre le pire. Ainsi, dans la ligne droite opposée, je le vis, nerveux, guetter l'ouverture. En vain. Jusqu'au bout, jusqu'au poteau, les chevaux de tête lui firent écran. Le rideau ne s'ouvrit jamais, et José finit quatrième. À la fin de l'après-midi, sous une chaleur tropicale pour La Haye, je me suis retrouvé ruiné. Pour quitter l'hippodrome, je dus même faire de l'auto-stop afin de rejoindre la gare. Dans le train, les poches vides, impossible de me payer un coup à boire. Quelques heures plus tard, je débarquai gare du Nord et, machinalement, me dirigeai vers ma voiture quand... plus de voiture. Elle avait été embarquée à la fourrière. Pas de doute, c'était vraiment un jour sans...

Bien des années plus tard, durant l'Euro 2000 de football, avec ma petite voiture de location, je suis repassé devant l'hippodrome. J'ai alors téléphoné à Coves pour lui dire :

— Tu sais où je suis à cette seconde ?

— En Belgique ?

— Non, je suis aux Pays-Bas et je suis devant l'hippodrome où tu m'as ruiné ! Il a éclaté de rire...

CHAPITRE 33

Flambeur ?

Autre aveu à faire : il n'y a pas que les chevaux dans ma vie. On trouve aussi le casino, les cartes, la roulette, le black-jack, le Loto, traditionnel comme le foot, auxquels je tente ma chance chaque semaine. Flambeur ? Un peu. Risque-tout ? Jamais. La règle d'or du joueur, c'est le calme, le sang-froid, la patience.

Tout s'est enclenché parce que, gosse, je me suis promis que, dès que j'aurais atteint l'âge de la majorité, vingt et un ans à l'époque, j'irais au casino. Le grand moment arrive donc à l'été 1958. Si, auparavant, je m'étais essayé au tiercé, aux jeux de cartes, de la belote au poker, franchir le seuil d'un établissement de jeux relève alors pour moi du rêve qui s'accomplit. D'autant que, en vacances dans le Midi avec cinq amis, j'entre au *Palm Beach* de Cannes, un établissement particulièrement réputé. Ayant emprunté deux cents francs à chacun de mes potes, lorsque je m'assieds à la table de roulette, j'échange mille francs en jetons. Une heure après, je ressors avec huit mille francs en poche. Une première totalement réussie. À la porte du *Palm Beach*, sur un nuage, je donne mon ticket au voiturier avec un bon pourboire.

Lui aussi devait être dans la lune car, au lieu de me présenter ma 203 Peugeot grise avec toit ouvrant offerte par ma grand-mère, une minute plus tard, il revient avec une Rolls Royce conduite à gauche. Je fais semblant de rien, je monte dans la belle anglaise, salue le voiturier, passe la première et fiche le camp. Je roule ainsi jusqu'au bout de la Croisette, puis j'effectue un demi-tour et je reviens doucement me garer sous le dais de l'entrée. Le voiturier, évidemment, me reconnaît et se précipite vers moi :

— Il y a quelque chose qui ne va pas, monsieur ?

— Écoutez, cette voiture ne me plaît pas, je préfère encore la mienne !

— Pardon, monsieur ?

— Oui, celle-là n'est pas la mienne. Vous vous êtes trompé. Ma bagnole est une 203 grise.

Le voiturier s'est confondu en excuses. Ce soir-là, j'ai peut-être manqué l'affaire de ma vie, mais au moins j'ai été honnête !

⋆

Ce n'est pas parce que je viens d'une famille aisée que j'ignore la valeur de l'argent. Sans aller jusqu'à écrire qu'un sou est un sou, j'ai toujours su que l'argent n'était pas évident à gagner et que le dépenser à tort et à travers ne rimait à rien. De fait, je n'ai jamais été vraiment tenté par de grosses dépenses.

En revanche, à mes débuts, j'ai été pris par le démon des voitures. Après la 203 grise avec toit ouvrant et changement de vitesses au volant, je me suis offert une Sunbeam d'occasion blanche, intérieur rouge. Une première étape avant ma période Triumph, dans les années 1958-1960, ces roadsters sportifs et tape-cul qui faisaient fureur. J'ai d'abord eu une TR3 vert irlandais magnifique, puis des TR4, TR4A, TR4AIRS, TR5... Par la suite, j'ai jeté mon dévolu sur BMW, m'en offrant même une grâce à une magnifique partie de gin-rami ! À l'époque, je fréquentais en effet régulièrement un cercle situé près de la porte Maillot, où se retrouvaient les meilleurs joueurs de gin de Paris. Chaque mois s'y déroulait un grand tournoi de niveau plutôt relevé. D'habitude, lorsque je me qualifiais en seizièmes ou en huitièmes de finale, c'était le bout du monde. Mais, un lundi soir, je connus mon état de grâce. Et, en quelques heures, j'amassai plusieurs millions d'anciens francs. Et le lendemain, complètement euphorique, je changeai ma BMW contre une autre, plus belle, plus neuve. Aujourd'hui, et ce depuis une quinzaine d'années, je suis fidèle à Mercedes, des véhicules confortables au volant desquels je roule peinard.

Pour tout dire, je n'ai pas d'oursins dans les poches. Vestimentairement parlant, je m'approvisionne dans les grands magasins de New York, chez Bloomindale par exemple, de même que j'achète mes chaussures à Londres, chez Church. Et quand nous partons en vacances, nous ne nous refusons rien. L'argent gagné est fait pour être dépensé. Nous avons longtemps possédé sur nos deux têtes, Françoise et moi, un appartement dans lequel nous avons vécu, rue Mirabeau. C'était dans les années

1970. À une époque, nous avions acheté aussi une maison de campagne, à Vayres-sur-Essonne, entre Milly-la-Forêt et La Ferté-Alais, à trois quarts d'heure de Paris. Une vieille ferme que nous avions fait retaper, avec comme architecte Laurent Couderc, le fils de Roger. Un endroit fort sympathique, agréable, avec un petit bout de jardin, que nous avons seulement gardé trois ans, parce qu'on n'y allait pas assez. Je ne crois même pas y avoir dormi une seule nuit ! Comme le week-end, je travaillais et qu'en milieu de semaine j'avais très souvent des rendez-vous, je n'ai pas dû y mettre les pieds souvent.

Aujourd'hui, l'envie de verdure réapparaît, et nous sommes à nouveau en instance de maison de campagne, Françoise ayant quelques velléités dans ce sens. La région qui a la cote, c'est la Normandie. Deauville m'irait bien d'ailleurs... avec son casino et son hippodrome !

Mi-temps : Thierry chez lui

Il n'y a pas si longtemps, lors d'une émission un peu remuante de la télévision d'aujourd'hui – était-ce chez Ardisson, Ruquier, Dechavanne, ou Fogiel ? –, un humoriste de métier, dont le nom m'échappe, a voulu faire rire l'assistance sur la seule évocation de l'appartement de Thierry Roland, que, bien évidemment, il n'avait jamais vu, mais qu'il soupçonnait, a priori, *d'être un taudis, en bleu, blanc, rouge, avec des maillots de foot accrochés aux fenêtres, des chaussettes sales sous le lit, les toilettes sur le palier et, pourquoi pas, un poster dédicacé de Le Pen punaisé sur la porte d'entrée en guise de bienvenue. Mais que s'était-il donc imaginé, ce malheureux ? Faut-il être perturbé pour considérer qu'un commentateur de football ne puisse vivre, habiter, dormir et rêver ailleurs que dans les W-C d'un stade !*

La réalité, bien sûr, est autre. La réalité, c'est que Thierry Roland – avec Françoise et Gary – vit dans un très bel appartement, avenue de La Bourdonnais, avec moulures au pla-

fond, tableaux aux murs, meubles de style et piano de marque posés sur une épaisse moquette. Le tout avec une vue sur le Champ-de-Mars et la tour Eiffel que Thierry ne cesse de regarder comme s'il avait peur de les perdre.

Chaque pièce, chaque cadre, chaque objet, chaque photo déroule sa propre histoire. Cet appartement, c'est la vie de Thierry en résumé.

La chambre, d'abord. Sa chambre. Son univers. Son havre de paix. Son île aux trésors. Son lit, sa télé, ses journaux, ses bouquins, ses trophées, son téléphone, ses affaires si bien pliées qu'on dirait la pièce d'un adolescent. Il y vit mieux que partout ailleurs et y dort comme un bébé, à partir de vingt-trois heures trente, minuit au plus tard.

Le lit remplit l'espace ; central, déterminant, essentiel. Dans sa vie, Thierry a été, c'est sûr, plus souvent en position allongée que debout. Le lit, son lit, sur lequel il rêve, rêvasse, sommeille, réfléchit, téléphone, s'adonne à la lecture, et aussi, et encore, regarde la télé. Laquelle fait face à la couche sacrée. Très souvent allumée, à n'importe quelle heure du jour et parfois de la nuit, pourvu qu'elle renvoie des images de sport, quel que soit le sport diffusé, quelle que soit la chaîne qui émet. Thierry absorbe tout. Tout le sport. En archétype du téléspectateur lambda qui se laisse emporter par sa passion incontrôlée des gens et de la compétition. Un zappeur fou qui ne critique jamais les commentaires qu'il entend.

Au-dessus de la tête du lit, suspendue au mur, une peinture qui renvoie de Thierry une image plutôt songeuse, pour ne pas dire morose. Cadeau d'un journaliste de Télé 7 Jours, *aujourd'hui disparu, à la mémoire duquel une forêt, en Israël, a été plantée.*

Sur la gauche de la pièce, en entrant, une vitrine de voitures de collection, des modèles réduits. Plus de deux cent cin-

quante que Thierry a achetés par correspondance. Et puis, dans cette chambre, quantité d'objets accumulés : une loupiote de mineur, une bouteille en forme de Coupe du monde, deux 7 d'Or, beaucoup de CD, deux bronzes offerts par Françoise, des gravures avec un original de Denoyer de Segonzac, un dessin de Teope, l'anagramme de poète, sa première chienne cocker avec laquelle il a vécu dix-sept ans. Quand il évoque son souvenir, les yeux de Thierry clignotent. Il y a encore des répliques de revolvers, dont celui de Wyatt Earp, le shérif de Règlement de comptes à OK Corral, *parce qu'il se sent proche de la culture de l'Ouest américain. C'est son côté cow-boy, à lui qui s'est payé, par correspondance encore, quantité d'étoiles de shérif.*

Mais le plus beau, dans cette chambre, c'est l'énorme bibliothèque qui occupe tout un pan de mur, sur la droite en entrant. Combien de livres y figure-t-il ? Plus de cinq cents que Thierry, pour la plupart, a lus, voire relus. Des romans, la collection complète et reliée de Courses et Élevage *qui existe depuis 1950, des biographies par dizaines, beaucoup d'ouvrages sur le cinéma,* Le Mémorial de notre temps, Le Journal de l'année, *toute la collection de* L'Illustration, *une revue du début de siècle, et puis Borniche, San Antonio,* alias *Frédéric Dard, que Thierry connaissait et qu'il vénérait pour son humanisme, son air de ne jamais se prendre au sérieux... Autant que pouvait l'être Michel Audiard, dont Thierry conserve une image émue.*

Sur le devant de la bibliothèque, des photos encore. Sa maman, très jeune, très belle. Son père, qu'il a si peu connu et dont il recherche, en vain, le son de la voix. Yves Saint-Martin, son ami, porté en triomphe par ses collègues jockeys, le jour de sa trois millième victoire. Et ce cadre encore, bien en évidence, qui montre Thierry Roland et Jacques Chirac face à face, souvenir d'un dîner au premier étage de la tour Eiffel, voilà dix ans. Avec un Thierry, on le devine, déjà sous le charme de celui qui n'était encore que le maire de Paris.

Laissons la chambre du maître – chambre de vie au sens littéral – et passons dans le bureau. Cinq pas à faire pour entrer dans ce que Thierry appelle son « musée du sport », œuvre de toute une existence ; près de soixante ans à courir après un autographe, une dédicace, un livre à l'édition épuisée et qu'il va falloir dénicher grâce à un réseau de correspondants savamment et patiemment tissé.

Thierry, collectionneur dans l'âme, ne craint pas de s'afficher. À cette nuance près que, à côté de beaucoup d'hommes et femmes de télévision à l'ego souvent bien supérieur au talent et qui, sur les murs de leur « intérieur », se montrent partout en photo avec des sourires éclatants, lui joue la discrétion et la pudeur. Thierry n'est pas du genre m'as-tu-vu-comme-je-suis-beau. Dans ce bureau éclairé, il y a seulement un cadre le représentant, qui renvoie de lui une image très décontractée, un cigare à la main. Entre parenthèses, il a arrêté de fumer la cigarette – des Gitane filtre – voilà vingt et un ans, le 20 décembre 1980, lorsque, terrorisé, il découvrit une double page de Paris-Match *qui montrait les effets catastrophiques du tabac sur les poumons. Depuis, il tire sur le cigare avec modération, considérant qu'un bon havane, en plus d'être un objet de collection, procure, après la première bouffée, un sentiment d'agréable satiété et d'enivrement.*

Évidemment, dans ce bureau-musée, tout est rangé, classé, répertorié. Rien ne dépasse, si ce n'est les souvenirs.

Sur sa table de travail, les lettres s'empilent. Venant de téléspectateurs pour la plupart. Par principe, même avec retard, Thierry répond à tous sans exception. Il écrit à la main, d'une écriture droite et régulière avec pleins et déliés, les livres ou albums sur l'histoire et la légende du football que nombre d'éditeurs, à intervalles réguliers, lui commandent, appréciant cet exercice qui lui permet de fouiller sa mémoire en plongeant, si besoin est, dans sa bibliothèque. Une caverne d'Ali Baba où se cachent la collection complète de France-Football, *de* Onze, *de* Miroir Sprint, *de* But et Club, *de* L'Année du football, *de* L'Année du rugby, *de* L'Année du cyclisme, *de* L'Année du tennis *et encore celle, plus rare, de* Track and Field News *où il est question d'athlétisme. À quoi s'ajoutent des centaines d'ouvrages à la gloire de ceux qui ont bâti ou écrit le sport, quasiment tous dédicacés. De ce musée, rien ne sort et ne sortira jamais. Thierry est le maton de ses souvenirs.*

Sur tout le pan de mur, à droite de la table, gravures et photographies se côtoient, pour la plupart signées et offertes ou achetées au gré de voyages aux États-Unis ou à Londres, où, à l'en croire, il existe une librairie exceptionnelle, Sport Pages, *qu'il fréquente assidûment.*

Les boxeurs Marcel Cerdan, Mohamed Ali, l'athlète Emil Zatopek, le basketteur Michael Jordan, le tennisman Pete Sempras, les cyclistes Jacques Anquetil, Louison Bobet, Fausto Coppi, Gino Bartali, les footballeurs Puskas, Kocsis, Czibor, Yachine, Pelé et Raymond Kopa étant ses champions préférés, il ne les perd jamais de vue.

Il y a encore une photo d'Aimé Jacquet, joueur sous le maillot vert de Saint-Étienne, avec le mot suivant : « Rien ne s'efface, rien ne s'oublie. Vive les Verts. Pour Thierry. » Et, aussi, deux dessins originaux, protégés sous verre, signés Jacques Faizant. L'un, fameux, croque de Gaulle en survêtement de l'équipe de France, une petite valise à la main au moment des Jeux olympiques de Rome en 1960 catastrophiques pour les athlètes français, où l'humoriste fait dire à de

Gaulle : « Dans ce pays, si je ne fais pas tout moi-même... » L'autre montre une Marianne toute crottée qui fait cette réflexion à Pompidou : « Faire ça à Couderc ! » Sans doute au lendemain d'une déculottée infligée à nos rugbymen par on ne sait quels Britanniques. Et puis encore une gravure d'un combat de boxe du siècle dernier, dans un hangar, à coup sûr en Angleterre. Et celle d'un boxeur assis dans son coin...

Sans oublier un fac-similé de deux pages de feu L'Équipe Junior, *ce journal qui avait organisé en son temps un concours de jeunes reporters avec des éliminatoires partout en France. Pour l'interview du champion cycliste de vitesse, Toto Gerardin, Thierry avait remporté l'épreuve parisienne, battu en finale nationale par le Nîmois Eugène Saccomano, future vedette de radio.*

Chambre de vie, bureau-musée, arpentons maintenant le grand couloir truffé de tableaux représentant les grands hommes du XXe *siècle. D'un côté les politiques, Winston Churchill, Franklin Roosevelt, Nelson Mandela, Charles de Gaulle, les Kennedy avec John, Bob et Jackie, et encore, ensemble, cinq présidents américains, Ford, Nixon, Reagan, Carter et Bush, le père. Thierry ne désespère pas de trouver un jour une image dédicacée de Staline. Il sait seulement qu'il devra y mettre le prix, puisque, le tarif de base, c'est cinquante mille dollars.*

De l'autre côté, toutes les actrices et les acteurs de cinéma qu'il a vénérés : Marilyn Monroe, Elizabeth Taylor, Gary Cooper, John Wayne, Dean Martin, Cary Grant, Frank Sinatra, Humphrey Bogart, James Stewart. Dans ce couloir, c'est l'adolescence de Thierry qui défile, avec au fond à droite, là où il prend ses aises, toutes les nominations encadrées des 7 d'Or qu'ils ont cumulées, Françoise Boulain et lui, depuis l'origine de la cérémonie, une petite quinzaine. On peut y demeurer un moment, on ne s'ennuie pas, d'autant que, ô merveille, se trouvent aussi la photographie et l'autographe des vingt-deux footballeurs français champions du monde en 1998 ! Sans oublier ceux des trois astronautes américains qui ont marché sur la lune et qui, depuis, trônent dans la cuisine familiale.

C'est dans ce décor, dans cet appartement constellé d'étoiles que Thierry passe le plus clair de sa vie. Un lieu où les passions du très jeune homme qui courait sur les Champs-Élysées en quête d'autographes sont devenues réalités et photos sépia dignement encadrées et mises en valeur. Est-elle si loin cette époque où il était excité à la vue d'une célébrité « de passage », où il croisait Raimu ? Pas tant que cela. Car à la longue, chez lui, l'enfance finit toujours par reprendre ses droits.

CHAPITRE 34

Place des grands hommes

Je le reconnais, j'ai un défaut. Des souvenirs sélectifs, une mémoire qui peine à suivre la chronologie. Pour un livre comme celui-ci, c'est sans doute un handicap. En tout cas, en scrutant les rencontres que j'ai pu faire dans ma vie, je remarque que je m'arrête à la force des personnes plutôt qu'à la précision des dates. Jacques Chirac par exemple. Un homme que j'apprécie en tant qu'homme, qui est sympathique et fidèle en amitié. J'ai fait sa connaissance à l'occasion de la Coupe du monde 1990, en Italie, quand la France entrait en campagne pour tenter d'obtenir le Mondial 1998. Vingt-quatre heures avant sa venue à Rome pour assister à la finale entre l'Allemagne et l'Argentine, Guy Drut, son conseiller sport, m'avait téléphoné pour me dire que le maire de Paris souhaitait organiser un dîner avec quelques journalistes :

— Est-ce que ça t'amuserait d'en être ?

— Avec plaisir, avais-je répondu.

Rendez-vous est pris à son hôtel où un minibus nous conduit tous au restaurant que Chirac avait préalablement choisi. Nous prenons un apéritif, puis nous passons à table dans un salon privé. Le premier éclat de rire apparaît lorsqu'il se met à tout commander en italien. Le repas commence, entrées puis pâtes arrivent. À un moment, il se tourne vers moi et me lance :

— Dites-moi, monsieur Roland, pour un homme de communication, on ne vous entend pas beaucoup !

Je suis tellement abasourdi par sa simplicité, que je n'en crois ni mes yeux ni mes oreilles. Et là, je lui réplique à haute voix :

— J'étais en train de me dire en fait que soit vous aviez vraiment mal appréhendé votre métier d'homme public, soit vos conseillers étaient nuls !

Dans un sourire, du tac au tac, il me rétorque :

— Ça tombe bien, j'en ai deux autour de moi.

Plutôt mal, je pique un petit fard, et nous passons à autre chose. En tout cas, la pique fait un peu fondre la glace entre nous. Le repas se déroule dans une excellente ambiance quand, à la fin, au moment de regagner le minibus, le maire de Paris me prend par les épaules et me souffle :

— Thierry, vous permettez que je vous appelle Thierry ?

— Pas de problème, monsieur le maire.

— Appelez-moi donc Jacques.

— Non, non, monsieur le maire. Je vais continuer à vous appeler « monsieur le maire » et dans quelques années, je l'espère, je vous appellerai « monsieur le Président ».

Du coup, Chirac s'esclaffe :

— Écoutez, Thierry, nous n'en sommes pas encore là... En attendant, si on se faisait une petite grappa avant de rentrer ?

— Pourquoi pas ?

Comme sur le chemin il y avait des terrasses, nous finissons par nous installer à l'une d'elles. On avale une petite grappa, puis une deuxième. À un moment, le futur Président me dit :

— Dites-moi, Thierry, vous allez commenter la finale de la Coupe du monde, demain ? Beaucoup de gens vont vous écouter ?

— Vous savez, monsieur le maire, une finale de Coupe du monde, ça peut faire entre douze et dix-sept millions de téléspectateurs.

— Ah, tant que ça ! Dites-moi, vous ne pourriez pas parler de la Corrèze ?

Alors je lui réponds :

— Écoutez, monsieur le maire, dans une finale entre l'Allemagne et l'Argentine, la chose ne me paraît pas évidente, mais j'ai déjà fait pire. Je ne vous promets rien, mais je ferai le maximum.

Sur ce bon mot, nous nous quittons, chaleureusement. Arrive la finale, la pire, au plan du jeu, que j'aie jamais vécue. Le match tire à sa fin, et j'ai peur de la prolongation quand, d'un coup, je repense à ma promesse. Comment m'en sortir et glisser l'allusion de manière relativement habile ? D'un coup, une idée lumineuse me vient.

— Dites-moi, Jean-Michel, dis-je à Larqué, ces Allemands sont extraordinaires. C'est leur septième match en un mois et ils courent comme des lapins.

Jean-Michel, ne voyant pas où je veux en venir, joue le jeu :

— Oui, ça c'est vrai, Thierry, le match n'est pas de très bonne qualité, mais il y a une chose qu'on ne peut pas retirer aux Allemands, c'est leur condition physique exceptionnelle.

Et là, à cette seconde, la réplique fuse :

— C'est marrant, Jean-Michel, quand les Allemands courent comme ça, on a l'impression qu'ils reviennent d'un stage en Corrèze. On dirait qu'ils ont passé quelques semaines chez Alain Mimoun, à Bugeat.

Sans vergogne, je renouvelle même l'allusion plusieurs fois. Pari gagné. Le match s'achève, l'Allemagne gagne sur un penalty, à quelques minutes de la fin. Quand le maire de Paris sort du stade, il n'a, évidemment, rien entendu. Mais il contacte son cabinet à Paris qui lui explique mon astuce et lui dit.

— Oh ! là, là ! monsieur le maire, Thierry Roland n'a pas arrêté de parler de la Corrèze !

★

Et c'est lui qui, le 16 mai 2000, m'a fait le privilège et la joie de me remettre la Légion d'honneur. Ce n'était pas la première fois qu'on me proposait de recevoir cette distinction, à mes yeux très importante, mais j'avais toujours refusé, jugeant qu'il existait des personnes la méritant plus que moi. Mais, dans les derniers jours du millénaire, je reçois à nouveau un formulaire me demandant si je l'accepte ou non, vraisemblablement expédié par Guy Drut. Où le Président m'informe qu'il a décidé que je ferai partie, en même temps que Jean-Michel Larqué, de la promotion du 1er janvier 2000. Évidemment, cette fois, pas question de refuser.

Et, le grand jour arrivé, je me sens dans mes petits souliers. On a beau jouer les matamores, lorsqu'on se retrouve dans la grande salle d'apparat de l'Élysée avec les autres récipiendaires – il y avait notamment ce jour-là Jean-Claude Killy et François Missoffe, ancien ministre des Sports –, le sang bout un peu, et la tête tourne plutôt. Le plus drôle, c'est que, lorsque Jacques Chirac m'a donné l'accolade, il m'a soufflé à l'oreille quelques mots très personnels qui m'ont beaucoup ému et que je préfère garder pour moi. Étant assez émotif, et même très sentimental, là, j'étais vraiment limite.

*

Une autre grande rencontre, c'est celle, au printemps 1973, d'Alain Delon quand il organise le championnat du monde de boxe des poids moyens entre Jean-Claude Bouttier et l'Argentin et superbe athlète Carlos Monzon. Pour des raisons que j'ignore aujourd'hui encore, la star est fâchée avec les journalistes de *L'Équipe*, auxquels il a interdit sa propriété de Douchy, dans le Loiret. C'est d'autant plus dommageable pour le quotidien sportif que Delon a installé sur ses terres le camp d'entraînement du boxeur français ainsi que son entourage, à l'exception du manager Jean Bretonnel. À l'époque, je suis moi-même à France-Inter, et mon rédacteur en chef, Ladidi, me conjure d'entrer en contact avec l'acteur pour décrocher une interview.

Je téléphone donc à ADEL Production où je passe de secrétaire en secrétaire, une douzaine au total. Après un pénible parcours du combattant, je réussis enfin à avoir Delon directement au téléphone. Je cache comme je peux mon trac et lui explique :

— Bonjour, monsieur Delon. Pardonnez-moi de vous déranger, mon nom est Thierry Roland...

— Mais je vous connais parfaitement, Thierry, m'interrompt-il de sa belle voix grave.

— Écoutez, j'appelle au sujet de Jean-Claude Bouttier qui s'entraîne chez vous. Je ne suis plus à la télévision, mais à France-Inter...

— Vous ne m'apprenez rien, Thierry, je me tiens informé. Que puis-je faire pour vous ?

— Eh bien, nous aurions besoin de venir de temps en temps avec une équipe de techniciens pour réaliser des interviews, de vous, si vous le voulez bien, comme de Jean-Claude Bouttier.

Je n'ai pas le temps de finir qu'il me répond :

— Mais Thierry, vous êtes le bienvenu... Vous venez quand vous voulez à Douchy, et, si le cœur vous en dit, je vous y invite même à dormir.

— Écoutez, monsieur Delon...

— Appelez-moi Alain, merci !

C'est ainsi que j'entre pour la première fois en contact avec lui. Sa promesse n'est pas de bois puisque je vais aller à plusieurs reprises dans sa propriété. Et que j'y reste même dormir, reçu comme un véritable ami, par lui comme par sa compagne d'alors Mireille Darc, une hôtesse belle, gentille, intelligente, extraordinaire.

Par la suite, je le vois à la *Brasserie de l'Alma*, qui à l'époque est tenue par l'un de ses amis. C'est son QG. La plupart du temps, il y déjeune seul. Un dimanche, j'y convie même, après *Téléfoot*, l'entraîneur belge, ô combien célèbre, Raymond Goethals. Une rencontre historique ! Delon souriant lui tend la main quand Goethals s'exclame aussitôt : « Ah, je suis content de te rencontrer ! » Voilà plus de soixante-dix ans que Raymond tutoie tout le monde.

Bien des années plus tard, toujours grâce à la boxe et à un autre championnat du monde, à Lyon, entre Christophe Tiozzo et le Coréen In Chul Baek, j'ai l'occasion de me rapprocher de lui. Ayant proposé à Étienne Mougeotte, le patron des programmes de TF1, de commenter la rencontre avec Alain Delon, je l'appelle. Et il ne se fait pas prier une seconde. Un grand moment et un merveilleux souvenir pour moi, pour TF1 qui a réalisé un score d'audience magnifique, et pour Tiozzo, qui est un sacré champion. Autrefois, bien avant ce combat, la star avait acheté le manuscrit de l'appel du 18 juin du général de Gaulle pour en faire cadeau à l'Association des résistants de 1940. C'est dire l'amour qu'il porte à la France avec un grand F. Qu'il soit décrié, qu'on l'estime facho, miso, mytho, je m'en moque, c'est un grand monsieur. Du reste, voilà un travers bien français que celui de dénigrer quelqu'un qui réussit. La France est à l'opposé des États-Unis dans ce domaine : là-bas, la réussite est synonyme de bonne santé morale et financière, ici on la considère comme une maladie honteuse. En tout cas, j'adore Delon, comme j'apprécie beaucoup Jean-Paul Belmondo, avec qui j'ai joué au foot dans les années 1960, lorsqu'il était le gardien de l'équipe des Polymusclés. Si je ne suis pas de ses intimes, chaque fois que je le croise, j'éprouve un réel plaisir.

*

Il y a d'autres acteurs, d'autres comédiens, d'autres grands noms de notre cinéma que je vénère. Jean Gabin, par exemple, reste pour moi une figure majeure du septième art.

Il m'est même arrivé de le rencontrer dans les loges de l'hippodrome de Longchamp. Un jour où l'équipe de France venait de prendre une déculottée, une de plus, il m'avait soufflé :

— Écoute-moi, môme, il faut que tu dises à l'entraîneur de cette équipe qu'il mette un bandeau sur les yeux des joueurs.

Voyant mon air interloqué, il ajouta :

— C'est simple ! Tu leur mets un bandeau sur les yeux et tu les fais frapper au but. Comme ça, ils auront le cadre dans la tête ! Et quand ils frapperont avec les yeux dégagés, ils ne taperont pas à côté, mais dedans ! Là, ils frappent tout le temps à côté, ils ne sont pas bons, ces mecs, c'est pas croyable, môme !

Je ne peux évidemment pas oublier non plus Ventura. Lino, le magnifique, un grand monsieur, attentif, généreux, chaleureux. Un artiste qui, de tous les gens du spectacle, aimait le sport de la manière la plus pure. Ancien lutteur et catcheur, il s'arrangeait pour tourner ses films entre de grandes manifestations sportives, qu'elles soient à Wimbledon pour le tennis, à Paris et à Milan pour la boxe, voire à Séville, où il était présent quand l'équipe de France de foot a été battue aux prolongations par l'Allemagne. Il ne venait pas pour se montrer, comme d'autres, mais par passion réelle. Lino ne se livrait jamais, mais on pouvait compter sur lui. D'une pudeur extrême, quand il disait : « Bonjour, Thierry », c'était presque une déclaration d'amour.

Je me souviens très précisément du soir où il est décédé en 1987. Nous étions à Marseille avec Jean-Michel pour commenter la rencontre OM-Zagreb en Coupe d'Europe. Giresse avait marqué deux buts, et Marseille avait gagné quatre buts à zéro. Lorsque je suis revenu à mon hôtel, j'ai branché la télé automatiquement pour regarder le dernier journal et revoir les buts. Mais tout de suite est apparu sur l'écran un bandeau déroulant annonçant sa mort, suite à une crise cardiaque.

★

J'ai toujours beaucoup estimé un autre comédien, hélas décédé lui aussi, Marcel Bozzuffi. En 1970, pour France-Inter, je dois commenter un match de boxe entre Marcel Cerdan fils, le petit Marcel, et le Canadien Donato Paduano. Une demi-finale mondiale, au Madison Square Garden, à New York, quelques jours avant l'ouverture de la Coupe du monde de football au Mexique. Afin de ne pas effectuer un aller-retour à huit jours d'intervalle entre New York, Paris et Mexico, je choisis de rester sur place, ce qui coûterait moins cher à la station.

À New York, je profite de mon séjour pour assister à la finale de la NBA, la National Basket Association, entre les New York Knicks et les Boston Celtics. Je vais au premier match, j'achète une place et je pénètre dans un lieu absolument extraordinaire. Quand le match s'engage, on me tape sur l'épaule. Je me retourne et je découvre Marcel Bozzuffi. Nous sympathisons tant et si bien que nous restons à suivre ensemble les quatre premiers matchs de la finale. À New York mais aussi à Boston puisque, pour quarante-cinq dollars, nous achetons nos billets dans l'avion pour assister à toute la compétition.

*

Michel Audiard a aussi été une de mes grandes rencontres. Je me souviens notamment d'un repas avec lui, Chapatte et Jean Carmet, *Chez Edgard*, rue Marbeuf, dont nous étions sortis, vers dix-sept heures, pas très frais ! Personnellement, je m'étais contenté d'écouter, tellement heureux d'être parmi eux. Ensuite, j'ai eu la chance de connaître Jean Carmet davantage, lorsque j'ai tourné dans le téléfilm *Trois Morts à zéro* où il incarnait un inspecteur de police, formidable à contre-emploi. Dans ce long métrage filmé après la Coupe du monde 1982 du côté de Mulhouse, Guy Marchand jouait l'entraîneur d'une équipe de foot, et moi... Thierry Roland. Comme des meurtres étaient commis, je me retrouvai mêlé à l'enquête. L'ennui, c'est qu'à l'image je suis franchement nul ! Sans doute parce que le réalisateur Jacques Renard, sûrement très compétent, ne m'a pas dirigé. La scène où j'avais le plus de texte fut ni plus ni moins une calamité. Dans le salon de l'entraîneur, Marchand était assis dans le canapé, et moi censé passer et repasser au-dessus de lui en disant ma réplique depuis une mezzanine. Or le cinéaste exigeait que je parle à ma manière tout en respectant scrupuleusement le texte. Une horreur !

Plus tard, avec Jean-Michel Larqué, nous avons tourné dans le premier film réalisé par Dominique Farrugia, dont le titre était : *Delphine 1, Yvan 0.* Comme nous étions présentateurs, assis à notre table avec un prompteur sous les yeux, et non des acteurs, nous étions nous-mêmes, et je nous ai trouvés plus convaincants. Conclusion, il ne faut jamais essayer de se réinventer...

★

Les Français, mais aussi les Américains. Les géants du cinéma m'ont toujours fasciné. Et quand j'ai eu la chance de pouvoir les croiser ou même leur parler, je me suis retrouvé sur un petit nuage. C'est d'ailleurs ce qui m'est arrivé au printemps 1968 avec Dean Martin. Raymond Marcillac m'avait envoyé avec une équipe réduite – deux cameramen, un preneur de son – effectuer un reportage, en Californie, sur les grands athlètes américains, Hines, Beamon, Boston, Smith et Carlos... Nous arrivons un vendredi vers dix-huit heures à Los Angeles, nous installons au *Sheraton*, sur Hollywood Boulevard. Il fait beau, chaud, tous nos rendez-vous sont pris, nous voilà donc avec trois jours de liberté devant nous. Le soir, je décide d'inviter l'équipe à dîner.

Sachant que mon chanteur préféré vient d'ouvrir un restaurant à Hollywood, je me renseigne. C'est à quatre-vingts kilomètres, mais, aucune importance, nous décidons de braver la traversée de la ville, les feux, les embouteillages. Je hèle un taxi et invite mes équipiers à me suivre avec la voiture de location, méthode pratique lorsqu'on se trouve en perdition à l'étranger.

Il est près de vingt-deux heures quand nous arrivons au restaurant. Et là, je suis surpris : les clients ne se bousculent pas. Comme on m'explique gentiment qu'il est un peu tôt pour passer à table, nous patientons au bar avec quelques apéritifs. N'en tenant plus, j'interpelle le maître d'hôtel :

— Est-ce qu'il arrive à Dean Martin de passer dans son restaurant ?

— *Yes, Sir*, il sera là après le spectacle, vers minuit.

Nous entamons le dessert quand mon acteur préféré survient. Ayant pris soin, préalablement, de laisser le message qu'une équipe de la télévision française aimerait le saluer, j'espère le voir venir sans toutefois trop y croire. Quand soudain il se pointe devant nous, grand, très grand, immense. J'ai l'impression de rêver. Il est direct, amical, souriant, sans façon, nature. Alors je puise dans mon bagage scolaire pour lui expliquer, en anglais, le but de ma visite en Amérique, en lui avouant toute mon admiration. Il disparaît, passe de table en table et nous fait servir deux bouteilles de Dom Pérignon. Nous buvons à sa santé. Il disparaît à nouveau puis revient, d'une prévenance exquise.

Vers une heure du matin, le voilà qui s'inquiète :

— Mais où dormez-vous cette nuit ?

— Au *Sheraton* de Los Angeles.

— Pas question que vous retourniez là-bas à cette heure-ci, nous réplique-t-il. Vous avez bien bu, il y a trop de kilomètres à parcourir, et la police... Thierry, *come with me, follow me.*

Quelques minutes plus tard, nous débouchons sur le parking, et je monte dans sa voiture. Je me pince : il me connaît depuis à peine trois heures, et je me retrouve dans sa limousine. Mais ce n'est que le début des surprises. Car, sur les hauteurs de Hollywood, je vois, à travers ma vitre, une porte électronique s'ouvrir et un grand parc apparaître. « Il doit s'agir d'un hôtel », pensé-je au fond de moi. Dans le jardin, des réverbères s'allument au gré de notre avancée. Nous parcourons un bon kilomètre dans la propriété avec, de part et d'autre de l'allée, des bungalows à colonnes blanches dignes d'*Autant en emporte le vent*. Dean Martin nous reçoit chez lui.

« *You will take a last drink ?* », nous demande-t-il quand nous franchissons le seuil de sa résidence. Impossible, évidemment, de lui refuser quoi que ce soit. Et là, chacun dans un incroyable appartement, nous passons quarante-huit heures de rêve, entre la piscine, le tennis et la salle de projection privée.

Deux ans plus tard, je viens de couvrir la Coupe du monde de football au Mexique qui s'achève, quand je propose à Bernard Père un petit périple dans l'Ouest américain. San Francisco, le grand canyon du Colorado et, naturellement, Las Vegas. Sur place, nous descendons au *Dune's*, un hôtel rasé depuis, et remplacé aujourd'hui par le *Bellagio*, à mon sens le plus beau palace de Vegas. Après avoir pris possession de nos chambres, je consulte machinalement le guide des spectacles, quand mon œil s'arrête sur une grande page publicitaire : Dean Martin se produit le soir même au *MGM*. Je saute sur mon téléphone, compose le numéro de la salle et demande deux places pour le spectacle du soir. Hélas, on me répond que tout est complet. Battu pour battu, je m'accroche à un dernier espoir : je rappelle et, sans me démonter, je demande à parler personnellement à Dean Martin :

— *I would like to speak to Dean Martin.*

— *Just a minute.*

Quelques secondes se passent. Une nouvelle voix :

— *Dean Martin's apartment.*

— *Good afternoon, I would like to speak to Mr Dean Martin.*

— *Who is calling ?*

Et là, avec un accent français plus vrai que nature, j'assène :

— Dites-lui que c'est Thierry, de la télévision française.

Illico, la star attrape le récepteur et hurle, enjouée comme si nous nous étions quittés la veille :

— *Thierry, my friend ! Where are you ?*

— Je suis au *Dune's*, avec un ami français. J'ai vu que vous passiez au *MGM*. Nous aurions voulu venir au show ce soir, mais on nous a dit que ce n'était pas possible.

Réponse de mon « ami » :

— *Full ? But, Thierry, it is never full for you !*

Une heure plus tard, Bernard Père et moi pénétrons dans le *MGM*, tirés à quatre épingles. Une table, piquée d'un drapeau français, est dressée en notre honneur entre la première rangée et la scène, avec un seau à glace et un magnum de Dom Pérignon. Un geste magnifique de grand seigneur !

*

Toujours en Californie, quelques années plus tard, où je suis cette fois en reportage pour Antenne 2. J'ai pris mes quartiers dans un motel de San Diego quand, à quatre heures du matin, le téléphone de la chambre sonne. Je décroche et j'entends :

— Allô, Thierry ? C'est le journal télévisé d'Antenne 2, la conférence de rédaction vient de se terminer, et nous avons une idée à te soumettre... On ne te réveille pas, au moins ?

— Pas du tout, vous rigolez, il est quatre heures du matin !

— Excuse-nous, on ne s'est pas rendu compte du décalage horaire.

— C'est quoi, votre idée ? bougonné-je en reprenant peu à peu mes esprits.

— Eh bien, voilà. Un film est en train de se tourner avec Robert Redford et Dustin Hoffman, qui s'intitule *Les Hommes du Président*. Il serait bien que, pour l'édition du journal de samedi prochain, tu effectues un reportage sur les deux stars.

Croyant à une blague, je prends le parti d'en rire.

— C'est con que vous me disiez cela maintenant, parce qu'hier soir je dînais encore avec Redford. Or figurez-vous que Robert se plaignait que je ne fasse pas un sujet sur lui !

Interloqué, le journaliste d'Antenne 2 réplique :

— Mais, dis-moi, tu te fous pas de ma gueule ?

— Oui, un peu, mais comme tu te fous de la mienne, ce n'est pas grave !

Pourtant, le confrère insiste :

— Non, non, Thierry, je t'assure, c'est tout ce qu'il y a de sérieux. Le journal souhaite vraiment un sujet sur Redford et Hoffman.

Prenant conscience que je suis en mission pour le service public, et conscient de mon devoir, je cède et lui confirme que je vais m'occuper au mieux de cette affaire.

Mais comment m'y prendre ? Le lendemain, je téléphone à la Paramount. La chance est avec moi puisque je tombe sur une attachée de presse très sympathique, qui me livre dans le détail le programme des deux vedettes, jusqu'au numéro de leur roulotte sur le plateau. Et elle conclut : « Venez jusqu'à moi, et je vous donnerai les laissez-passer pour vous et votre cameraman. » À l'heure dite, je suis bien sûr au rendez-vous et, efficacité américaine oblige, très vite je me retrouve face à Redford en personne ! Je lui explique les raisons de ma visite, mais, malgré un vague sourire et aucune réponse négative, je comprends bien que je ne suis pas le bienvenu. J'ai beau insister sur le fait que je suis un représentant de la télévision française, je me demande si la star sait exactement où se situe la France. À ses yeux, ce doit être un petit truc au bout de l'Europe. Néanmoins, il me tend la main, et j'ai à peine le temps de lui exprimer toute mon admiration.

Contact totalement opposé deux cents mètres plus loin, dans la roulotte de Dustin Hoffman. Là, l'acteur joue le jeu. Un vrai bonheur. Il me donne sans difficulté rendez-vous pour le week-end suivant, me prévenant même qu'il me le consacrera en entier. Comme il vient de tourner *Marathon Man* mon idée, pas vraiment originale je l'admets, consiste à le faire courir. Et, pendant quarante-huit heures, Dustin Hoffman se montre d'une incroyable gentillesse, m'emmenant chez lui, sur les collines de Hollywood, nous laissant filmer sa maison, sa piscine, son bureau, ses trophées de golf. Au retour en France, entre lui et Robert Redford, je me dis que j'avais eu à faire au Dr Jekyll et à Mr Hyde.

CHAPITRE 35

Les Grosses Têtes

L'image peut faire sourire, mais suis-je moi-même à la fois le Dr Jekyll et Mr Hyde ? Ai-je deux personnalités opposées ? Je ne le crois pas. Un, entier, d'un bloc, ceux qui me connaissent me présentent en ces termes. D'autant qu'ils savent que je possède aussi mes grands secrets et mes petites pudeurs. C'est sans doute pour cette raison que l'on me dit très populaire. Mais aussi parce que, à l'instar de la plupart des Français, j'aime exprimer ce que je ressens, dire tout haut ce que beaucoup pensent tout bas et surtout rire. Encore et encore. Or je suis le sociétaire d'une académie du rire pas comme les autres qui, depuis plus de vingt ans, fait se bidonner des générations d'auditeurs. C'est bien sûr *Les Grosses Têtes*, la fameuse et célébrissime émission de RTL scénarisée par le grand, malgré sa taille, Philippe Bouvard. Si les fines bouches font la moue quand on évoque ce programme écouté chaque jour par des millions de personnes, moi je m'en moque. Car il s'agit là d'un vrai rendez-vous populaire, au sens fort du terme. Parce que le public sait que tout y est permis. Et que l'émission est une promesse de rires.

Et nous, les invités de Philippe, nous acceptons avec plaisir d'enregistrer l'émission parce que nous savons, quand il s'agit de répondre aux questions de madame Bellepaire de Loches, ou des Prieurs d'Agon-Coutainville, que nous pourrons nous lâcher sans retenue, blaguer, faire des jeux de mots oiseux, jouer le mot pour le mot, l'humeur pour l'humeur. Le matin, quand dans mon agenda je lis que deux enregistrements des *Grosses Têtes* à suivre sont prévus, je me réjouis d'avance. Tant pour le plaisir que je vais ressentir que pour celui que je vais offrir aux auditeurs.

Certes, avant *Les Grosses Têtes*, j'avais déjà participé à des émissions récréatives, comme *La Tête et les Jambes* avec Philippe Gildas, remake d'un rendez-vous de légende qu'avaient présenté, dans les années 1950-1960, Pierre Bellemare, Jean-Paul Rouland et Roger Couderc. Mais aussi *Intervilles*, façon Jean-Pierre Foucault, mais c'est chez Bouvard et Compagnie, dans les studios du 22, rue Bayard de RTL, que je me sens dans mon élément.

⋆

Tout a commencé grâce à Sophie Davant, l'épouse de Pierre Sled, contactée un jour par Bouvard pour participer à l'émission. Ne se sentant pas à l'aise dans un programme de cette nature, elle finit par renoncer, mais a la présence d'esprit de souffler mon nom à Bouvard. « Ah bon ? », fait Philippe pas vraiment convaincu que la suggestion soit géniale. Il est vrai que nous ne nous connaissons pas. Un jour pourtant, l'une de ses assistantes me téléphone, et je tente le pari. Qui fonctionne puisque après le premier enregistrement – dont je ne me souviens pas vraiment, à part la présence de l'écrivain Jean Dutourd, un homme exceptionnel, incollable sur tout – j'en ai enchaîné d'autres. Grâce auxquels j'ai pu rire et sympathiser avec des personnes aussi variées que Jean Yanne, Sim, Montagné, Carlos, Olivier de Kersauzon, Jean-Pierre Coffe, Philippe Castelli, Daniel Ceccaldi, Jean-Jacques Peroni – le fils de Victor Peroni, un ancien très bon confrère du journal *L'Équipe* –, Pierre Bellemare, Stéphane Bern, Jacques Balutin, Francis Perrin, Jean-Claude Brialy, Jacques Mailhot... sans parler des femmes, toutes excellentes, comme Isabelle Mergault, Darry Boutboul et la géniale Amanda Lear.

Malgré son apparence facile, l'émission est plus complexe qu'on le pense. C'est une machinerie très huilée où tout doit s'enchaîner. Comme une partie de ping-pong, elle doit rebondir sans arrêt, et chacun est obligé de se tenir aux aguets, de pratiquer une vraie gymnastique de l'esprit. Au début, j'étais un peu coincé, sans doute par peur d'être ridicule, puis, avec le temps, je me suis lâché. C'est d'ailleurs Jean Yanne, l'un de mes acteurs préférés, extraordinaire lorsqu'il tient des rôles de salaud, qui m'y a aidé ! Lorsque je sais qu'il va participer à un enregistrement, je suis excité d'avance. Même si Bouvard ne nous informe pas systématiquement à l'avance du nom des invités afin de nous réserver la surprise. Les émissions, enregistrées dans les conditions du direct, commencent à dix heures trente, dix heures quarante. Vers douze heures, douze heures quinze, une fois la première finie, nous effectuons une petite pause, buvons un coup, puis repartons pour une seconde séance qui s'achève aux environs de quatorze heures. En somme, de grandes tranches de rire. Même si, personne n'est dupe, les propos tenus visent très souvent en dessous de la ceinture. Mais quand, pendant l'enregistrement, les invités vont trop loin, Bouvard rectifie au montage, tenant absolument à ce que les mots un peu déplacés soient gommés. Par respect de tous ses publics.

Philippe, c'est d'ailleurs l'un des hommes les plus incroyables que j'aie rencontrés. Il a commencé au *Figaro* sans certificat d'études, mais est parvenu à une réussite exceptionnelle grâce à son talent, à sa force de travail et à cet humour caustique que l'on retrouve dans ses propos comme dans ses chroniques, ses éditos ou même ses livres. C'est pour cela que je n'ai vraiment pas compris pourquoi des godelureaux l'avaient poussé vers la sortie. Sous le prétexte grotesque qu'il avait dépassé le cap des soixante-dix ans, on l'a remercié du jour au lendemain, alors qu'il y a des hommes qui, à trente ans, parlent, pensent et se comportent comme des vieillards. Lui, avec son côté Naf-Naf, le petit cochon de Walt Disney qui sautille, tout rond et tout petit, il n'a rien perdu de sa jeunesse ni de sa verve. Certes, les choses sont rentrées dans l'ordre depuis, mais quel gâchis. Pourquoi supprimer ces heures de détente absolue ? Vraiment, le jeunisme fait des ravages quand il n'est pas maîtrisé.

CHAPITRE 36

Un certain 12 juillet

Si l'on me dit souvent dans la rue que l'on m'a entendu, et même apprécié, chez Bouvard, la plupart des gens me parlent surtout... de foot. Dès que je vais promener Ranger, mon nouveau Labrador, acheter une baguette ou prendre *L'Équipe* au kiosque à côté de chez moi, on me demande mon avis sur le PSG, l'OM, sur qui va gagner le championnat, qui va être transféré d'une équipe à l'autre... Parfois, certains sont plus indiscrets et veulent savoir le match qui m'a le plus marqué. Et là, mon œil s'allume, et une date émerge immédiatement : le dimanche 12 juillet 1998, jour où la France, après une succession de rencontres plus magnifiques et passionnantes les unes que les autres, se retrouve en finale de Coupe du monde !

*

Lorsque je me réveille ce matin-là, je m'empresse de lire les journaux. Tous titrent sur cet événement extraordinaire : la France est arrivée au bout. La finale. C'est fou ! Et moi, c'est ma dixième Coupe du monde, ma dixième finale, mais je devine que celle-ci sera particulière. Concentré, sérieux, je pars tôt pour aller chercher Jean-Michel à son bureau de Onze Mondial, situé à Levallois-Perret. Au Stade de France, où nous débarquons vers seize heures trente, les gradins sont presque vides. Au fil des heures, idéalement placés au beau milieu de la tribune de presse, nous observons l'arrivée des spectateurs. La joie se lit sur les visages, l'espoir et l'angoisse aussi. Pour cette rencontre très spéciale, Jean-Michel et moi avons revêtu un maillot de l'équipe de France. C'est une première, et nous referons le coup pour la finale de l'Euro 2000.

Quand le match commence, la tension est à son comble. La passion aussi. Et ce match, c'est ni plus ni moins un rêve. Quand le dénouement approche, que l'équipe de Zidane, Barthez, Lebœuf, Petit, Lizarazu et tous les autres semble sur le point de l'emporter trois à zéro contre ce monstre sacré qu'est le Brésil, nous nous coiffons de perruques tricolores achetées par notre assistante, Sylvaine Mignona. Mais un retournement de dernière minute est encore possible. Est-ce que le sort pourrait nous faire cela, nous infliger une défaite si près du but, après un parcours aussi exemplaire ? Je n'ose l'imaginer. Mais comme je sais que rien n'est gagné tant que le sifflet de l'arbitre n'a pas retenti, je croise les doigts. Cette fois, le mauvais sort ne nous réserve aucun vilain tour. Enfin, la France devient championne du monde. Lorsque l'arbitre siffle la fin du match, c'est un immense déferlement de joie au stade, et, moi, j'ai une boule dans la gorge. Je suis même à deux doigts de pleurer. Je tombe dans les bras de Jean-Michel, tellement nous sommes heureux. C'est une belle, grande et magnifique victoire. Et même si les Brésiliens n'ont pas été réellement bons, les Français, eux, l'ont été sans contestation possible.

L'instant est historique, et le direct n'en finit plus puisque suit la remise de la Coupe. Très gentiment, Roger Zabel me dit que cette victoire me revient. Je suis sensible au compliment, mais c'est m'accorder beaucoup trop d'importance. Nous gardons l'antenne longtemps, longtemps. Ensuite, les joueurs français regagnent leur vestiaire. Alors le stade se vide peu à peu, un feu d'artifice est tiré. Dans la foule, c'est de la folie. Personnellement, je suis sur un nuage et j'essaie vaille que vaille de me remettre de mes émotions. En quittant la tribune de presse, on nous glisse une coupe de champagne. La première d'une longue série. Nous tentons d'aller saluer Aimé Jacquet et les nouveaux champions du monde, mais c'est à peine si nous parvenons à les apercevoir tant il y a du monde. Nous repartons vers le bureau de Jean-Michel, à Levallois, où la rédaction de son journal fête la victoire avec force bouteilles.

J'abandonne Jean-Michel vers une heure et demie du matin quand, dans ma voiture, je branche la radio pour entendre que Paris et la France entière sont en liesse. Que partout les supporteurs défilent, se congratulent, crient leur joie. Empruntant le Périphérique pour rejoindre des amis au Trocadéro, je me retrouve coincé dans un embouteillage monstre. Alors, des jeunes à moto qui brandissent des drapeaux me reconnaissent et se mettent à hurler mon nom. Rapidement ils me proposent même de m'aider à me sortir du bouchon, ouvrant à deux ou trois engins, puis bientôt à huit, douze et vingt motos, un chemin pour m'extraire et me permettre d'atteindre la sortie de la Muette. Se plaçant devant ma voiture et formant un V comme si j'étais le président de la République, ils réussissent, par miracle, à faire s'ouvrir le flot de voitures pourtant pare-chocs contre pare-chocs. Je ne suis plus le président de la République, mais Moïse ! Une sensation incroyable. Comme l'ensemble de cette journée mémorable... que j'ai finie vers six ou sept heures du matin !

CHAPITRE 37

Coup d'œil dans le rétroviseur

Mais, pour une victoire, combien d'autres Coupes du monde où la France aurait tout autant mérité de gagner ? Si le millésime 1958 a sacré les Kopa, Fontaine, Piantoni, Jonquet, ces magnifiques joueurs et hommes en tous points délicieux, qui deviendront plus tard mes amis, pourquoi l'équipée en Angleterre, huit ans plus tard, fut-elle aussi triste ? Une consécration comme celle de 1998 amène toujours à jeter un coup d'œil dans le rétroviseur pour essayer de comprendre. D'apprendre et de se souvenir aussi d'autres épopées pas aussi glorieuses

★

1966, l'année terrible.

Henri Guérin, l'un des entraîneurs de l'équipe de France, a déniché un cadre idéal pour la préparation des joueurs : Peebles, un endroit de rêve en Écosse, au nord d'Édimbourg. Un paysage tout vert, avec collines et vallées. Malgré ce décor et la perspective de la Coupe du monde, les Français se laissent assez vite gagner par la morosité. Je vis avec eux et les sens mal à l'aise, la tête ailleurs. C'est si flagrant qu'il m'arrive même de finir parfois en tête des séances de footing ! Que se passe-t-il ? Pourquoi les Combin, Gondet, Bonnel, Artelesa, Simon, Budzinski, Bourgoing et Robuschi ont-ils l'esprit en berne ? Parce que ces machos sont obnubilés par l'absence de femmes, comme le murmurent certains ? Je n'ose y croire. Jusqu'au jour où mon cameraman, Adolphe Dhrey, qui revient d'un de ses nombreux allers-retours Glasgow-Paris *via* Londres, ne trouve rien de mieux que de se faire accompagner par sa petite amie du moment, une véritable porcelaine de Saxe, légère, fragile, gracile. Pour la protéger, nous laissons croire aux joueurs qu'elle est anglaise, subterfuge facile à rendre crédible puisque personne alors ne parle anglais dans l'équipe de France. Néanmoins, dans les heures qui suivent son arrivée, tous se déchaînent autour d'elle. L'un d'eux, chaque fois qu'il la voit, se rapproche l'air de rien et lui souffle : « Pour toi, je ferais n'importe quoi et je ne te ferais rien payer ! » Et la petite porcelaine, très angélique, répondait systématiquement : « *Yes, Yes !* »

Inutile de préciser que cette Coupe du monde 1966 s'est mal finie pour les Bleus, qui ont été éliminés, dès le premier tour, par l'Angleterre et l'Uruguay ! Ils auraient mieux fait de courir derrière les balles plutôt que le guilledou.

⋆

C'est dans ces années-là que je me lie d'amitié, et pour toujours, avec un homme pour le moins pittoresque, Marcel Aubour, issu d'une famille très nombreuse. Quand il arrive au monde, les Alliés bombardent la rade de Saint-Tropez, et sa mère, parfaite méridionale, comme son père, ancien boxeur, tiennent un hôtel pas loin du petit port. Madame Aubour, qui a déjà quatre ou cinq filles, veut absolument un fils. Et quand, à l'instant de l'accouchement, la sage-femme prend le bébé dans ses bras et s'écrie : « Madame Aubour, madame Aubour, c'est un garçon ! », celle-ci pousse un truculent cri du cœur en lançant : « Putain, montrez-le-moi avant qu'ils me le tuent ! »

De cette famille généreuse, Marcel, gardien de but à Lyon et à Rennes, a gardé le sens des autres. C'est avec les Bleus que je l'ai découvert, à une période où les joueurs hexagonaux faisaient, sur tous les terrains du monde, de la figuration totalement inintelligente. Pendant dix ans, entre 1966 et 1976, l'équipe de France traverse en effet un terrifiant tunnel, conduite par plusieurs entraîneurs se succédant dans l'échec : Guérin, Fontaine, Dugauguez, Arribas, Snella, mais surtout Georges Boulogne. Avec ce dernier, nous avons d'ailleurs été en froid fort longtemps. Je me souviens notamment de ne pas l'avoir ménagé un soir de défaite, en déclarant en direct : « S'il existait une Haute Cour pour le sport, Georges Boulogne devrait y passer ! »

Rejeté par l'entraîneur, je ne l'étais heureusement pas par les joueurs, et notamment par Marcel. Avec lui, durant les déplacements de l'équipe de France, nous avons organisé d'inlassables parties de black-jack... sous l'œil glacial de Georges Boulogne, qui ne pouvait m'exclure puisque nous étions dans un avion. Avec Bernard Père, André Lecocq, photographe à *L'Équipe*, Bernard Bosquier, dit « Bobosse », le défenseur central et souvent capitaine de l'équipe de France, nous tentions d'avoir de la chance sur les tapis verts puisque la pelouse des stades ne nous semblait pas favorable.

Le pire, ce fut un match catastrophique à Berlin, où l'équipe de Boulogne se fit littéralement ridiculiser par l'Allemagne. Les Bleus étaient menés cinq à zéro à un quart d'heure de la fin. Heureusement, Bosquier réduisit la marque d'un tir formidable sur coup franc. Un vrai fiasco, juste atténué par le souvenir de la voix de Marcel Aubour, accourant depuis ses buts pour crier à Bosquier : « Bobosse, encore quatre comme ça, et on égalise ! »

J'ai également gardé d'excellentes relations d'amitié avec un autre gardien de l'équipe de France qui, pour sa part, a essentiellement brillé sous le maillot de Saint-Étienne et de Marseille, Georges Carnus. Récemment, à l'occasion d'un match au Stade de France, entre la Slovénie et nos Bleus champions du monde, l'entraîneur Roger Lemerre a eu la généreuse idée d'inviter Carnus et Aubour à passer vingt-quatre heures avec Zidane, Desailly, Viera, Henry, Barthez, Petit, etc., ayant appris que ces deux anciens ne connaissaient ni le Stade de France ni le Centre technique de Clairefontaine. Passant chez moi la veille du rendez-vous, j'ai eu l'impression de voir deux collégiens, littéralement terrorisés à l'idée de rencontrer les Bleus devenus les idoles de toute une nation.

— Mais qu'est-ce qu'ils vont nous dire ? me demandait Marcel. Ils vont se foutre de notre gueule, ils ne nous connaissent même pas.

Et moi de le rassurer en lui expliquant qu'ils seraient au contraire accueillis comme des héros. Ce qui se produisit évidemment. Barthez leur ayant même offert à chacun un maillot de sa collection... Comme si le passé, quand on est amoureux du sport, pouvait s'oublier ? Au contraire, il faut le connaître, le méditer, songer que le football a existé avant les champions du monde. Comme moi-même je reconnais, aujourd'hui, l'action en profondeur menée de son temps par Georges Boulogne initiateur, dans les années 1970, de tous les centres de formation que tous les pays du football désormais nous envient.

CHAPITRE 38

Les temps changent

La nostalgie, une idée que je n'apprécie pas. Même si souvent je suis gagné par la tentation de dire que c'était mieux avant...

Avant, quand le foot n'était pas encore un gigantesque business où tout se vend, s'achète, se troque, se brade, s'échange, joueurs, droits télé, passeports et maillots. Où échanger, dialoguer avec un joueur pendant plus d'un quart d'heure ne relève pas de l'exploit, quasiment du scoop, comme beaucoup de mes confrères le regrettent. Or il y a eu une époque où les joueurs de l'équipe de France passaient sous la douche, sitôt le match fini, avec, en tout bien tout honneur, les journalistes aux fesses. Et où pleuvaient les commentaires, les confidences, où existait une sorte de simplicité interprofessionnelle, intersportive, où naissaient même des complicités, voire des amitiés naturelles.

Il n'y a pas si longtemps, quand on allait à Saint-Étienne, à Nantes, à Monaco ou ailleurs, il arrivait régulièrement qu'on aille finir une soirée de championnat chez un joueur, pour manger un morceau ou boire un verre. Et c'était le joueur lui-même qui ramenait le commentateur à son hôtel ou à sa gare SNCF. Hélas, cette époque est révolue. On cloisonne, on organise des entraînements à huis clos, les joueurs s'expriment tout juste cinq minutes et uniquement devant les logos des sponsors officiels... Bref, l'atmosphère bon enfant d'autrefois a été bouffée par le marketing. Cela ne signifie pas que les joueurs actuels soient froids, distants ou robotisés, non, ils sont simplement dans un système qui, lui, ne rigole vraiment pas !

Pour ce qui me concerne, le nirvana sportif a correspondu à la génération Platini. Autrement dit, à ces années 1980 où les joueurs jouaient, et les journalistes commentaient, mais tous faisant partie d'une même famille. J'avais, nous avions tous, des liens extraordinaires, et qui perdurent encore aujourd'hui, avec Michel Platini, Alain Giresse, Luis Fernandez, Jean Tigana, Marius Trésor, Bernard Lacombe, Dominique Rocheteau, Joël Bats, Patrick Battiston, Maxime Bossis. Une époque dorée, oui. Pour le mensuel *Onze*, je réalisais chaque mois une interview avec un joueur vedette du moment, illustrée d'une photo en situation. Chaque mois, je passais la journée entière avec le sélectionné, durant laquelle nous bossions, mais aussi déjeunions, dînions, rigolions, discutions, nous empoignions parfois. C'était chaleureux, humain. De nos jours, les joueurs ont beaucoup de mal à admettre que l'on ne dise pas en permanence qu'ils sont des génies.

Le seul problème, vraiment minuscule, que j'aie rencontré avec un membre de la génération Platini, c'est avec Alain Giresse, durant la Coupe du monde 1982, en Espagne. À l'issue du match de deuxième tour que les Bleus avaient joué et gagné contre l'Autriche, j'avais émis un jugement un peu sévère sur lui. On le lui a répété, et, immédiatement, le propos a été amplifié, déformé. Quelques heures plus tard, Gigi est venu me trouver, considérant que je n'avais pas à prendre une telle position et que je n'étais pas à la place de Michel Hidalgo. Nous nous sommes expliqués, et le différend, tout de suite, a été effacé. Cela a été possible parce que Giresse est un garçon intelligent et que je ne me suis jamais considéré, dans l'exercice de mes modestes fonctions, comme un juge ou un censeur. Certains passionnés me reprochent même parfois la neutralité de mes appréciations, mais je ne changerai jamais. Notamment parce qu'il n'est jamais besoin de dire qu'un joueur a été nul quand les images parlent d'elles-mêmes.

★

Sur ce point, j'ai d'ailleurs été surpris, et déçu, par les prises de position de *L'Équipe* lors de la Coupe du monde 1998. Je suis un fidèle parmi les fidèles de ce quotidien, que j'achète depuis plus de cinquante ans, mais, je ne sais pas pourquoi, dès la démission de Gérard Houllier et la nomination d'Aimé Jacquet, au début de l'année 1994, certains de ses journalistes ont estimé que celui-ci n'était pas l'homme qui convenait à la sélection et que sa nomination relevait de l'hérésie. Comme je pars du principe qu'il faut toujours laisser leur chance aux gens, quel que soit le domaine qu'ils explorent, je me suis demandé où ils voulaient en venir.

L'Équipe, très vite, a en effet voulu faire passer Aimé Jacquet pour un paysan, puis pour un inculte. L'un des journalistes s'est notamment acharné avec des articles méchants, pleins de sous-entendus et de phrases qui blessent. Comme il n'est pas dénué de talent, ce fut encore plus pénible à vivre pour Jacquet. Il y avait une telle campagne injuste contre lui que le sélectionneur était convaincu d'être détesté par tout le monde. Lors du match contre le Paraguay à Lens, en huitièmes de finale, il a même pensé qu'il devrait s'exiler en cas de défaite, se disant que, si Laurent Blanc ne marquait pas, sa famille et lui devraient « quitter le pays » !

À l'opposé, je ne comprends pas pourquoi *L'Équipe* a défendu, contre vents et marées, le comportement de mademoiselle Pérec à Sydney, aux JO 2000. Si cette grande athlète ne souhaitait pas être ennuyée par les importuns Australiens soutenant leur compatriote Cathy Freeman, elle n'avait qu'à se rendre au village olympique avec l'équipe de France. En tout état de cause, les arcanes de la politique éditoriale de ce journal me paraissent bien mystérieux !

*

Je l'ai déjà précisé : le temps passe, les temps changent, et les relations avec les sportifs aussi. En quelques mois, parce qu'ils ont raccroché les gants, j'ai perdu deux joueurs de l'équipe de France avec lesquels j'entretenais de très bons rapports, Laurent Blanc et Didier

Deschamps. Une génération s'en va. Une de plus. Et les Bleus actuels, très jeunes, bourrés de talent, au potentiel physique, technique et mental exceptionnel, me regardent comme si j'étais une espèce d'icône, un journaliste d'un autre âge, d'une autre histoire. Pis, ils ont même un mal fou à m'appeler autrement que « monsieur » ! Heureusement, grâce à *Téléfoot*, où certains passent depuis 1998, nous pouvons mieux nous connaître. J'ai ainsi pu apprécier la personnalité de joueurs tels que Thierry Henry ou Patrick Viera. Anelka, je ne sais pas réellement qui il est, ou ce qu'il représente. Quant à Zidane, au-delà du fait qu'il soit devenu le meilleur joueur du monde, sa nature introvertie n'arrange pas les choses. Heureusement pour lui, il semble s'ouvrir davantage à des journalistes beaucoup plus jeunes que moi. Ce dont je ne me plains pas. C'est juste le signe que les années ont passé.

Mais, jusqu'au bout, je continuerai à parler du football et des joueurs avec chaleur et tout mon cœur.

CHAPITRE 39

Les patrons du foot

Autant qu'avec les joueurs, toutes générations confondues, j'ai vécu au plus près des grands dirigeants du football français. Là encore, ceux du passé gardent, à mes yeux, davantage de poids et de force. Le fossé des générations ? Peut-être. Mais sans doute aussi parce que je préfère les autodidactes, voire les autocrates, aux technocrates que le football a fini par prendre dans ses filets. Qu'il s'agisse d'Henri Germain, de Roger Rocher, de Marcel Leclerc, de Fernand Sastre, de Jean Sadoul, de Jean-Claude Darmon, de Claude Bez, de Bernard Tapie, de Louis Nicollin et de Guy Roux, tous m'ont appris et apporté beaucoup.

*

Même, et peut-être surtout, quand les rencontres se font par hasard.

Je ne suis en effet qu'un petit garçon de douze, treize ans, habitant avec ma mère et ma grand-mère, rue Washington, quand je vois pour la première fois ce meneur d'hommes hors normes qu'était Henri Germain. Car le président de légende du stade de Reims, cette équipe qui, dans les années 1950 porte un maillot rouge et blanc et que la France entière vénère, fréquente alors *La Casita*, un bar à champagne situé juste en face de chez nous. Comme, dès que je l'aperçois, je lui parle de foot, il s'amuse de voir un môme de mon âge passionné à ce point, et je finis par entretenir avec lui des rapports vraiment affectueux. Dès qu'il me voit traîner dans la rue Washington, il m'invite à *La Casita* pour partager avec lui une petite coupe et discuter ballon.

★

Autre grand monsieur, Roger Rocher, président de l'AS Saint-Étienne, que je rencontre à l'orée de l'épopée verte des années 1970 qui a mis tout le pays en émoi. C'était un homme pur, un vrai passionné, amoureux de son métier et du sport qui a chuté pour des histoires d'argent ayant fait scandale à l'époque. Et, sur ce point, je reste d'ailleurs intimement persuadé qu'il n'a jamais détourné un centime pour lui et que le procès qu'on lui a fait suite à la fameuse « caisse noire » a été disproportionné. On n'aurait jamais dû mettre un homme comme lui, âgé de soixante-quinze ans, en prison et, par-dessus le marché, en QHS (quartier de haute sécurité), à quelques mètres de Klaus Barbie, le criminel nazi. Je sais que la loi est faite pour être respectée et qu'elle doit être la même pour tout le monde, mais de là à le bannir ainsi...

Et ce qui m'a sans doute le plus choqué, c'est qu'à la fin de sa vie, alors qu'il avait placé, avec le précieux concours de Robert Herbin et de Pierre Garonnaire, son club au sommet de l'Europe du foot, plus personne ne lui rendait justice. Un jour, au *Train Bleu*, le restaurant classé monument historique qui se situe au premier étage de la gare de Lyon, il avait organisé un cocktail pour la présentation du livre racontant cette épopée. Eh bien, il n'y avait personne ! Tous ceux qui s'étaient gavés aux crochets de l'AS Saint-Étienne durant des années n'avaient pas jugé bon de se déplacer. Sans doute avaient-ils oublié que Saint-Étienne fut le point de départ de tout pour le football français...

⋆

Dans les années 1970, il y a aussi l'OM de Marcel Leclerc, un homme de presse et de football qui lança le premier journal de télévision, *Télémagazine*, puis l'hebdomadaire *But*, lequel avait pour mission de relater en priorité les exploits de Marseille. Cet homme était incroyable, visionnaire même. En avance sur son temps, il fut l'un des premiers à prendre conscience de l'apport au sport, et au football en particulier, de la télévision. À Marseille, je n'avais pas à lui tendre le micro, il s'en saisissait littéralement.

Pendant une période, il présidait à la fois l'OM et un club de deuxième division, Paris-Neuilly, dont il se servait comme réserve. Les joueurs qu'il pensait ne pas avoir le niveau de l'OM transitaient par le Paris-Neuilly. Ce fut le cas, notamment, d'un sportif à l'honnête carrière, Jean-Pierre Tokoto. Lequel se morfondait au Paris-

Neuilly, agacé de se faire rudoyer tous les dimanches dans les joutes assez viriles de la deuxième division, et ne cessait de clamer son désir de revenir à Marseille. Or *But* avait pris l'habitude de publier en dernière page la cote des joueurs, avec, face à chaque nom, l'estimation de leur valeur en francs, valeur revue à la baisse dès qu'il s'agissait de membres de l'OM et du Paris-Neuilly, afin d'éviter une inflation des salaires. Un jour, Tokoto se rebella. Il demanda et obtint un rendez-vous avec Leclerc. Très impressionné, il se retrouva devant un dirigeant fort paternel.

— Alors, Jean-Pierre, comment allez-vous ?

— Ça va, président, lui dit Tokoto d'une toute petite voix, sauf que j'ai beaucoup de mal à m'exprimer avec Paris-Neuilly. Mon jeu est tout en finesse, or je tombe régulièrement sur des bouchers. Je voudrais retourner à l'OM ou, si ce n'est pas possible, au moins être transféré.

— Mon cher Jean-Pierre, répondit d'un air matois Leclerc, votre démarche me paraît tout à fait légitime. Le problème, c'est qu'à l'OM nous avons notre quota de joueurs étrangers. À combien estimez-vous devoir être transféré ?

Tokoto sortit alors de sa poche un morceau de papier qu'il déplia soigneusement. C'était la dernière page de *But*. Il regarda alors son interlocuteur dans les yeux et lui dit :

— C'est simple, dans le dernier numéro de *But*, il y a marqué : « Tokoto = quinze millions ».

Réaction courroucée et théâtrale de Leclerc :

— J'ai compris : Tokoto, vous voulez me ruiner, asséna-t-il en se levant. Et là, il se mit à se vider les poches, en sortant un trousseau de clés, des papiers d'identité, de la monnaie pour faire semblant de tout donner au joueur.

— Voilà, Tokoto, vous m'avez eu, reprit-il. Tenez, asseyez-vous à ma place, désormais, c'est vous qui dirigez l'Olympique de Marseille, Paris-Neuilly, *But* et *Télémagazine* !

Quelle scène, non ?

★

C'est avec des personnes de cette trempe que le football français a pu devenir le numéro un mondial. Une performance qu'il doit beaucoup à Fernand Sastre et Jean Sadoul, deux énormes présidents, l'un de la Fédération, l'autre de la Ligue nationale, avec des caractères tout à fait différents. Deux hommes du Sud : l'un était pied-noir, Fernand Sastre, l'autre Cévenol, Jean Sadoul. Ce n'est rien d'écrire qu'ils ont fait avancer le foot français : ils l'ont ni plus ni moins bâti, pierre après pierre. Si la France a connu l'honneur d'organiser la Coupe du monde de football 1998, ce fut grâce à Fernand Sastre, à ses compétences, sa chaleur humaine, ses qualités relationnelles, son entregent, sa force de travail, autant de qualités rares. Or le plus terrible, c'est que ce grand monsieur qui avait dévolu sa vie à cette vision-là est mort le premier dimanche de la Coupe du monde. Pourquoi le sort a-t-il été si injuste envers lui qui aurait tant mérité de voir ce triomphe ?

Jean Sadoul aussi aurait aimé être associé de son vivant à cette grande victoire, lui qui a transformé la Ligue nationale en instance respectée, moderne, dynamique. Grand précurseur, il avait eu, à la fin des années 1970, avec Georges de Caunes alors patron du service des sports de TF1, l'idée de l'émission phare qu'est *Téléfoot*. À l'époque, la plupart des retransmissions de matchs avaient lieu sur Antenne 2 et Georges ne tenait pas spécialement à ce que *Téléfoot* figure dans les plannings de la chaîne. Mais il est parvenu à le convaincre. Et tous deux sont venus dans nos bureaux, à Antenne 2, pour proposer *Téléfoot* à Chapatte. L'affaire était sur le point d'aboutir quand Roger Couderc a mis son grain de sel à mauvais escient :

— Une émission où l'on ne verra que des buts... Réfléchis deux minutes, Robert... Cela n'intéressera personne ! balança-t-il.

Fatale erreur. L'émission n'est jamais venue sur la 2, restant un des rendez-vous vedette de TF1. Et, en juin 2001, la chaîne a reconduit pour quatre ans le contrat de *Téléfoot*, moyennant quatre cent trente millions de francs versés à la Ligue nationale !

★

Dans l'équipe de dirigeants et de personnages du foot qui ont marqué mon parcours, le cas du bouillonnant et fourmillant d'idées Jean-Claude Darmon est à part.

Lorsque je l'ai connu, il hantait un minuscule bureau du centre de Nantes, d'au maximum deux mètres sur trois. Responsable de la publicité du club phare des années 1970, il entamait sa carrière d'homme d'argent du foot français. Une vraie bagarre pour lui, mais, à force d'acharnement, de ténacité et d'idées, il est parvenu à tout vaincre. Et d'abord l'extrême jalousie qu'il n'a cessé de susciter sur son passage. Car une telle réussite ne peut venir seulement de la chance ; Darmon, c'est un monstre de travail qui bosse vingt-cinq heures sur vingt-quatre. Gonflé comme un poisson-globe, jamais il ne baisse les bras. On le jette par la porte, il rentre par la fenêtre. Malin comme un singe, rusé en affaires, roué dans les relations humaines, voilà un des incontournables du foot qu'il vaut mieux avoir avec soi que contre soi. Beaucoup le prennent pour un individu foncièrement et exclusivement intéressé par l'argent, mais je sais qu'il s'investit dans de nombreuses associations caritatives sans s'en vanter. Il a les moyens, certes, mais rien ne l'y oblige. Comme c'est son cœur qui parle, cela suffit, à mes yeux, à gommer les défauts qu'on lui prête.

*

Je ne peux pas passer en revue les monstres sacrés de notre foot sans écrire quelques mots sur un sanguin croisé à maintes reprises, l'ineffable Claude Bez. Au début des années 1980, grâce à lui et à Jacques Chaban-Delmas, Bordeaux est devenue la capitale du football hexagonal. Par sa force de caractère, sa puissance de feu, sa fougue, mais aussi ses coups de cœur comme ses emportements de toutes sortes, et notamment de langage, il ne laissait personne indifférent.

Avec lui, le lait débordait sans cesse de la casserole ! Il gesticulait, éructait, mais pardonnait aussi vite. Parmi tous ses coups de gueule, je me rappelle notamment un esclandre magnifique. Le point de départ, c'était une rencontre amicale France-Autriche au stade Lescure, à Bordeaux, match remporté un but à zéro par l'équipe de France grâce à Rocheteau. Or l'organisation était une vraie catastrophe : temps épouvantable, jeu médiocre et le tambour-major de la fanfare qui ne rattrape pas le bâton à cause du vent tourbillonnant... Le lendemain, au vingt heures d'Antenne 2, le journaliste de service relève toutes ces carences et houspille gentiment les responsables bordelais. Un commentaire qui horripile tellement Claude Bez qu'il va interdire, le samedi suivant, l'accès du stade à Jean-Michel Larqué, envoyé spécial de *Stade 2* pour Bordeaux-Saint-Étienne. Chapatte s'offusque et demande des explications. Qu'il obtient d'un Bez tellement en colère qu'il bégaie.

— J'ai-j'ai les plombs qui ont-ont sau-té. Jamais-mais Lar-qué ne foutra les pieds à Bor-Bordeaux !

Au bout de quelques jours, Didier Couecou, le directeur sportif des Girondins, trouve que la mise à l'écart a assez duré et m'appelle :

— Thierry, il faut arranger ça.

— Je ne demande pas mieux, mais il se trouve que je suis l'aîné de Claude Bez. Il me doit le respect. Il n'a qu'à m'appeler, et on s'expliquera. Sinon, qu'il écoute bien *Stade 2* dans les semaines qui viennent : il ne sera pas déçu du voyage...

Finalement, nous sommes restés en froid quelque temps encore, avant de finir par nous serrer la main. Bez avait une qualité énorme : le sens de la parole donnée. Tous les joueurs passés par Bordeaux le reconnaissent. Avec Jean-Michel, nous avons suivi tous les voyages de Coupe d'Europe avec les Girondins. Des moments grandioses, notamment le déplacement capital à Dniepropetrovsk, en Ukraine. L'avion des Girondins atterrit à Kiev par la force des choses, la ville de Dniepropetrovsk n'étant desservie que par un aéroport militaire. Or les autorités soviétiques, pour le moins rigides, insistèrent pour que toute la délégation parcoure en train les trois cent cinquante kilomètres de distance. Or, renseignements pris, il s'agissait d'un train de nuit qui, dans le meilleur des cas, allait mettre dix heures pour arriver à destination. S'ensuivit une discussion surréaliste entre Bez, la moustache tombante et la mèche de plus en plus hitlérienne, le vice-ministre des Sports de l'Ukraine et une malheureuse interprète que le Bordelais prenait à témoin :

— Dites-lui, mademoiselle, que si-si je ne vais pas en avion à Dniepro-pro-pe-pe-pe-petrovsk avec mon équipe, nous rentrons à Bor-Bordeaux sur-le-champ et nous ne jou-jouerons pas ce match.

La jeune femme, très gênée :

— Monsieur, l'aéroport n'est pas ouvert, vous devez prendre le train.

Bez, l'air menaçant :

— Je vous ré-répète que nous-nous partirons en avion pour Dniepro-pro-pe-pe-pe-petrovsk. Et, en plus, mademoiselle, vous direz à ce mon-monsieur que c'est un gros con !

L'autre, de plus en plus embarrassée :

— Mais je ne peux pas dire cela, c'est le vice-ministre des Sports de l'Ukraine.

— Peut-être... Mais c'est quand-quand-même un gros con !

Les palabres durèrent deux heures. Au bout du compte, les Bordelais reçurent l'autorisation d'aller, avec leur avion, jusqu'à l'aéroport militaire. Et leur qualification se joua aux tirs aux buts. Le dernier tireur bordelais, le gaucher émérite portugais Chalana, frappa son penalty du pied droit, et les Girondins franchirent l'étape.

*

Lorsque je repense à Claude Bez, que j'ai mis un point d'honneur à accompagner jusqu'à sa dernière demeure, je revois aussi, bien sûr, Bernard Tapie. Le Tapie première version, celui de l'« OM champion d'Europe ». Car Bez et Tapie... c'était Pepone et Don Camillo ! Chaque fois qu'il se rendait à Marseille, Bez arrivait en voiture blindée, avec gardes du corps et costard d'Al Capone. Il avait d'ailleurs le physique de l'emploi : pas très grand, trapu, la grosse moustache, les cheveux poivre et sel. Je ne pense pas que Bez et Tapie s'aimaient, mais ils devaient ressentir une petite forme de respect, voire d'estime, l'un pour l'autre. Leur numéro de duettistes fut de première qualité, du grand spectacle.

D'autant que mes relations, à élastique, avec Tapie remontent à bien avant le sport. Je possède encore, rangé dans l'un de mes multiples placards, le quarante-cinq tours qu'il avait enregistré sous le nom de « Tapy ». Or notre rencontre date de cette époque-là où je pense que nous avons sympathisé durant une émission. Ensuite, je ne l'ai jamais perdu de vue et je suis probablement le journaliste sportif qui le fréquente depuis le plus longtemps. Voilà de quoi tisser des liens.

Dans la privatisation de TF1, en 1987, sa présence auprès de Francis Bouygues a été déterminante. Il avait alors un poids considérable. Au début, il souhaitait même faire de Noël Couëdel, alors directeur de la rédaction de *L'Équipe*, le patron des sports de la chaîne. Et moi, si j'en avais eu l'envie, j'aurais pu devenir un bon second. Mais Couëdel a choisi de rester à *L'Équipe* avant de rejoindre *Le Parisien*, et je suis resté à ma place, ce qui me va très bien.

À TF1, dans un premier temps, Tapie venait sans cesse sur le plateau de *Téléfoot*, de *7 sur 7* ou du journal télévisé. Personne ne pouvait vraiment s'y opposer. Et puis un soir de défaite de son équipe, il a décidé d'entrer en campagne pour l'OM. De tout faire pour que ses joueurs gagnent. Parce qu'il venait d'assister à une injustice. C'était à Lisbonne, lors d'un match que les Marseillais avaient perdu à la toute dernière minute contre la Benfica, à cause d'un but marqué de la main par Vata. Or tout le monde avait vu ce dernier tendre ostensiblement le bras, mais non l'arbitre... Un scandale qui déclencha chez Bernard Tapie une colère froide. Dans les minutes qui suivirent, il déclara :

— Maintenant, j'ai compris... On ne m'y reprendra plus... Je sais comment il faut faire...

Et depuis on a vu qu'il ne s'agissait pas de paroles en l'air.

Quelques petites années plus tard, nouveau match de Coupe d'Europe à Marseille. Les trois arbitres désignés par l'UEFA (Union of European Football Association) pour diriger le match étaient Bulgares. Ainsi que le veut la coutume, l'OM les prit en charge dès leur arrivée dans la cité phocéenne et les logea dans un hôtel situé à quelques mètres du Stade vélodrome. Rien n'était trop beau pour eux.

Ces derniers en profitèrent ! Ainsi, se promenant dans un grand centre commercial avec quelques dirigeants de l'OM, l'un deux est entré dans une bijouterie où il a demandé à voir des montres. Devant un plateau regroupant différents modèles, il en passa une à son poignet et montra, ostensiblement, qu'il la trouvait à son goût. Ensuite, il demanda :

— Est-ce que vous avez la même pour dame ?

Et la scène dura, dura. Les dirigeants de l'OM finirent par perdre patience et achetèrent les deux montres !

Le soir même, c'était le match, face au Sparta Prague. Les Marseillais commencèrent la rencontre tambour battant, marquèrent un but, puis deux, puis trois. La qualification pour le tour suivant semblait quasiment assurée quand, à quelques secondes de la pause, un joueur de Prague se vit bousculé dans la surface de réparation. L'arbitre amateur de montres n'hésita pas une seconde : penalty. Seconde mi-temps, dix minutes de jeu, corner pour le Sparta Prague. Deux joueurs tchèques percutèrent le gardien de l'OM, un autre récupéra le ballon, et il y eut but : trois à deux, résultat final. Une victoire à l'arraché, avec une marge trop faible. Résultat, le match retour se révélera fort délicat pour les Marseillais

Évidemment, Tapie ne fut pas heureux du déroulement de la partie et des deux buts quasiment offerts à l'adversaire. Comme les trois arbitres devaient prendre un avion le lendemain, Marseille-Sofia via Zürich, Tapie s'avança vers eux et leur proposa, tout sourire :

— Pour vous, j'ai quelque chose de beaucoup plus simple. Je rentre dès ce soir à Paris avec mon avion privé. Si vous le souhaitez, vous venez avec moi, vous dormirez à l'hôtel et, demain, vous aurez votre vol direct Paris-Sofia.

Évidemment, les Bulgares acceptèrent la proposition. Tapie leur ouvrit les portes de sa voiture, demanda à ce que l'on chargeât les bagages dans le coffre, et tout le monde se mit en route vers l'aéroport de Marignane. Au volant, le patron de l'OM quitta le Stade vélodrome, prit l'autoroute pour, à un moment donné, tourner à gauche. Il faisait nuit noire, et l'étang de Berre se profilait. Soudain, il arrêta son véhicule et dit aux arbitres :

— Voilà, messieurs, vous êtes arrivés... C'est pour les deux buts que vous avez accordés à Prague. Salut et bonne nuit ! Et les trois arbitres restèrent plantés là, au milieu de nulle part.

Procédé de voyou ou grosse colère mal contrôlée ? Les deux ! Tapie était, à l'époque, saisi par la folie des grandeurs. Au lieu de vouloir devenir ministre de François Mitterrand, il aurait dû se contenter de la mairie de Marseille, parce que aujourd'hui il y serait toujours...

Voilà quelques mois, il m'a invité à l'émission qu'il animait sur RTL 9. J'ai passé en sa compagnie un excellent moment. Et j'ai su et compris, ce jour-là, qu'il reviendrait à la tête de l'Olympique de Marseille. Parce que son envie était indéniable, évidente, ancrée en lui, et que je sentais qu'il voulait prendre sa revanche, vexé par les différentes affaires qui avaient défrayé la chronique, et notamment celle de VA-OM, en 1993.

J'ai toujours pensé, à ce sujet, que certains membres de son entourage ont voulu être plus royalistes que le roi. Il faut se souvenir que, le vendredi précédant la finale de la Coupe d'Europe à Munich contre le Milan AC, l'OM affrontait ce match difficile de championnat à Valenciennes. Je n'ai jamais été au cœur du dossier, bien sûr, mais j'imagine très bien Bernard Tapie dire à ses troupes :

— Vous vous démerdez comme vous voulez, mais vous faites en sorte qu'on n'ait pas un match trop dur.

Ce qui ne signifie pas forcément une corruption organisée. En tout cas, cette histoire VA-OM a pris des proportions considérables alors qu'à mon humble avis elle paraît relever plus d'une immense bêtise que d'une arnaque pure. L'OM de l'époque n'avait pas besoin d'acheter ce match.

Reste qu'avec Tapie il faut aujourd'hui comme hier mettre les formes. Son obsession de tout régenter n'a pas disparu. Juste une anecdote pour l'illustrer. Depuis qu'il a repris l'OM en main, il est venu une fois sur le plateau de *Téléfoot*. Or, pour lancer l'émission, nous avons diffusé une rétrospective de sa carrière dans le monde du foot, évoquant les réussites comme les errances de Marseille entre 1987 et 1993. Et là, au fil des images, j'ai vu son visage se décomposer : Tapie ne supportait pas qu'on lui repassât les moments douloureux. Conséquence immédiate, il s'est fermé comme une huître, au point de ne répondre à aucune question. Au deuxième sujet, il a même brusquement quitté le plateau. Il a fallu que Frédéric Jaillant, producteur de l'émission, lui coure après, le rattrape sur le parking et le fasse remonter *illico* pour qu'on évite l'incident diplomatique. Un vrai sanguin.

Si Tapie est sulfureux, colérique, emporté, au moins, grâce à lui, grâce à des hommes comme le furent Rocher et Bez, le football français a affiché encore de ces aspérités qui en font un sport vrai, humain. Trop de dirigeants, de nos jours, sont d'une banalité affligeante.

*

Chez les dirigeants d'aujourd'hui, je me reconnais d'abord en Louis Nicollin et Guy Roux, derniers dinosaures d'une ancienne génération, pour ne pas dire perdue, qui, par passion, par dévotion et par fidélité, ont rendu au centuple au football ce que celui-ci a su leur apporter : notoriété et popularité. Entre les défauts de Nicollin et de Roux – et ils en ont – et les sirupeuses qualités de beaucoup d'autres, financiers plus ou moins avertis ou opportunistes professionnels, qui ont saisi la balle au bond comme on prend un train en marche, mon choix est vite fait. Car la liste est longue, très longue, de ces dirigeants du XXIe siècle naissant qui n'ont du football qu'une approche économique ou politique et qui, du gâteau, n'aspirent qu'à cueillir la cerise.

Louis Nicollin est aussi gros que son cœur ! C'est un homme dont la gentillesse, la bonté, la générosité m'ont toujours épaté. Il passe son temps à dépanner les autres, et pas seulement des joueurs ! Si toutes les sommes d'argent qu'il a prêtées lui étaient reversées d'un seul coup, cela représenterait une telle manne que tous les journalistes du service des sports de TF1 pourraient s'arrêter de travailler pendant vingt ans !

Je connais Loulou depuis longtemps. J'ai suivi ses hauts comme ses bas. Nous sommes tous les deux des collectionneurs, et, bien évidemment, cela nous rapproche. Dans ce domaine, je suis un enfant de chœur par rapport à lui. Lorsque je vais dans sa propriété, je passe des heures et des heures dans les pièces où il a entreposé tous ses maillots, ses journaux, ses cartes postales, ses soldats de plomb, ses livres, ses pièces commémoratives, ses timbres, ses affiches... Je l'aime...

... Comme j'apprécie Guy Roux que j'ai rencontré pour la première fois lors de la Coupe du monde au Mexique, en 1970, qu'il avait couverte à ses frais. Son club, Auxerre, disputant encore le championnat de France amateur, il était venu au Mexique pour s'instruire, regarder, s'imbiber d'un grand événement. Il était moins exubérant qu'aujourd'hui, mais on sentait le personnage qu'il allait devenir. Il avait déjà ce bon sens paysan qui est sa force, et qui lui permet d'avoir une notion toujours juste des situations.

Au début des années 1990, il passe sous contrat avec TF1. Notre premier grand rendez-vous est l'Euro 92, en Suède. Immédiatement, Guy trouve ses marques. Toujours très à l'aise derrière un micro, jamais langue de bois, il a le sens de la formule et du spectacle. Deux ans plus tard, pour la Coupe du monde aux États-Unis, TF1 souhaite que l'équipe des sports s'affiche à l'écran avec des tenues identiques : chemise, cravate, blazer. Pour l'enregistrement de la première émission, tout le monde est sur son trente et un, un peu sur le qui-vive. Nous attendons Guy Roux. Les minutes passent. Avec le réalisateur François Bideau, nous effectuons des essais de micro. Tout fonctionne. Sauf que Guy brille toujours par son absence. Mais où est-il passé ? Nous commençons à nous inquiéter. Enfin, nous le voyons sortir d'un taxi, hirsute, avec sa valise à la main. D'habitude, une valise est rectangulaire et plate. La sienne est rectangulaire, mais bombée comme une montagne. Il arrive avec un polo dégoulinant sur son pantalon. Zabel hurle :

— Mais Guy, où est ta tenue ?

— Elle est dans ma valise. À ce moment-là, il ouvre sa valise et tout explose. Les vêtements jaillissent comme d'un geyser. Sa veste n'est plus qu'un chiffon. Pour la première émission, il se voit obligé d'emprunter celle de Bideau, et, immédiatement, toutes ses affaires sont envoyées au pressing.

On se moque souvent de l'inélégance vestimentaire de Guy. Certains prétendent même qu'il la cultive. Erreur. Ce n'est peut-être pas un mannequin, mais il sait nouer un nœud de cravate. Et puis, quelle importance ? Roux est un personnage nature, vif et cultivé. Il apprécie beaucoup tout ce qui touche à l'histoire contemporaine, à la République française et au génie inventif des hommes. Je sais que le sketch des « Guignols » avec Denisot – dans lequel plus on se rapprochait du moment de l'addition, plus il transpirait – l'a un peu vexé. J'ai passé, l'hiver dernier, huit jours de vacances formidables avec lui à l'île Maurice et je puis certifier que Guy n'est pas le pingre que l'on prétend. Il connaît simplement la valeur de l'argent, car il est issu d'une famille où l'on comptait, où il fallait faire attention à ne pas dépenser à tort et à travers. Il a gardé ces principes de vie, et je ne crois pas du tout qu'il s'agisse là d'un défaut. De plus, lorsqu'il est invité pour une conférence ou une signature, il ne garde jamais pour lui l'argent qu'on lui donne, mais le reverse systématiquement à des œuvres. J'ai souvent l'impression qu'il fait partie de ma famille.

CHAPITRE 40

Les rois du ballon

« Quand j'arrêterai le football, avait prédit Pelé au début de sa carrière royale, je redeviendrai un nègre. » Il ne savait pas ce qu'il symboliserait, quelques années plus tard, pour des millions d'amoureux du foot, ne mesurant pas — mais comment aurait-il pu en être autrement, lui si pauvre et si humble — qu'il deviendrait à jamais l'ambassadeur universel de son sport.

C'est au Parc des Princes que je le vois jouer pour la première fois. Je ne suis encore qu'un journaliste débutant et lui déjà un génie qui, avec Santos, son club, vient disputer le Tournoi de Paris. Au sortir du match, je suis retourné et tout le public parisien avec moi. Il n'a pas encore dix-neuf ans et possède, à lui seul, tous les talents dont un footballeur peut rêver : la vitesse, la détente, la résistance, la puissance. Tout. Comme s'il avait ni plus ni moins inventé le football ! Comme si, en un dribble, une passe ou un tir, ce jeu était devenu son art... Assister à un match auquel participe Pelé est un souvenir inoubliable, moments de jubilation à jamais gravés dans ma mémoire.

En 1962, lors de la Coupe du monde au Chili, où je suis, je l'ai déjà dit, l'unique représentant de la télévision française, à l'occasion de la première rencontre du Brésil face au Mexique, Pelé marque un but. Puis, durant le match contre la Tchécoslovaquie, sur un tir fracassant, il se déchire les adducteurs et se blesse gravement, devant rester six mois sans jouer, s'en remettant à Dieu pour guérir.

Quatre ans plus tard, je suis en Angleterre. Cette fois-là, Pelé est victime de la bassesse d'un joueur bulgare, Jetchev, puis d'un portugais, Morais. Nouvelle blessure et sortie obligatoire. En fait, jamais, dans l'histoire du foot, un joueur n'a été à ce point la cible des défenseurs. Mais Pelé, âme pure, gardera toujours son sang-froid : « Je ne réponds pas aux coups sur un terrain, même aux coups de couteau, si demain l'on m'en donne ! »

Mais le moment le plus intense, ce fut assurément la Coupe du monde 1970, au Mexique, la plus belle de toutes, avec au bout la victoire du Brésil de Pelé, l'équipe la plus spectaculaire que le football ait peut-être jamais connue. Pour France-Inter, j'ai le privilège de commenter tous les matches du Brésil à Guadalajara : la Tchécoslovaquie, l'Angleterre, la Roumanie, le Pérou en quart de finale, puis l'Uruguay en demie. Cinq matches, cinq chefs-d'œuvre. Pelé entraîne dans son sillage ses disciples vers le plus beau jeu qui soit : le jeu de l'attaque, de la virtuosité au service de l'efficacité. Jamais le football n'avait ressemblé à ce point à de la samba, et inversement...

En finale, à Mexico, Pelé inscrit le premier des quatre buts brésiliens face à l'Italie, en sautant si haut que l'on croit qu'il ne redescendra jamais ! C'est certainement le plus important des 1 281 buts qu'il a marqués. Pour ma part, je me souviendrai toute ma vie du but qu'il a failli inscrire à Gordon Banks, le gardien anglais, le meilleur spécialiste de l'époque. Au deuxième poteau, Pelé reprend le ballon de volée et Banks le sort de son but au prix d'un incroyable réflexe. « Mais je l'ai marqué ce but ! dira plus tard Pelé. Simplement, Banks l'a arrêté ! »

Aujourd'hui, plus de trente ans ont passé et lorsque nous nous croisons, Pelé et moi, nous nous donnons l'accolade. J'en suis extrêmement fier. Il n'est pas courant de saluer un immortel.

★

Derrière lui, je classerai à égalité Johan Cruyff, Michel Platini, Alfredo Di Stefano, Franz Beckenbauer et Ferenc Puskas.

Cruyff, surnommé « le Hollandais volant », possède un charme fou. Tête haute, buste droit, invincible dans sa course vers le but, élégant comme un prince, tranchant comme une épée, cet attaquant aux semelles de vent rendra unique le numéro 14.

En plus d'être mon ami, Platini, compositeur et réalisateur hors norme, a secoué le football français de sa torpeur, lui donnant des ailes, des espoirs et des rêves. Michel est doté d'un œil supplémentaire, je l'ai déjà souligné, qui lui permet d'anticiper et de comprendre avant les autres. Platini est la solution avant la question.

Di Stefano, lui, incarne le football total. C'est peut-être le joueur le plus accompli du siècle, organisateur et finisseur d'une équipe, le Real Madrid, à nulle autre pareille entre 1955 et 1960.

C'est également au Real que Ferenc Puskas finit sa carrière. À ses débuts, à Honved Budapest, on le baptise « le major galopant ». À cause d'un pied gauche et un sens de l'animation étourdissants. Sans parler de son adresse devant les buts. Puskas est un maître joueur : 83 buts en 84 sélections pour la Hongrie ! La plus grande injustice de toute l'histoire du sport est à coup sûr la défaite de la Hongrie de Puskas en finale de la Coupe du monde 1954 face à l'Allemagne (trois buts à deux).

Cette même Allemagne, force vive et permanente du football qui obtient par la suite deux autres succès, en 1974 et 1990, dans cette même compétition, grâce en particulier à l'action si charismatique de Franz Beckenbauer, une première fois en tant que joueur, une seconde en tant qu'entraîneur. En 1968, à la demande d'un photographe, il pose devant le buste de Guillaume et récolte ainsi son surnom de « Kaiser Franz ». C'est donc peu d'écrire que Beckenbauer a régné sur le football, imposant le respect, inspirant l'autorité.

Et Diego Maradona, me dira-t-on ? Désolé, à mes yeux, un champion doit être exemplaire, une sorte de lumière pour toute la jeunesse. Or, Maradona – mais en est-il vraiment responsable ? – a plongé dans le noir. Mal entouré, mal conseillé, il s'est perdu dans l'enfer de la drogue. Pour être sincère, j'ai déjà très mal vécu son but marqué de la main face à l'Angleterre lors de la Coupe du monde de 1986. C'était la main de Dieu, à l'en croire, mais j'aurais préféré une autre explication pour justifier d'une pareille tricherie : on ne peut pas tout se permettre sous couvert de la foi...

★

Aujourd'hui, les rois du ballon sont français. Ils s'appellent Zidane, Viera, Desailly, Barthez, Henry, Thuram et tous les autres Bleus en route pour un deuxième succès en Coupe du monde. Voilà trois ans que la magie opère. C'est une chance inouïe que nous avons tous, passionnés de foot, de posséder une équipe semblable, tant pour son esprit que pour sa faculté à se dépasser afin de décrocher la victoire quel que soit l'adversaire. Chaque match de l'équipe de France me comble à l'avance, pendant et après. J'irai même plus loin : c'est un honneur pour moi de commenter, de vivre au plus près avec les Bleus. Imaginez une finale France-Argentine, en juin prochain à Tokyo, avec un but de Zidane à la dernière minute. Le but vainqueur ! Est-ce que mon cœur va résister ?

CHAPITRE 41

L'épopée du Variétés Club

Marrakech, juin 2001. Trentième anniversaire du Variétés Club de France. Cent quinze sociétaires sont en vacances pour quelques heures, issus d'univers différents, voire radicalement opposés. Rassemblement hétéroclite, réalisé autour d'une piscine de vingt-cinq mètres sur huit, par Jacques Vendroux, l'un des fondateurs et manager général du club, celui par qui le miracle est arrivé. Cent quinze personnes dont la moyenne d'âge, à l'heure où le soleil tape le plus fort, se situe entre treize et quinze ans et demi qui, toutes, se sont extraites, consciemment ou inconsciemment, de la société des adultes. Plaisanteries de potaches, gags, rires et moqueries de toute espèce s'enchaînent à la vitesse grand V. Léon Schwarzenberg, président d'honneur du VCF, arbore le même T-shirt que son voisin garagiste à Thiais, qui pourrait tout aussi bien être restaurateur, coiffeur pour dames, directeur commercial, journaliste ou chômeur. À table, Michel Platini partage le même poulet aux olives qu'un footballeur, dont la carrière et la réputation de footballeur n'ont pas dépassé les limites de Choisy-le-Roi. Le VCF, c'est la ballade des gens heureux. Fraternité maximale. Altitude, zéro. Il n'y a que les avions pour faire décoller les membres du Variétés, et encore, même dans le ciel, ça ne vole jamais bien haut.

À Marrakech, pendant les trois jours, je n'ai pour ainsi dire jamais quitté ma chambre d'hôtel. Au téléphone, et le plus souvent devant mon poste de télé « pour ne rien manquer ». Mais le soir, lors de dîners plus ou moins protocolaires, je sors l'artillerie : le costume, la chemise blanche et des discours bien ficelés. Je suis « président à vie » du Variétés CF, Vendroux l'a voulu ainsi.

Sans lui, rien n'existerait. Pas de club, pas de matchs, pas d'équipe, pas de tournées. Le Variétés, c'est Vendroux, et lui seul. Il y travaille au minimum deux heures par jour, toute l'année, en marge de ses activités de rédacteur en chef des sports à France-Inter. Né le 11 septembre 1971, le Variétés s'écrit avec un « s » au bout, parce qu'il accueille des gens issus de familles diverses et variées. Au départ régi par la loi de 1901, il rassemble une poignée de copains, journalistes et artistes pour la plupart, qui veulent se détendre en jouant au foot. Et puis, Vendroux se prend au jeu, le Variétés grandit, se développe et finit par devenir un club d'anciens de l'équipe de France. Désormais, le VCF, ce sont tous les Bleus des magnifiques années 1982-1986. Ils sont tous là : de Platini à Giresse, de Fernandez à Tigana, Trésor, Lacombe, Rocheteau, Bossis, Battiston, Domergue, Touré et encore Pécout, Moutier, Bathenay, Rouyer, Castaneda, Buigues, Dahleb, Fournier, Germain, Girard, Combin, Bernardet, Halilhodzic, Houllier, Larqué, Mahut, Mesones, Specht, Guy Roux... auxquels viennent se joindre des personnages majeurs d'autres disciplines sportives tels que Yannick Noah, Serge Blanco, Philippe Sella, Patrick Proisy. Sans oublier les membres bienfaiteurs, Louis Nicollin et Jean-Claude Darmon. Il y a même un chanteur qui en fait partie, et non le moindre, un malade de foot, Patrick Bruel...

Aujourd'hui, nous sommes cent soixante-treize membres, tous cooptés. La devise du Variétés – vaste canular –, c'est « Honnêteté, Courage, Fidélité ». Je ne comprends pas que certains en veuillent au Variétés, comme s'ils y voyaient une sorte de réseau d'influences sur les décisions du football français. On prétend, par exemple, que le VCF a eu la peau d'Henri Michel, lorsque ce dernier était sélectionneur de l'équipe de France, en 1988. Je pense sincèrement qu'il s'est passé, pour Henri, la même chose que pour des dizaines d'entraîneurs à travers le monde : il a été victime d'un mauvais résultat de son équipe. Les Bleus avaient été incapables de s'imposer face à une modeste équipe chypriote. Leur score avait été de un but partout. Il ne faut pas voir de turpitudes là où elles n'existent pas. Ce sont Jean Fournet-Fayard, alors président de la Fédération française de football, Jean Sadoul, président de la Ligue, et Claude Bez, qui pesait son poids, c'est le moins que l'on puisse dire, dans le football français, qui ont pris la décision de remplacer Henri Michel par Michel Platini. Même si Bez et Platini appartenaient au Variétés, il n'y a jamais eu de rapport de cause à effet.

On parle aussi de la franc-maçonnerie du Variétés. Il en va de même pour le Rotary Club. On évoque une véritable mafia, comme si l'entraide constituait une tare. Des articles de presse sortent régulièrement à ce sujet. C'est totalement faux. Il y a, certes, des gens à forte personnalité au sein de ce club, mais il y a surtout beaucoup de jalousies de la part de ceux qui n'en font pas partie. Ces jalousies ont peut-être été attisées par le fait que, pendant son mandat, le regretté Fernand Sastre, président de la FFF, nous avait accordé une dérogation pour que nous puissions disputer la Coupe de France. Nous avons été ainsi le seul club français à pouvoir nous aligner dans cette compétition sans disputer un championnat. Dans ce domaine, le VCF a été une exception.

Durant une vingtaine d'années, la Coupe de France a été à la fois notre objectif et notre illusion. Une fois, une seule, en 1987, le Variétés s'est retrouvé aux portes des trente-deuxièmes de finale, battu aux tirs aux buts par l'US Fécamp, alors troisième de son championnat amateur, le CFA. Ce fut notre bâton de maréchal...

Depuis trente ans, nous avons livré mille sept cents matchs amicaux, de bienfaisance ou encore des jubilés. Le VCF s'est produit dans tous les départements de France et d'outre-mer, à l'exception de Wallis-et-Futuna, avec plus de soixante tournées au total.

Le rôle de Michel Platini au sein du club a été et demeure déterminant. Tous les organisateurs de France et de Navarre, voire du monde entier, souhaitent, un jour, avoir le Variétés à l'affiche avec lui. Michel dispose d'une aura exceptionnelle, malgré ses quarante-six ans et ses quelques hectogrammes en plus... Quoi qu'il en soit, même lorsque Platini ne joue qu'un quart d'heure, c'est un véritable régal. Il va de soi, d'ailleurs, que l'argent généré par les matchs que dispute le Variétés soit reversé pour la majeure partie à l'association Action Platini, en faveur de la réinsertion des toxicomanes.

Au cours de son histoire, le Variétés a récolté plus de dix-sept millions de francs au bénéfice d'associations diverses et variées, dédiées soit à la lutte contre le sida, soit à l'enfance, soit aux grands blessés du football et du rugby, dont plus de six millions pour l'association Action Platini. Où est le mal ?...

CHAPITRE 42

Les copains d'abord

Chapatte, Couderc, Briquet, Darget, Drucker, Janin, Collaro, Leulliot, Ollivier, Père, Dhrey, Salviac, Cazal, Duthu, Vella, Duvauchelle, Fulla, Bellot, Giroux, Chamoulaud, Cozanet, Chêne, Kupferminc, Lustyk, Anne-Sophie de Kristoffy et les réalisateurs Carrier, Bideau, Lanaud, Evain... Et il y en aurait tant d'autres à citer, de ces journalistes télé, spécialisés dans le sport, que j'ai côtoyés, appréciés, avec qui j'ai partagé pain, micro et autres fantaisies. La liste ne saurait être exhaustive.

En tout cas, j'éprouve toujours un réel plaisir à retrouver l'équipe actuelle des sports de TF1. J'ai beaucoup d'amitié pour Frédéric Jaillant, un véritable professionnel qui a choisi délibérément de rester dans la construction de l'émission plutôt que de figurer sous les lumières du plateau. Grand timide, il sait parfois se laisser aller... Jaillant avance toujours avec prudence... Quand il accomplit un pas, celui-ci est pesé, réfléchi. Il a compris que le terrain n'était pas miné. Jaillant ira loin. Christian Jeanpierre, quant à lui, a un bel avenir de commentateur. Voilà un gars en or à qui il est difficile de trouver le moindre défaut.

Les deux autres journalistes avec lesquels je suis en prise directe à *Téléfoot* sont Vincent Hardy et Pascal Praud. Vincent est un garçon nature, fan de foot et fan des joueurs. Pascal, de son côté, a beaucoup d'humour. Il aurait aisément pu réussir dans le show business, je le lui dis souvent. Malin, intelligent, vif, curieux de tout, il possède un vrai talent d'imitateur. Il y a quelques mois, à l'occasion d'une fête de la rédaction de TF1, Praud et Roger Zabel s'en sont donné à cœur joie en reprenant des chansons célèbres sur des textes réécrits par eux. Ce fut une soirée épatante, mémorable, tant par leur drôlerie que par leur art du comique.

Et puis Sophie est arrivée à *Téléfoot*. Sophie, c'est Sophie Thalman, recrutée juste après la Coupe du monde 1998, qui avait vu des millions de femmes se passionner pour l'événement. Frédéric Jaillant ayant appris l'amour authentique que « Miss France » portait au football, un amour que son père, très tôt, lui avait communiqué, a eu l'idée de la recruter. J'ai, nous avons tous, immédiatement adhéré à sa venue. Belle comme le jour, fraîche comme la rosée du matin, elle nous a apporté un supplément de soleil. Sophie a un charme fou et je me réjouis des relations que nous entretenons tous les deux. Tapie, lors d'une interview réalisée pour RTL 9, m'a d'ailleurs charrié à son sujet. « N'y aurait-il pas quelque chose entre vous ? », m'avait-il demandé. J'ai fait semblant de ne pas comprendre, histoire de jouer et d'entretenir la rumeur et, quelque temps plus tard, Sophie, sur le même registre, a répondu, non sans humour : « Thierry parle trop... » La réalité est que je suis devenu, au fil des mois, une espèce de parrain pour notre belle que la nature a comblée et qui, en plus, et ce n'est pas rien, a pour elle d'aimer les animaux, ce qui aurait tendance à nous rapprocher davantage encore.

Je me sens à mon aise dans cette équipe. La seule chose qui m'exaspère, c'est que la plupart me vouvoient. Le jour où ils arriveront à me tutoyer sera une grande victoire. Vu mon âge, je n'y crois plus vraiment... Heureusement, les chefs ont avec moi des connivences qui permettent davantage de décontraction.

Aux sports, à TF1, nous avons été chanceux d'être dirigés d'abord par Jean-Claude Dassier, puis aujourd'hui par Xavier Couture. Dassier, pendant plus de dix années, a été magnifique dans ses réflexes de journaliste, dans ses méthodes de management. Il parvenait à déléguer, et, à la fois, nous savions que, tous, nous pouvions nous reposer sur son savoir, son expérience, son élégance. Au moindre incident, Dassier était derrière l'un ou l'autre d'entre nous pour le soutenir.

Xavier Couture, qui, en son temps, a fondé le journal *Le Sport*, rêvait, sans vraiment s'en cacher, de lui succéder. C'est arrivé, et c'est tant mieux. J'ai toujours préconisé la solution interne. Mari de Claire Chazal, il est très proche du pouvoir et l'un des bras droits d'Étienne Mougeotte. Il ne manque ni d'éloquence ni de charme. De plus, sa passion pour le sport est réelle : il l'assouvit en quelque sorte chaque jour depuis qu'il nous a rejoints. Nous pouvons compter sur son sens de l'analyse et son amour du maillot.

★

Il y a pourtant un moment où j'ai craint pour l'émission. Celui où Charles Bietry a failli venir. Une arrivée que je ne sentais pas. Pas tant pour moi, puisque j'ai un statut à part, mais pour tous les autres. Je n'aurais pas voulu que Bietry casse les jouets des Hardy, Praud, Jeanpierre et Jaillant, qui sont des bons et qu'il faut laisser voler de leurs propres ailes pour qu'ils fassent avancer l'histoire de la télé.

Bietry, je le reconnais bien volontiers, a révolutionné la retransmission du sport et du football en particulier. Un : on lui en a donné les moyens ; deux : il a su imposer ses idées dans un cadre très novateur, celui de Canal Plus. Avec douze ou quinze caméras plutôt que cinq ou six, le spectacle du foot a indéniablement pris une autre dimension.

Bietry, formé à la presse écrite, à l'Agence France Presse, école de rigueur s'il en est, m'a contacté le premier quand il a été nommé patron des sports de Canal, qui allait ou venait de naître, je ne sais plus très bien. Je revois parfaitement, en revanche, la petite cabine de commentateurs du stade Auguste-Delaune de Reims. Avec Jean-Michel, nous traitons, pour Antenne 2, un match entre Laval et Angers. Durant quatre-vingt-dix minutes, Bietry nous colle aux basques. L'espace est extrêmement réduit. Il nous regarde faire, en prétendant que nous sommes ses modèles. Dans les semaines qui suivent, il me fait des propositions. Je me dégonfle :

— Non merci, lui dis-je, je préfère être sur le terrain.

Sincèrement, je ne pressentais pas du tout l'essor qu'allait prendre Canal. J'ai sans doute fait une erreur d'appréciation, peut-être pas professionnellement, mais économiquement, c'est certain. Cinq ou six ans plus tard, il fait une deuxième tentative : je refuse encore. Tenace, il ira jusqu'à une troisième tentative. Bietry nous invite, Françoise, Gary et moi, dans sa maison de Carnac, en Bretagne. Un peu dans la position d'un footballeur au moment de son dernier contrat, je lui dis ce que je gagne à TF1, ce que j'aimerais gagner à Canal et ce que je voudrais faire... Quelque temps plus tard, nous sommes invités pour une fête chez lui, à Sèvres cette fois. Il y a tout le gratin de Canal, de Pierre Lescure au président André Rousselet. Ce dernier me prend à part et me dit :

— Thierry, je suis très content, vous allez venir avec nous. Vous êtes bien placé pour savoir que nous avons des hauts et des bas dans nos rapports avec TF1. En ce moment, c'est un haut. Alors, c'est pour cela que nous allons attendre un peu. Je suppose que votre transfert de TF1 à Canal serait pris, en effet, comme une déclaration de guerre.

Mon histoire avec Canal s'est arrêtée là-dessus. Après moi, Bietry fait les yeux doux à Vendroux, le débauche de France-Inter pour, finalement, ne pas le retenir. Par chance, Jacques avait assuré ses arrières. Plus qu'à Vendroux lui-même, Canal Plus s'intéressait avant tout à son carnet d'adresses. Carton jaune. Puis vient l'épisode du Paris-Saint-Germain où, en tant que président délégué du club, il vire Alain Giresse du jour au lendemain. Sans commentaire...

Le voici enfin qui débarque à TF1, aux sports, en septembre 1999. Nous avons l'impression de voir arriver le loup dans la bergerie. Vous auriez vu la tête du malheureux Zabel ! Roger, au tout début de Canal, était passé entre les griffes de Bietry et il s'en souvient encore. Mais comme Bietry est breton, et que le président de TF1, Patrick Le Lay, l'est également, Bietry se sent déjà comme chez lui à TF1. C'est l'ami du patron. Il semble intouchable. Diplomate, le personnel des sports de la chaîne salue le nouvel arrivant qui, lui-même, répond à nos sourires par des sourires. Sourires forcés dans les deux sens.

À cette époque, sur TF1, nous retransmettons consécutivement deux matchs de la Ligue des champions. À Jean-Mimi et moi le premier, à Bietry le second. Un soir, il arrive chez moi et m'annonce :

— Je voudrais enregistrer quelques phrases bien à toi, du style « ils ne passeront pas leurs vacances ensemble », que j'insérerai dans le montage de mon match. Cela mettrait de la bonne humeur. Y vois-tu un inconvénient ?

— Aucun ! dis-je.

Nous enregistrons huit à dix formules dont j'ai le secret. À la même période, des rumeurs commencent à circuler selon lesquelles Bietry aimerait occuper le poste de Xavier Couture. Le contraire d'une surprise. Des articles de presse traduisent un certain malaise qui, effectivement, est palpable au sein de notre rédaction. En réponse de quoi, Bietry déclare :

— Avec Thierry Roland, je n'ai aucun problème [...]. De toute façon, il a passé des vacances chez moi il y a quelques années, et j'étais encore chez lui l'autre jour [...]. Sans compter que nos femmes s'apprécient beaucoup.

La dernière partie, je ne pourrai jamais la nier. Il est exact que Françoise et Monique Bietry sont copines. Mais de là à dire qu'il passait sa vie chez moi, non ! Bietry n'est venu qu'une fois, une seule, me rendre visite... et à sa demande.

On connaît la suite. Le service des sports de TF1 dans son entier a fait front commun contre lui, journalistes, secrétaires, assistantes. Toutes et tous en faveur de Xavier Couture. Une rédaction ne fonctionne vraiment que si elle bat d'un seul et même cœur. Bietry a fini par le comprendre, il s'est rangé à l'évidence et est parti du jour au lendemain.

Désormais, Bietry dirige les sports à France Télévision. Grand bien fasse au service public. Je lui souhaite de bien poursuivre sa vie professionnelle, mais, au moins, nous ne vieillirons pas ensemble, ce qui me permet d'envisager l'avenir avec sérénité.

Mi-temps : Jean-Michel Larqué

Ni chef ni prof. Thierry n'a jamais senti en lui la vocation de distribuer le savoir, la connaissance et ce qu'on appelle l'« expérience ». Ce n'est pas qu'il veuille la jouer perso, et après moi le déluge. Non, au contraire, il voudrait que cela ne s'arrête jamais, posséder cinquante ans devant lui et que rien, fondamentalement, ne change.

Jean-Michel Larqué le connaît par cœur.

— S'il fallait que je retienne une image, une seule, de Thierry, ce serait l'instant où il m'est tombé dans les bras le soir de la finale de la Coupe du monde 1998. Il était fou de bonheur et a réagi comme un gamin. Ses yeux étaient mouillés. Durant quelques secondes, il en a perdu les mots, ce qui est rare chez lui qui sait toujours se sortir en direct de toutes les situations. Nous nous sommes étreints, embrassés comme du bon pain, la France championne du monde, il en avait fait le rêve toute sa vie.

Ce soir-là, j'ai mesuré combien Thierry avait gardé toute sa fraîcheur, son regard d'enfant sur le football et sur son propre métier. Thierry n'apprécie que les choses établies, les amitiés qui durent, qui font naître et éclore la complicité, la fidélité. Dans sa vie personnelle, il souffre du temps qui passe et il essaie de le retenir au mieux, comme il sait, comme il peut. Il n'est dupe de rien, ni de personne.

Vingt ans avec lui. Côte à côte. Vingt ans qui sont passés comme vingt jours. La première fois a ressemblé à la dernière, et inversement. Il me demande toujours, la veille du match : « À quelle heure on se retrouve pour le petit déjeuner ? » Quand le stade est en vue, il téléphone à l'assistant de service pour savoir à quel moment et qui va nous apporter les feuilles de match. Une fois dans la cabine, il sort son cahier d'écolier. Sur la page de droite, il note la composition de l'équipe « visiteurs », et sur la page de gauche, celle de l'équipe « hôte ». Il lâche une blague pour se chauffer la voix, puis ajuste ses jumelles. Et c'est le direct, qui commence toujours par : « Mesdames, mesdemoiselles, messieurs, bonjour, et bienvenue à... »

L'habitude pour lui, le confort pour moi. Le confort de bien m'entendre avec lui. Notre complicité, hors et sur le stade, est notre atout majeur. D'autres que nous affichent, je n'en doute pas, de plus grandes compétences que les nôtres, à tous les niveaux. Nous ne détenons pas la vérité. Mais ce que je sais, c'est que notre entente est totale, sans que nous nous ressemblions. Il sait tout de ma vie, je connais presque tout de la sienne.

Après nous ? Thierry n'en parle jamais. Ne veut pas y penser. Il prétend vouloir arrêter après l'Euro 2004. C'est loin et proche à la fois. Pour moi, il y aura, à ce moment-là, une réflexion en profondeur. Je m'y prépare, mais je n'aurai jamais l'indélicatesse de l'y intéresser. Thierry est un enfant et compte à toute force le demeurer. Il sait, et l'histoire lui fait peur, que Chapatte et Couderc sont morts pour être devenus vieux sitôt le micro lâché.

CHAPITRE 42

Merci

Ah ! le courrier, les fans, les questions. Un vrai bonheur, même s'il me prend du temps.

On me demande des renseignements concernant l'histoire du football, des photos dédicacées, des cartes téléphoniques... on me signale la disparition d'untel ou d'untel, que l'on aimerait bien que je cite à l'antenne. Dans l'ensemble, ces sollicitations sont plutôt sympathiques. Les lettres d'insultes, quant à elles, sont rarement signées. Quand, par hasard, un nom apparaît au bas, je m'efforce de trouver le numéro de téléphone de mon correspondant en colère et, le soir, je lui passe un coup de fil :

— Allô, monsieur Machin, ici Thierry Roland.

Un silence.

— Thierry Roland ?

— Oui, c'est bien vous qui m'avez écrit ?

Nouveau silence.

— Euh, c'est-à-dire que...

Ça me fait rire. Le râleur ne sait plus quoi penser. En quelques secondes, il rengaine tous ses reproches, toute son agressivité, et, au moment de raccrocher, nous sommes devenus amis.

Et puis, j'ai mes fidèles, comme Georges Lesage, un retraité remorqueur du port du Havre qui collectionne les programmes. Chaque fois que j'assiste à un match d'importance, je prends deux programmes, un pour lui et un pour moi. Notre relation dure depuis toujours. Il lui manquait le programme de la première finale de Coupe d'Europe des clubs champions de 1956, entre Reims et le Real Madrid. J'ai fini par le retrouver, plutôt en bon état, et le lui ai envoyé entre deux lamelles de papier cartonné. En le découvrant, sa femme me l'a avoué, Georges Lesage a pleuré comme une madeleine. C'est un vrai collectionneur, un frère.

Il y a aussi le précieux Bernard Paumard, qui habite Laval. Dès que je dis une bêtise à l'antenne, ce qui m'arrive plus souvent qu'à mon tour, il prend immédiatement la plume pour rectifier mon erreur. Parfois, il laisse planer le doute : « Peut-être vous ai-je mal entendu... », ou alors : « Peut-être, dans votre esprit, avez-vous fait une légère confusion... » Il y met toujours les formes. J'ai beaucoup d'estime pour lui...

ÉPILOGUE

Nouveau rendez-vous avec Thierry. Son livre s'achève, et, malgré son calme habituel pour ce genre de chose, je sens qu'il s'inquiète un tantinet. L'ouvrage sera-t-il acheté ? – chacun l'espère –, lu ? – peut-être –, mais apprécié ?, ça, c'est une autre histoire. La formule est connue : « Le critique insulte l'auteur, on appelle cela de la critique ; l'auteur insulte le critique, on appelle cela de l'insulte. » Par bonheur, Thierry ne craint plus rien, ni dans le domaine de la critique, ni dans celui de l'insulte. Il a déjà tant encaissé et tant donné en retour.

Tel un boxeur de forte expérience, aux plus de cent combats livrés jusqu'à la limite, il se tient prêt à relever sa garde, comme pour mieux parer les coups qui, c'est la règle, vont tomber de droite comme de gauche. Son avantage est de connaître ses adversaires, des intellos plus ou moins lettrés qui regardent un ballon de foot comme s'il s'agissait d'un chewing-gum collé à leur pantalon, et qui l'observent, l'écoutent, lui, comme s'il était une espèce de ballot franchouillard.

Comme à l'habitude, planté au centre du ring, certain de

l'appui du public, le grand public, Thierry laissera passer l'orage.

— Tu sais, Albert-Antoine, je ne suis ni fier ni pas fier de ce que j'ai fait, me dit-il en un sourire. On pense ce que l'on veut de moi, je n'ai pas à juger. Même si, dans un classeur, j'ai conservé tous les articles, les bons, les moins bons, les mauvais et les pires qui ont été consacrés à ma petite personne.

— Et quand il t'arrive d'en relire, qu'en penses-tu ?

— Des fois, on prétend que je suis l'incarnation de la « beaufitude ». Je ne suis pas sûr que ce mot figure dans le dictionnaire, mais il est accolé à mon image. Tant pis. Et puis, ne peut-on apprécier la baguette-fromage autant que le caviar-saumon ?

— Que dit-on d'autre ?

— Que je suis chauvin, cocardier, ce qui n'est pas mon problème puisque 99 % des Français le sont quand les Bleus jouent contre le Brésil en finale de la Coupe du monde.

On avance parfois aussi que je suis un gars simple dans un monde de brutes alors que je suis un type normal, qui fume et à qui il arrive de dire merde ! On me traite en plus de titi. La belle affaire ! Voilà bientôt soixante-cinq ans que je suis confronté chaque jour à la rue et aux bistrots parisiens, et on voudrait que je renie mes origines ? Non. J'aime Paris, c'est ma vie, ma ville. J'y mourrai.

— Et c'est tout ?

— Tu rêves. On écrit encore que j'entre par effraction dans le salon du téléspectateur. Qu'y puis-je ? Ceux qui ne m'aiment pas n'ont qu'à ne pas m'écouter, je n'oblige personne. De toute manière, les stars de la télé n'existent pas : si demain je ne passe plus à l'écran, six mois après, on ne saura plus qui j'étais.

— Tu exagères !

— Mais non, Albert-Antoine. C'est la vérité. On a beau assurer que j'ai acquis une espèce d'immunité footballistique, au sens où je peux désormais dire n'importe quoi sur n'importe qui, je ne suis pas éternel ni dupe de la notoriété. N'étant pas encore totalement abruti, j'essaie en outre de faire passer les choses avec le plus de tact possible. L'affaire Bennaceur ne se reproduira plus, je le certifie.

— Il n'empêche qu'on continue à te taxer de racisme, de xénophobie.

— Qu'y puis-je ? Je crois avoir expliqué la vérité dans le livre, alors à chacun de se faire son opinion. Le plus drôle, c'est qu'on me reproche même ma franchise, paraît-il déroutante, déconcertante. Que répondre à cela ? Qu'il vaut mieux mentir, dissimuler, tricher ?...

— Et le summum des accusations, ça a été quoi ? Ta misogynie légendaire, tes idées politiques ?

— Tu sais, Albert-Antoine, sur ce point j'ai tout eu. À en croire les bonnes âmes, je serais tantôt un affreux gauchiste, tantôt, et en même temps, un chiraquien et un lepéniste. On a accroché toutes les casseroles à mon nom, mais la vérité, c'est que, la politique, je m'en bats l'œil. Ce sont les élus qui m'intéressent. Mais le plus cocasse en vérité, c'est qu'aux dernières nouvelles on m'estime trop à l'aise derrière le micro. Comment interpréter une telle remarque ? Je ne vais quand même pas m'emmêler les pieds dans le tapis par plaisir ! Il s'est trouvé que j'ai eu de la chance d'exercer ce métier, que des milliers et des milliers de personnes aimeraient être à ma place, que j'ai bien appris ma leçon, avec Briquet d'abord, Marcillac ensuite, et avec Chapatte et Couderc, qui ont su, mes deux amis, si bien m'encadrer. Cette leçon, je crois savoir la réciter et si je suis encore là aujourd'hui, c'est que je ne dois

pas être si nul que cela. Car si cela avait été le cas, il y a longtemps que j'aurais disparu. Et personne ne m'aurait demandé ce livre.

— Et, justement, au bout de toutes ces pages où tu as relaté tes souvenirs, où tu as replongé dans le passé, quelle leçon tires-tu ?

— Tu vois, Albert-Antoine, l'important, ce n'est pas, au bout du compte, ce que croient ceux qui ne te connaissent pas, mais ce que pensent ceux qui t'aiment. Quant aux personnes qui ignoraient qui je suis vraiment, j'espère seulement que ce livre aura eu le mérite de remettre, me concernant, la balle au centre. Avec, peut-être, pour quelques-uns, l'envie de reprendre la balle au bond.

Crédits photographiques

Page 1 : © D.R.
Page 2 : © Collection de Thierry Roland. / © Collection de Thierry Roland.
Page 3 : © Collection de Thierry Roland. / © *L'Équipe*. / © *L'Équipe*.
Page 4 : © D.R. / © D.R.
Page 5 : © André Noé.
Page 6 : © D.R. / © D.R.
Page 7 : © D.R. / © Gérard Bedeau-TF1. / © D.R.
Page 8 : © D.R. / © D.R.
Page 9 : © D.R. / © *L'Équipe*.
Page 10 : © *Télé 7 jours*.
Page 11 : © Colin. / © Rutman-TF1.
Page 12 : © D.R.
Page 13 : © D.R. / Collection de Thierry Roland.
Page 14 : © Yves Denoyelle. / © André Lecoq.
Page 15 : © Interpress.
Page 16 : © D.R.

TABLE

PROLOGUE 7

CHAPITRE 1
C'est là que je suis né 11
Mi-temps : Liouba Roland 17
CHAPITRE 2
Un gamin de Paris 27
CHAPITRE 3
Cinq buts à deux 39
CHAPITRE 4
Un rendez-vous manqué 41
CHAPITRE 5
Aux Champs-Élysées 43
CHAPITRE 6
Premiers micros 45
CHAPITRE 7
Briquet allume la flamme 49
CHAPITRE 8
Le collectionneur 51

CHAPITRE 9
Un grand monsieur s'éteint 57
CHAPITRE 10
Les plaisirs de la rue Washington 61
CHAPITRE 11
Changement de programme 63
CHAPITRE 12
La télévision 67
CHAPITRE 13
Plus qu'un ami, un frère 69
CHAPITRE 14
Les Coulisses de l'exploit 73
CHAPITRE 15
Plus qu'un ami, un père 79
CHAPITRE 16
La télé rend fou 85
CHAPITRE 17
Cette année-là 91
CHAPITRE 19
Ma femme 97
Mi-temps : Françoise Boulain 101
CHAPITRE 20
L'oie de la basse-cour 107
Mi-temps : Jacques Vendroux 109
CHAPITRE 21
Le Che du service des sports 117
CHAPITRE 22
Le grand nettoyage 125
CHAPITRE 23
Une longue histoire 135
CHAPITRE 24
L'esprit cocardier 149

CHAPITRE 25
Qui c'est, les plus forts ? 155
CHAPITRE 26
Platini 165
CHAPITRE 27
Le divin enfant 169
Mi-temps : Gary 173
CHAPITRE 28
Un nouveau virage 177
CHAPITRE 29
Les secrets d'une réussite 183
CHAPITRE 30
L'horreur en direct 187
CHAPITRE 31
Mes coups de gueule 197
CHAPITRE 32
Une vraie passion 203
CHAPITRE 33
Flambeur ? 211
Mi-temps : Thierry chez lui 215
CHAPITRE 34
Place des grands hommes 223
CHAPITRE 35
Les Grosses Têtes 239
CHAPITRE 36
Un certain 12 juillet 243
CHAPITRE 37
Coup d'œil dans le rétroviseur 247
CHAPITRE 38
Les temps changent 253
CHAPITRE 39
Les patrons du foot 259

CHAPITRE 40
Les rois du ballon 277
CHAPITRE 41
L'épopée du Variétés Club 283
CHAPITRE 42
Les copains d'abord 289
Mi-temps : Jean-Michel Larqué 297
CHAPITRE 42
Merci 301

ÉPILOGUE 303

CRÉDITS PHOTOGRAPHIQUES 307

Impression réalisée sur CAMERON par

BUSSIÈRE CAMEDAN IMPRIMERIES

GROUPE CPI

à Saint-Amand-Montrond (Cher)
pour le compte des Éditions Flammarion
en septembre 2001

N° d'édition : FF806401. — N° d'impression : 013921/1.
Dépôt légal : septembre 2001.

Imprimé en France